今昔ばけもの奇譚

五代目晴明と五代目頼光、百鬼夜行に挑むこと

峰守ひろかず

ひゃっきやぎょう【百鬼夜行】

鬼や妖怪、異形のもの、魑魅魍魎の類が、深夜に列をなして街路を行進すること。これに出会うと命がないとされた。転じて「得体のしれない悪人たちが跳梁跋扈するさま」の喩えとしても用いられている。

百鬼夜行は特に平安京の貴族に恐れられた怪異で『今昔物語集』『宇治拾遺物語』『古今著聞集』『宝物集』等の説話集には、百鬼夜行との遭遇譚が収録されている。

（小松和彦監修「日本怪異妖怪大事典」より）

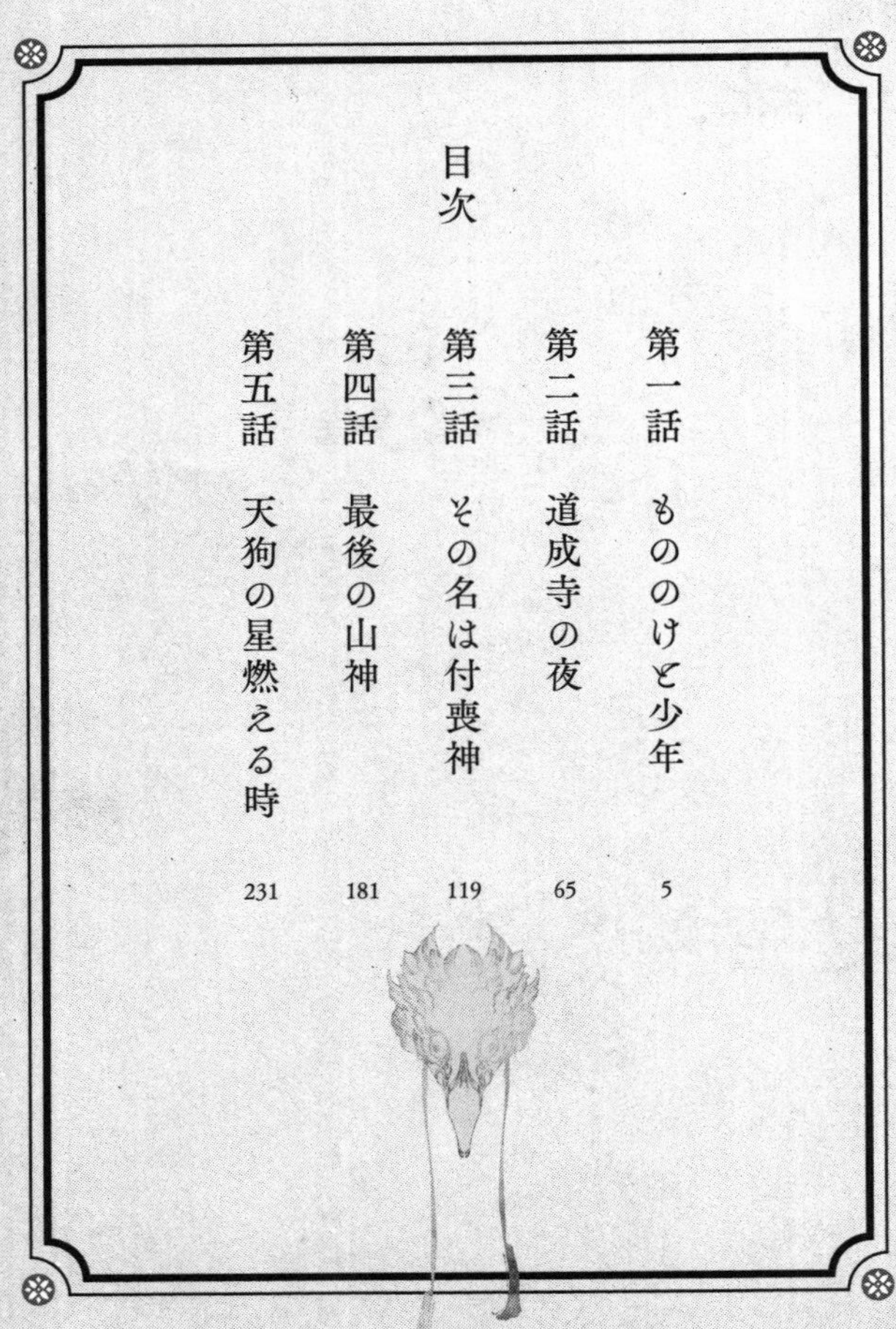

目次

第一話　もののけと少年

さはいへど、やむごとなき方はことに思(おもひ)きこえたまへる人の、めづらしき事さへ添ひ給へる御悩みなれば、心ぐるしうおぼし嘆きて、御修(みず)ほうや何やなど、わが御方にて多く行わせ給ふ。ものゝけ、いきすだまなどいふもの多く出で来て、さま〴〵の名のりする中に、人にさらに移らず、たゞ身づからの御身につと添ひたるさまにて、ことにおどろ〳〵しう、わづらはしきこゆることもなけれど、又、片時離るゝおりもなき物ひとつあり。いみじき験者(げんざ)どもにも従はず、しうねきけしきおぼろけのものにあらず、と見えたり。

（「源氏物語　葵(あおい)」より）

大治元年（一一二六年）の水無月（六月）上旬の、ある晴れた日の夕方のこと。

いつものように宇治市中の見回りを終えた源頼政が、居候先である藤原忠実の屋敷に帰ってくると、顔なじみの下男が出迎え、屋敷の主が頼政を待っていることを伝えた。

「京よりのお客様がお見えなので、頼政様にもお引き合わせしたいとのことでして」

「相分かった。わざわざすまんな。忠実様には、すぐに参ると伝えてくれ」

そう告げると、頼政は自室として借り受けている侍廊へと向かった。

市中の治安維持のために頼政が宇治に派遣され、「富家殿」と呼ばれるこの屋敷に起居するようになって、既に一年ほどが過ぎていた。

後世には平安時代末期や院政期と呼ばれるこの時代、政治的実権は朝廷から鳥羽の白河法皇へと移っていた。富家殿の主である藤原忠実は、法皇との政争に敗れて京の都を追われ、別荘地である宇治への隠棲を余儀なくされた人物である。

忠実は決して悪人ではないのだが、自堕落で自虐的な上に酒が好きで話が長い。そんな忠実を訪ねてくる客の大半も忠実同様に暇を持て余した中高年の貴族で、そういった人たちは昔話と愚痴を好むことを、頼政はよく知っていた。

……また、昔は良かったという長話に付き合わねばならんのか。

頼政は溜息を落としながら簡単に身支度を整え、応接室である出居へと赴いたが、そこで待っていたのは、意外にも年若い男児であった。

年の頃は七、八歳。白の小袖に上質な絹の水干、裾を絞った括り袴という貴族らしい服装で、髪を後ろで縛っている。斜め後ろにはお付きらしい若い女官が一人控えていた。こちらは地味な袿に指貫袴という出で立ちで、傍らには大きな市女笠を置いている。

少年の顔色はあまり良くないが、背筋をまっすぐ伸ばして円座に座り、堂々と忠実と向き合う姿からは、育ちや家柄の良さが感じられる。頼政が挨拶しながら入室すると、少年はくりっとした目を頼政に向け、深々と頭を下げた。

「初めまして。源頼政様でいらっしゃいますね？　それがし、高平太と申します」

「おお、これはご丁寧に。いかにも拙者は源頼政でござるが……『高平太』……？」

空いている円座に腰を下ろし、頼政は告げられたばかりの名前を問い返した。

高下駄を履いた男児をからかって「高平太」と呼ぶのは聞いたこともあるが、そんな名前の子どもがいるとは思えない。あからさまな偽名である。

また、見たところ相応に身分の高い家柄の出であろうに、お付きが若い女官一人だけというのも解せなかった。この手の来客、しかも子どもともなれば、普通は身の回りの世話をするお付きや護衛をぞろぞろ連れてくるものなのに……。

頼政が思わず眉をひそめると、その顔を見た忠実が明るく笑った。

「深く考えるでない頼政。人には色々事情があるものよ」

例によってほろ酔い気味の忠実が、お気に入りの盃を掲げて言う。どうやらこの高平太はわけありの来客のようだ。下手な詮索はしない方がいいと判断した頼政が「かしこまりました」とうなずくと、忠実は「相変わらず堅いのう」と呆れてみせた。

「この高平太、頼政公に会いたいと仰せでな。ずっとお主を待っておったのじゃぞ」

「拙者を？　なんでまた……」

うっすら嫌な予感を覚えつつ、頼政がぼそりと問いかける。

と、高平太は、嬉しそうな顔で頼政を見上げ、はきはきとした声で即答した。

「なぜも何もございません！　頼政様と言えば、かの鬼殺しの勇士・源頼光殿の五代目にして、内裏に仇為す鵺の化け物や九尾の妖狐、鬼神・大嶽丸の末裔などを退治された、当代きっての英雄ではありませんか！」

大きな両目をきらきらと輝かせながら、嬉しそうに高平太が言う。感動と興奮を隠そうともしない高平太の表情に、頼政は、「あー」と唸る事しかできなかった。

そういった噂が都で広まっていることはよく知っているが、実のところ、頼政はその手の化け物を退治したわけでもない。いずれも真相を明らかにしづらい事件ばかりなので、化け物退治譚の形で世間に理解されていること自体はありがたいのだが、やってもいないことで持ち上げられるのはやりづらい……というのが、最近の頼政の実感だった。

「いや、拙者は別に、英雄と呼ばれるような器ではございませんが……」

「お前はすぐそうやって謙遜するのう。で、どうじゃな高平太？　英雄ご本人を目の前にしての感想は」

「はい！　功績を全く誇られないその奥ゆかしさ、それがし、感激いたしました！　それに、大きい……！」

目を輝かせたまま高平太が頼政を見上げて言う。どちらも円座に座っているが、子どもの高平太と、大柄な成人男性である頼政とでは体格の差は歴然だ。

頼政は、なるべく威圧感を与えないよう猫背になり、苦笑して頭を掻いた。

「まあ、拙者の場合、立派なのは形だけでございますからな。武人らしい覇気も備わっておりませんので、口の悪い知人には『お前はまるで年寄りの馬のようだ』と言われたりもしたもので」

「そんな、ご謙遜を……！　頼政様は本当にそれがしの憧れで――」

興奮した高平太が身を乗り出したが、その体がぐらりとよろけた。

それを見るなり、後方に控えていた女官が「あっ」と声をあげて慌てて手を伸ばす。女官に支えられて体を起こした高平太は、いっそう青白くなった顔を上げ、「失礼いたしました」と頭を下げた。

「頼政様と忠実様の前で、このようなお見苦しい姿をお見せしてしまい……」

「え？　いや、拙者は別に気にしてござらんが……大丈夫でござるか？」

「高平太。お前、相当疲れておるようじゃな。頼政は別に逃げはせぬし、今日のところはひとまず休め」

「は、はい……。申し訳ありません……」

　忠実の言葉を受けた高平太が、青白い顔のまま深く一礼する。その痛々しく弱々しい姿に、頼政は思わず口を開いていた。

「高平太殿、どこかお悪いのですか？　もしや、宇治に来たのは病の療治のため……？」

「えっ。それは――」

「ああ、答えづらいならそう言ってくださいませ」

　もしかしてこれは聞いてはいけないことだったか。頼政は慌てたが、高平太は傍らの女官と顔を見合わせ、うなずいた。女官が頼政に向き直って頭を下げ、口を開く。

「申し遅れました、頼政様。私、高平太様の身の回りの世話を仰せつかっております、菖蒲（あやめ）と申します」

「菖蒲」と名乗った女官の年齢は、頼政と同じか少し若いくらい、つまり十九から二十歳ほどのようであった。小柄な痩身で肌は色白、長い髪は深い黒で、表情にはどこか陰りがある。香を焚き染めて匂いを付けているのだろう、清楚な袿からは菊を思わせる香りが微かに漂っていた。

　良く言えばたおやかで物静か、悪く言えばどこか陰気な印象を与えるその娘は、深刻そうに眉根を寄せ、抑えた声で続けた。

「高平太様のお許しが出ましたので頼政様にもお伝えいたしますが……今から申し上げることは、どうかご内密にお願いいたします」

「しょ、承知いたした」

どうやら思っていたより大ごとのようだ。緊張した頼政がごくりと息を呑んで背筋を伸ばすと、菖蒲はそっと頼政に近づき、耳元に口を近づけてこう告げた。

「――高平太様は、『もののけ』に憑かれておいでなのでございます」

＊　＊　＊

「ははあ、なるほど。すると高平太殿は、その験者殿の指示で宇治へ参られたのですか」

「はい。験者様が仰るには、もののけ祓いの儀式の前には、心身を清める必要があるそうで……。そのためには、世俗を離れた静養地で、都からそう遠くもない宇治が丁度いいとも仰られましたので」

「なるほどなるほど。しかし、もののけとはなあ……」

富家殿の一角、「西の対」と呼ばれる来客用の建物の、庭に面した一室にて。頼政は菖蒲の説明に相槌を打ち、振り返って寝所へと目をやった。開け放たれた蔀戸から西日の差し込む寝所では、高平太が横になって眠っている。

先の対面の後、頼政は忠実に命じられ、ぐったりした高平太を抱え、菖蒲をこの西の対へと案内した。高平太はしばらくここに滞在する予定だそうで、既に屋敷の者によって寝具がしつらえられていた。

高平太は見た目以上に弱っていたらしく、横にしてやるとすぐに寝付いた。その顔色は依然として青白く、寝息は苦しげで、うっすらと汗を流している。

痛々しい光景ではあったが、今のところ高平太は特に異様な言動を見せているわけでもない。頼政は訝るように首を捻り、改めて菖蒲に向き直った。

「こんなことを聞くのは失礼ですが……本当に、もののけが憑いているのですか？」

「はい。日中は何ともないのですが、毎晩、夜が更けると、まるで人が変わったようになられるのです。大声で唸りながら暴れまわり、その様はまるで獣のようで……」

菖蒲が頭を振り、目尻に浮かんだ涙を拭う。その表情を見る限り、嘘を吐いているようにはまるで見えない。むう、と頼政が唸ると、菖蒲は顔を上げ、おずおずと控えめな口調で問いかけた。

「時に……頼政様は、もののけというものをご存じですか？」

「憑かれた方を実際に見るのは初めてでございます。読んだことがあるだけで」

具体的には「源氏物語」で読んだのだが、頼政はそのことは伏せておいた。物語や歌が好きなのだと明かすと、「武士なのに」と呆れられたり苦笑されたりすることも多いので、初対面の相手には趣味は話さないことにしている。

「確か、誰かの生霊や死霊、あるいは動物や精霊や神など、本人のものではない御霊が取り憑いてしまっている状態や、取り憑いたもののことを『もののけ』と呼ぶのだそうですな。寄坐と呼ばれる者に取り憑かせた上で、正体を暴いて退散させるのが一般的な対処法で、寄坐には主に子どもか女性が選ばれるとか」

「はい。京から同行くださった験者様も、そう仰っていました。さすが頼政様は博識でいらっしゃいますね」

「いや、拙者はそんな大したものでは……。時に、その験者殿はいずこに？」

「験者様は、今は平等院に挨拶に行っておられます。こちらでしばらく静養させていただき、高平太様のご容態が落ち着いたら、平等院でもののけ落としの儀式を行う予定になっておりますので……」

「ああ、なるほど」

菖蒲の説明に頼政は相槌を打ち、平等院の方角へと目をやった。

もののけの調伏は基本的に仏僧の役目だということくらいは頼政も知っている。平安京からもののけ調伏で知られる高僧が同行しているのだろうと頼政は理解し、その上で、「しかし」と眉をひそめた。

「お付きが菖蒲殿とその験者殿のお二人だけとは……。詮索は控えますが、高平太殿は身分卑しからぬお方でありましょう？」

「それも験者様のご指示なのです。同行する者はなるべく減らせとのことで……。それに、験者様は、『宇治には頼政様がおられるから心配するな』とも」

「え。拙者でございますか？」

いきなり出てきた自分の名前を、思わず頼政が聞き返す。その反応が面白かったのだろう、菖蒲はぷっと小さく噴き出し、直後、顔を赤く染めた。

「も、申し訳ございません……」

「い、いえいえ……。拙者の方こそ」

慌てて頭を下げる菖蒲の前で頼政は頭を掻いて赤面し、こういう場にはどうも慣れぬな……と胸中でつぶやいた。異性が苦手というわけでもないのだが、菖蒲のように控えめな女性とは話の合わせ方が分からない。情けないことだと呆れつつ、頼政はおずおずと自分を指差した。

「しかし、なぜ拙者が？」

「なぜって……高平太様も仰っていたではありませんか。頼政様は化け物退治でその名を知られた英雄なのですから、人ならぬものを相手にするにあたって、こんな頼もしいお方はいらっしゃいません。どうか、よろしくお願いいたします」

「何？　あ、いや、無論、できることがあればお力になりますが……しかし正直なところ、もののけ相手に拙者が役に立つとはとてもとても」

「——またまた、ご謙遜を」

弱り切った頼政の言葉を、涼やかな少年の声が遮った。

反射的に頼政が振り向いた先、濡れ縁の角から現れたのは、小柄な貴族の少年だった。

年齢は十五、六歳ほど。青みがかった灰色の単（ひとえ）に薄水色の狩衣（かりぎぬ）を重ね、大きな袖と衣の端には裾を縛るための括紐（くくりひも）が、胸元には丸い菊綴（きくとじ）が揺れている。

衣からは夏の風を感じさせる爽やかな香りが漂っており、被っているのは飾り気のない立烏帽子で、手にした扇の親骨に刻まれているのは、陰陽五行の象徴である五芒星、通称「晴明紋」。大きな双眸と鋭い眼差しは、澄ました表情や細身の体格と相まって、精悍な猫を思わせた。

その姿を見るなり、頼政ははっと目を見開き、目の前の少年の名を口にしていた。

「泰親……!?　泰親ではないか！」

「験者様、お待ちしておりました」

思わず腰を浮かせた頼政の隣で、菖蒲が深く一礼する。「験者様？」と驚く頼政の前で、少年――安倍泰親は、「遅くなりました」と菖蒲に礼を返した上で頼政に向き直り、薄いが確かな微笑を浮かべて言った。

「ご無沙汰しております、頼政様。お元気なようで何よりです」

「お主の方こそ！　そうか、高平太殿に同行した験者とはお主であったか……！　それにしても泰親、お主……」

「どうかなさいましたか？」

「背が伸びたなあ」

優雅な仕草で腰を下ろした泰親に頼政が気さくに問いかける。と、まじまじと見据えられた泰親は露骨に顔をしかめ、やれやれと溜息を落としてみせた。

「ほぼ半年ぶりの再会で、最初に聞くのがそれですか。確かに、少しは伸びましたが」

「やはりな！　そうだなあ、まだまだ育ち盛りだものなあ、お主は」

「子どもみたいに言わないでください。元服はとうに済ませております」

「そうであったな。しかし、『験者』というのは仏僧のことであろう。お主、陰陽師から鞍替えしたのか？」

「していませんよ。『験者』とはもののけを調伏する者を意味する呼び名でもありますから、此度の私は験者です。生業が樵や百姓であっても、獣を狩るなら猟師でしょう？」

「分かったような分からんような……」

「もののけ調伏が一般的に仏僧の役目というのは確かですけれどね。東寺に、貴人のための調伏を一手に引き受けておられた日羅という僧正様がおられたのですが、先月、病でお亡くなりになったそうで……。他のお偉いお坊様方も、あの日羅坊と比べられたくはないと尻込みされたようで、色々あって私のところに回ってきたわけです」

「相変わらず大変そうだな……。そうそう、噂は聞いておるぞ。どんな難題に対しても正しい答えをぴたりと指し示して見せるので、内裏では『指神子』と呼ばれておるとか」

　嬉しそうに頼政が言うと、なぜか泰親は眉をひそめた。どうしたのだ、と問われた泰親が不本意そうにぼそりと答える。

「その綽名、いかにも子どもっぽいのであまり好きではないのです」

「そ、そうか……。そうだな、お主はもう立派な成人だものな」

「今しがた『まだまだ育ち盛りだ』と言われたところですけども」

慌ててとりなした頼政を泰親が冷ややかにじろりと睨み、見据えられた頼政が気まずそうに苦笑する。そんな気のおけないやりとりを、菖蒲はしばらく眺めていたが、ややあって「あの」と口を開いた。

「お二人はお知り合いなのですか……？」

「ええ」

「はい」

菖蒲の問いかけに、二人はほぼ同時に首を縦に振った。

この宇治に派遣されたばかりの頼政が、平等院の経蔵で泰親と出会ったのは、去年の春のことであった。

伝説の大陰陽師・安倍晴明の五代目でありながら迷信を嫌い、現実的な考え方を重んじる泰親は、当時、晴明の名を過剰に神格化する本家や陰陽寮に反発、京を離れて宇治に引きこもっていた。酒呑童子退治の英雄・源頼光の五代目という名前を背負わされた頼政とは、性格も年恰好もまるで違ったが、伝説的人物の五代目同士という境遇のせいか、二人は不思議と気が合った。

こうして知り合った頼政と泰親の二人は、宇治で起こった数々の怪事件を解決へと導き、やがて泰親は、陰陽寮に召還されることを覚悟の上で九尾の狐事件に挑んでこれを丸く収め、昨年末の鬼の首にまつわる一件の後、頼政に別れを告げて京へと戻ったのであった。

「お主の活躍の噂はよく聞いておるぞ」と頼政が嬉しそうに言う。

「関白(かんぱく)様が頼りにしておられるとか、上皇陛下にも重用されているとか……。未だに都に戻れぬ拙者とは大違いだ」

「確か、春先に一度戻られたのでは？　近衛(このえ)として内裏に入るなり、関白様に、かつて鬼や土蜘蛛(つちぐも)と呼ばれたものたちの名誉回復を訴え出られたと聞きましたが」

「さすがに詳しいな。あの進言が関白様のお気に障ったようでな、おかげですぐまた宇治に飛ばされてしもうた。……だが、拙者は間違ったことをしたとは思っておらぬぞ」

　抑えた声で頼政が言い足し、宇治川の方向へと遠い目を向ける。

　誰かに詫びるようなその横顔を前に、泰親は何も言わず、ただ、こくりと首肯した。

＊＊＊

　その日の夜、頼政は、自室のある侍廊ではなく、高平太のいる西の対で一夜を明かすことにした。菖蒲に「頼政様が近くにおられると、高平太様も安心されるでしょう」と言われたためだ。

　高平太は、泰親が来て少ししてから目を覚ましたものの、軽く夕食を食べるとまたすぐに眠ってしまった。

　菖蒲は高平太に付き添っていたが、もう寝てしまったようで、寝所からは二つの寝息が聞こえる。その音に耳を傾けながら、頼政は庭に面した簀子(すのこ)に、泰親とともに座していた。

夜はとうに更けており、忠実自慢の庭園では石灯籠の淡い光が大きな池に映って揺れている。そんな光景を前にしながら、頼政は隣に座った泰親へと話しかけた。近くで眠る高平太を起こさないよう、声量は普段より控え目だ。

「……なあ、泰親。高平太殿はもののけに憑かれているとのことだったが……そもそも、もののけとはどういうものなのだ？」

「端的に言ってしまえば、もののけとは『何かの発する気配』のことです。頼政様であれば、古来、鬼のことを『もの』と呼んでいたのはご存じですね？」

「それは知っておる。『万葉集』にもあるからな。……ああ、つまりもののけとは、鬼の気配ということなのか」

「そうです。もっとも、かつての鬼はあらゆる怪異を内包する概念でしたから、酒呑童子のようないわゆる鬼とは異なりますが。鬼や神仏、獣、強い念を抱いた人……。そういったものが他者に取り憑いて害を為す時、それを『鬼の気』と呼ぶわけです」

「ふむふむ」

「ちなみに、気配の『気』ではなく、怪異の『怪』と書く『物の怪』、『物怪』という言葉も使われていますが、これは元来不可思議な現象や存在全般を指す呼称なので、また意味合いが異なって……頼政様？　どうかされましたか？」

流暢な語りを中断し、泰親が眉根を寄せて頼政を見る。

「私の顔がどうかしましたか」と問われた頼政は、自分が泰親を見つめ続けていたことに気付き、頭を掻いて苦笑した。

「すまんすまん。こうやってお主に色々教えてもらうのも久しぶりだなあと思うと、つい嬉しくなってしまってな。相変わらずお主は何でも知っておるなあ」

「……大したことはありませんよ。この程度は一般教養です」

率直に褒められて照れたのだろう、泰親は白い肌を薄赤く染めて目を逸らし、「さて」と解説を再開した。

「もののけは三百年以上前から語られていますから、その対処法にもそれなりの歴史があります。かつては、まず取り憑いたもののの正体を調べ、退治するか供養するかを選んでいましたが、昨今では、験者が寄坐にもののけを憑依させた上で儀式を行い、成功すると寄坐からもののけが出て行く……という流れが確立されていますので、私もこれを踏まえるつもりです」

「なるほど。つまり、高平太殿に憑いているもののけを寄坐に取り憑かせるわけだな」

「ええ。表向きには」

「表向き？」

「はい。頼政様は私の考え方をよくご存じでしょうから、正直に申し上げますが——そもそも、もののけなどというものは、この世に存在しません」

きっぱりとした若々しい声が、夜の簀子にしっかりと響く。

それを聞いた頼政が面食らったのは言うまでもない。泰親がそういう考え方をする少年だということは知っているが、もののけが存在しないなら今の説明は何だったのか。そもそも、高平太は実際にもののけに苦しめられていると菖蒲は証言しているわけで……。

だが、頼政がそう反論しようとした矢先、ふいに寝所から獣のような声が轟いた。

「う、うがああああああああっ！」

理性はまるで感じられないが、間違いなく高平太の声である。

続いて、調度品をひっくり返す音や、「高平太様！」という菖蒲の悲痛な声が聞こえてくる。驚いて立ち上がった頼政の隣で、泰親が顔をしかめてぼそりと言った。

「……今宵も始まりましたか」

「何？　――失礼、入りますぞ！」

泰親の言葉も気になるが、今はそれより高平太だ。慌てて寝所に踏み込んだ頼政は、あっ、と絶句して立ち止まった。

燭台の微かな光の中に、白目を剝いた高平太が立っていた。

両手をだらりと下げて背を曲げ、開いたままの口からは涎が零れ続けている。

「ウ、ウウウウウ……」

「高平太様、高平太様！　どうかお気を確かに……！」

菖蒲が必死に縋りつくが、その声は高平太にはまるで届いていないようだ。正気を失っているとしか思えないその様相に、頼政の背筋がぞっと冷えた。

「た……高平太殿……？」

「ウアア――ガアッ、アア！　キィヤアアアアアアアアアアアアッ！」

頼政の声に反応したのか、高平太がいきなり猿のように吠えた。菖蒲を容易く振り払った高平太が、歯をむいて頼政へと飛びかかる。

「高平太殿？　何を――」

噛みつこうとする高平太の両手を頼政はすかさず掴み、その体を床へ押しつけた。暴れているとは言え、体格がまるで違うので押さえつけるのは容易だ。だが、反射的に組み伏した後、頼政ははっと我に返った。相手は子どもで、しかもどうやら高位の人物なのだ。

「し、失敬！」

「お気遣いなく頼政様。そうやってしばらく押さえつけていてください」

慌てる頼政の耳に、泰親の冷静な声が届く。「何？」と頼政は困惑した。

「しかし……良いのですか、菖蒲殿？」

「……はい。私からもお願いいたします。おいたわしい話ですが、高平太様が一度こうなってしまうと、唸り疲れて再びお休みになるのを待つより他はなく……」

身を起こした菖蒲が顔を伏せたまま告げる。高平太の事情をよく知る二人がそう言うなら、頼政としては従うより他はない。頼政は「申し訳ござらん」と詫び、高平太を押さえる手に再度力を込めた。

「ウウ、ウガアアッ、アアア……！」

高平太は必死に逃れようとして藻掻いたが、子どもである高平太と、大柄な武人である頼政との体力の差は歴然だ。高平太はそれからしばらく唸り続け、やがて一刻（約三十分）ほどが過ぎた頃、唐突に、がくりと意識を失った。

寝息を立て始めた高平太を見て、菖蒲がほっと安堵の息を吐く。

「ありがとうございました、頼政様。高平太様はお休みになられたようです」

「そうですか……。では、もう離しても？」

「構いませんよ。もののけは引っ込んだようですから」

しれっと言ったのは泰親である。

その後、泰親は、高平太を寝所に寝かせ、菖蒲にも休むように言った後、再び庭に面した簀子へと出て腰を下ろした。

その正面、灯明皿（とうみょうざら）を挟んだ向かいには、戸惑った顔の頼政が胡坐（あぐら）をかいている。首を傾げたままの頼政を、泰親がちらりと見やって言う。

「頼政様にも、もう休んでいただいて構わないのですが……どうやら、まだ聞きたいことがおありのようですね」

「ああ。もののけに憑かれた方を見たのは初めてだが、痛ましくも恐ろしいものだな……。泰親、あれは一体なにが取り憑いていたのだ？」

「何も」

「……何？」

「先ほどの話の続きですが——もののけは存在しないのですよ、頼政様」

冷静な断言が夜更けの簀子に響く。

「しかし高平太殿は現に」と頼政は問い返そうとしたが、それより早く泰親は次の言葉を発していた。この少年は頭の回転が速すぎるため、相手の言葉を待たずに話を進める癖があることを、頼政は久しぶりに思い出していた。

「高平太様の場合も、それに、記録に残る幾つもの事例も……『もののけが憑いた』とされる状態は、いずれも単なる病に過ぎません。心の怪我と言ってもいいでしょう。少なくとも他者の霊魂が入り込んで体を動かしているわけではない」

「ふむ……。なぜ、そう言い切れるのだ」

「今回の一件を引き受けるにあたり、手に入る限りのもののけの記録に目を通しました。他者が憑依しているのなら、被害者が知らない情報を口にするはずですが、そういった記録は一件も存在しませんでした」

「そうなのか？　しかし、拙者の読んだもの――」

「無論、物語や説話には、憑依した霊魂が、誰も知らなかった秘密を語る話がいくらでもあります。ですが、それはあくまで作り事。話を面白くするため、あるいは神仏のありがたさを説くために創作されたものですから信用なりません」

「な、なるほど……。しかし、ならば寄坐というのは何なのだ？　寄坐は本当にもののけを宿し、その言葉を発すると聞くぞ」

「それらしく演じているだけですよ。あるいは、自分が何かに取り憑かれたと思い込んでいる……いや、思い込まされているのです」

「『思い込まされている』？」

　含みのある言い回しを頼政が思わず繰り返すと、泰親はこくりとうなずき、不快そうに眉をひそめた。

「……もののけ調伏の指南書も何点か読みましたが、その中には、儀式に際し、心に作用するような毒の煙を寄坐に吸わせる方法が記されているものもありました。要するに、薬物を用いて、人為的かつ一時的に、寄坐の正気を失わせるわけです。もののけが実在し、それが寄坐に憑依するのなら、そんな薬を使う必要はないでしょう？」

「確かに……。と言うか、そんな薬を使って寄坐は大丈夫なのか？　主に子どもか女性が担う役目なのであろう？」

「大丈夫ではないですよ。……昼間、もののけ調伏の名手だった日羅様のことをお話ししましたよね」

「ああ。先月に亡くなられたので、お前にお鉢が回ってきたのだろう」

「その通りですが、実は、日羅様は、亡くなられる一年ほど前から、もののけ調伏は行っておられなかったのです。その理由は明らかにされていませんけれど、聞くところによると、日羅様が寄坐として重用されていた若い僧が、度重なる調伏の儀式が祟って死んだのだとか……」

「それは……何とも、惨い話だな……」

青ざめた頼政の口から、素直な感想がぼそりと漏れる。

貴人を救うためとは言え、罪もない寄坐の正気を失わせ、果ては命まで奪うというのは、頼政の倫理観では受け入れがたい。泰親も同じ気持ちなのだろう、「私もこのやり方は好きになれません」と嘆息し、やるせなさそうな視線を暗い庭へと向けた。

ここで泰親が語ったように、「四種護摩抄記」や「六種護摩抄」といったもののけ調伏のマニュアルには、トリカブトや有毒の罌粟など毒性の強い植物を護摩壇の火に投じる方法が記されている。寄坐は護摩壇のすぐ傍に控えるため、必然的に有毒のガスを多量に吸うことになる。このことから、儀式において寄坐が正気を失い、もののけの言葉を口走ったのは、毒物の影響によるところが大きいのではないかと考える研究者もいる。

頼政は、犠牲になった寄坐を悼むように目を閉じ、ややあって再び口を開いた。

「しかし……寄坐を使うやり方の危うさは分かったが、高平太殿は実際お悪いわけであろう？　ではお主は一体どうするつもりなのだ？　……手を打たないつもりか？」

「まさか。手を汚してきた老貴族や老僧ならともかく、高平太様はまだ頑是ない童です。未来を占うことなどできませんから、あの方が何を為すかは存じませんが、少なくとも今の彼には罰せられる謂れは何もない。救えるなら救ってあげたいと思うのが人情ですよ」

不安な顔の頼政にそう言って安心させた上で、泰親は高平太の治療方針を語った。

曰く、元々健康だった人間が心身を害したということは、その原因は飲食物や身に着ける物など、当人の周囲にあると考えられる。原因が特定できないのなら、それら全てを

――全てが無理でも可能な限り――入れ替えてやればよい。そのために京の屋敷を離れて宇治に来たのだ、と説明され、頼政ははっと気が付いた。

「お付きが菖蒲殿お一人だけなのは、そういうことか！」

「その通りです。高平太様を預かっておられる御方が『屋敷の者を誰も同行させないなど認められない』と言い張られましたので、『最近お屋敷勤めに入られたばかりの菖蒲様お一人だけなら』ということで妥協したのです。ちなみに、高平太様は公的にはずっと平安京のお屋敷にいることになっております」

そこで一旦言葉を区切り、泰親はやれやれと溜息を落としてみせた。

「私が言うのも何ですが、貴族は、身の回りのことを他人に任せすぎなのですよ。いくら気を付けるように言っても、『注意せよ』と下の者に申し付けるだけで自分の目で確かめようとしませんし、そもそも確かめる知識もないと来ています」

「武士も同じぞ。大きな屋敷だと、それだけ出入りする人間も増えるからなあ」

「そうなのですよ。下心のあるものが紛れ込むのは簡単ですし、ついでに同僚の一人二人を懐柔するなり脅迫するなりしてしまえば、後はもう、やりたい放題でしょう？」

「確かになあ……」

苦笑いしながらの相槌とともに、頼政は「白川座（しらかわざ）」のことを思い出していた。

政界の相談役として名高い四条宮（しじょうのみや）が擁していた間諜（かんちょう）集団である「白川座」は、屋敷や寺社の下働き、あるいは職人など、平民のみで構成された組織であった。彼らは日々の仕事の中で入手した情報を、密かに主人である四条宮へと伝えていたのだ。

実際は、構成員たちにとって都合のいい情報のみを流すことで四条宮を操っていたわけだが、それはともかく、白川座があれだけの情報を手に入れられたのは、貴族や武士が周囲の者の動向に無頓着だったからなのは間違いないわけで……。

と、そこまでを考えたところで、頼政はふとあることに気が付き、泰親に向き直った。

「待て。もしやお主は、高平太殿がああなったのは、誰かが意図的に仕掛けたからだと言いたいのか？　自然の病ではなく？」

「――可能性はある、と考えています」

抑えた声で泰親がうなずく。「誰だ」と頼政は思わず尋ねたが、泰親は黙って首を左右に振った。

「さすがに、そこまではまだ……。ただ、今の内裏には、高平太様がいなくなった方が都合の良いお方が、複数名おられることは確かです」

「ふうむ……。なあ泰親。あの高へ」

「高平太様の素性が気になるのは分かりますが、申し上げられません。ご承知おきを」

疑問を先読みした泰親がすかさず頭を下げた。頼政も泰親の立場は理解しているので、これ以上追及することもできない。頼政は肩をすくめ、話題を変えた。

「それで、明日からは何をするのだ？　しばらく滞在すると聞いたが」

「それはもう、行楽です」

「……何？」

「衣食住の環境を変えることが第一の目的ではありますが、病を治すには気分転換も大事ですからね。宇治は行楽地ですから見るべき場所も多いですし、くたくたに疲れさせてしまえば、夜中に暴れる元気も出にくいでしょう？」

「なるほど。理屈が通っているな」

頼政はしみじみと得心し、隣に座った五代目の安倍晴明を改めて眺めた。

少し背は伸びたし、皮肉の数も増えた気がするが、信仰や呪術ではなく、あくまで道理を用いて問題を解決しようとするやり方は、まるで変わっていないようだ。

そのことを嬉しく思った後、頼政は暗い寝所へ振り返った。

先ほどの高平太の痛々しい様が、思い出そうともしていないのに蘇る。頼政が「治してやりたいものだな」とこぼすと、泰親はこくりと首を縦に振った。

＊＊＊

翌日、頼政は高平太に宇治市中を案内して回った。無論、泰親や菖蒲も一緒である。

高平太の顔色はやはり悪かったが、宇治の象徴たる平等院の阿弥陀堂を前にすると、おお、と目を丸くして息を呑んだ。

「なんと神々しい……！　それがし、感激いたしました！」

「そうでござろう、そうでござろう。拙者も初めて見た時は、思わず足を止めてしまったものです。今はまだ朝ですが、日の入りの頃の阿弥陀堂も見ものでございますぞ」

「そうなのですか、頼政様？」

「ええ。昨年までここで働いていたご老人に教わったのですが、宇治川の対岸から眺めますと、夕日が川や池に照り返して、それはもう荘厳な光景で……」

高平太と手を繋いだまま、頼政がにこやかにあたりを見回して説明し、高下駄を履いた高平太は、頼政の手をしっかり摑みながらふんふんと何度も相槌を打つ。

そんな二人の姿を泰親は冷静に眺めていたが、一方、菖蒲はひどく恐縮しており、頼政と目が合うと慌てて頭を下げた。

「本当に申し訳ございません……！　お忙しい頼政様に、こんなに時間を割いていただいて……」

「お気遣いなく、菖蒲殿。ここのところの宇治は平和ですから、そこまで忙しいわけでもございません。さて高平太殿、次はどこへ参りますかな」

「それがしが決めて良いのですか？　だったら……あっち！　それがし、向こうにある、あの建物が見たいのです！」

高平太が境内の一角をまっすぐ指差し、足早に歩き出す。頼政は「心得た」と笑って続いたが、高平太が指定した建物の前に来ると、あー、と煮え切らない声を漏らした。

「……宝蔵（ほうぞう）でござるか」

「はい！　平等院の宝蔵には、世に二つとない宝がいくつもあると聞いております！　頼政様の退治された九尾の狐の遺骸(いがい)も、この中に収めてあるのですよね？」

「え？　いや、それは……」

「どうされたのです？　退治されたのではないのですか？」

「うーん……。まあ、世間ではそうなっているようで」

「はい。高平太様の仰る通りです」

　思わず言葉を濁す頼政だったが、そこにすかさず泰親が割り込んだ。

「玉藻前(たまものまえ)と名を変え、上皇様を襲わんとしたかの金毛白面(きんもうはくめん)九尾の狐を退治したのも、この宝蔵に収められた鬼神の王・大嶽丸の首を酒呑童子一味の残党から守ったのも、こちらの頼政様でございますよ。安倍晴明五代目の名において、この私が保証いたします」

　堂々と大嘘を口にする泰親である。「やはり！」と興奮した高平太に尊敬の眼差しで見上げられた頼政は、子どもに嘘を吐くのが忍びなく、苦笑いを浮かべて話題をずらした。

「宝蔵には色々な噂がございますからなあ。中をご案内できれば良かったのですが」

「えっ。頼政様でも入れないのですか？」

「いや、拙者別にそんなに偉い身分ではござらんので……そうだ。中には入れませんが、せっかくですから、もう少し高いところから見てみますか？」

「高いところ？」

「左様。こうするのでござるよ」

そう言うと頼政は高平太の両脇に手を伸ばして小さな体を持ち上げ、自分の首の上に座らせた。いきなりの肩車に、高平太は「わっ」とおどろいたが、その声はすぐに嬉しそうな笑い声に変わった。

「高い……！　それがし、こんな高いのは初めてでございます！　屋根の上の鬼瓦までよく見える……！」

「そうでござろう。さあて、このまま平等院をぐるりと回りましょうか」

高平太を乗せたまま頼政が足早に歩き出す。高平太は頼政の冠をしっかり摑み、満面の笑みを浮かべて感極まった声を発した。

「ありがとうございます頼政様！　それがし、いつか偉くなったら、頼政様にきっと恩返しをいたします！」

「おお、それは光栄な。この頼政、待っておりますぞ」

頭の上からの高平太の言葉に、頼政が気さくな笑い声を返す。そのやりとりをぽかんと眺めていた菖蒲は、感心した面持ちで、傍らの泰親に語りかけた。

「頼政様、お子様の扱いがお上手なのですね……」

「そのようで。私も初めて知りました」

「え。そうなのですか？　験者様――泰親様と頼政様は旧来のお友達とのことでしたから、よくご存じなのかと……」

「私の知る限りでは、どちらかというと人付き合いの苦手な方だったのですけどね」

腕を組んだ泰親は冷静に言い、どこか嬉しそうに「人には意外な一面があるようで」と付け足した。

一同はその後も宇治市中の名所を見て回った。

頼政にすっかり懐いた高平太は、何を見聞きしても目を輝かせて感激し、宇治川では声をあげてはしゃいだが、川遊びの後、「少し休みたい」と言って横になった。遊び疲れてしまったようだ。

川越しの涼しい風が吹き抜ける宇治橋の袂の木陰、橋姫神社の参詣者のために設けられた腰掛にて、菖蒲は、すやすやと熟睡する高平太を見下ろし、しみじみと言った。

「私はお屋敷に勤めてまだ日が浅い身ですが、高平太様のこんなに安らかな寝顔を拝見するのは、初めてでございます……。あの、差し支えなければ、しばらくここで休ませていただいてもよろしいでしょうか？」

「そうですね。日が落ちるまでしばらくありますし、天気が崩れる気配もありませんし……。構いませんよね、頼政様」

菖蒲の隣に座った泰親が、傍らに立つ頼政を見上げて問う。頼政は「無論」と即答し、菖蒲に労いの言葉を掛けた。

「しかし、菖蒲殿もお若いのに大変ですなあ。主家を代表して高平太殿に付き添うお役目ともなれば責任は重大。気を抜くこともできますまい」

「お気遣いありがとうございます。でも、こうして高平太様に同行させていただけたのは光栄なことですから……。それに、実を言うと、宇治には昔から来たかったのです」

「と仰いますと？」

「だ、だって……ここはあの、『源氏物語』の最終章の舞台でしょう……？」

療養の付き添いなのだから喜んではいけないのは分かっているが、それでも興奮は隠せないのだ……と言いたげな声を菖蒲が発する。その抑えた声での告白に、「源氏」の愛読者の頼政は反射的に反応していた。

「分かります！　宇治川も宇治橋も、いずれも最終章『宇治十帖』の舞台になった場所ですからなあ。平等院は夕霧の別業を彷彿とさせますし……」

「そうなのです！　先ほど、宇治川の河原で高平太様が遊んでおられた時も、ああ、ここが浮舟様が身を投げた川なのだなとか、そんなことを考えてしまい、あの歌が胸に浮かんで消えませんでした……。『たちばなのこじまの色はかはらじを』――」

「『この浮き舟ぞゆくへ知られぬ』ですな」

「それです……！　頼政様、とてもお詳しいのですね……！　私、武家の方は、物語など読まれないものかと思っておりました」

菖蒲が意外そうな顔を頼政に向ける。「ああいうものは、女子どものなぐさみだと仰る殿方も多いのに」と付け足され、頼政は今更のように赤面した。

「あ、いや、たしなむ程度でござる……！　あくまで知識として知っているだけで」

「何を今更。この方、物語も歌も大好きですよ。安倍晴明五代目が保証します」

「おい泰親！」

いきなり口を挟んできた泰親を頼政が睨む。と、それを聞いた菖蒲は「まあ……」と驚き、市女笠の薄い紗越しに頼政を見上げた。

「物語だけでなく歌も……？　武家のお方は、武勇こそを第一に重んじられるものかと」

「ま、まあ、一般的にはそうですが……」

そう言って頼政は、冠の上から頭を搔いて考えた。

昨日会ったばかりの相手、しかも若い女性に、自分の好みや考え方を公言することに照れがあるのは確かだが、だからと言って嘘を吐いて否定してしまうのは、自分の糧になってきた物語や歌、そして、それらの作者に対して失礼だ。

頼政は、咳払いを挟んで胸を張り、緊張した面持ちで口を開いた。

「……これは決して、武勇を否定するものではござらんが……しかし、弓も刀もその他の武芸も、目の前の敵を傷付けることしか出来ぬもの。その場にいないものの心まで動かしてしまう歌や物語の方が、遥かに強く素晴らしいと、拙者は常々思っております……。菖蒲殿は、『古今集』の序文をご存じですか？」

「『古今集』……？　ああ、『力をも入れずして天地(あめつち)を動かし、目に見えぬ鬼神をもあはれと思はせ』……ですか？」

「はい。『男女のなかをもやはらげ、猛きもののふの心をもなぐさむるは、歌なり』――。

まだまだ未熟な身ですが、いずれは、言葉の力で鬼神の心をも動かせるようになりたいと、拙者、そう思っております。……お恥ずかしい話をお聞かせしてしまいました」

「いえ、そんな……！　とても素晴らしいお考えだと思います」

深々と頭を下げる頼政に、菖蒲は温かく笑いかけ「応援させてくださいませ」と言い足した。それを聞いた頼政は、既に赤かった顔をさらに赤く染め、「光栄です」とつぶやいて頬を掻いた。

その後、二人は、高平太を起こさないよう気を付けながら、「大和物語」と「伊勢物語」ではどちらを評価するか、「宇津保物語」第二部の求婚者たちでは誰が好きかといった話題で盛り上がった。やがて「和泉式部日記」のどこで泣いたかという話が終わったあたりで、頼政はふと泰親がしばらく前から口を開いていないことに気が付いた。

仏頂面で宇治川を眺めている泰親に、頼政がきょとんとした顔で問いかける。

「どうした泰親？　具合でも悪いのか？」

「私は普段からこんな感じですが？」

「そ、そうだったか……？」

「あの、頼政様？　もしや泰親様は、私ばかりが頼政様とお話ししていたから、拗ねておられるのでは……？」

「何？　そうなのか泰親」

「邪推はおやめください。私は別に拗ねてなどおりません」

　露骨に顔をしかめた泰親が、頼政からスーッと目を逸らす。これは拗ねているなと頼政は確信した。恐縮した菖蒲も口をつぐんでしまい、気まずい沈黙が場を包む。高平太の気持ち良さそうな寝息だけがしばらく響いた後、泰親が盛大に嘆息した。

「これではまるで私が野暮な邪魔者のようではないですか。お二方ともどうぞ、お続けになってください。菖蒲様にはまだ、頼政様にお尋ねしたいことがあるのでは？」

「えっ？」

「昨日、京からの牛車の中で仰っていたではありませんか。宇治にずっとおられる方なら、ぜひお尋ねしたいことがあるのだ、と」

「そうなのですか、菖蒲殿？　拙者に分かることならお答えしますが」

　泰親の言葉を受けた頼政が菖蒲へと向き直る。促された菖蒲は、しばし逡巡した後、申し訳なさそうに口を開いた。

「また『源氏物語』の話に戻ってしまうのですけれど……頼政様は、『雲隠』という巻をご存じですか？」

「それはまあ……さすがに知っておりますが」

　首を傾げつつ頼政が答える。

「源氏物語」の「雲隠」と言えば、光源氏が自身にとって最後の新年の準備をする巻四十一「幻」と、光源氏没後の物語が始まる巻四十二「匂宮」の間におかれた、題名だけの巻である。本文がないのは意図的なもので、作者の紫式部はあえて光源氏の最期を描写しなかったのだ、というのが読者の間では定説となっている。

「しかし、それがどうかしたのですか？」

「はい。実は、『雲隠』には六帖分の本文があった、という噂を聞いたことがあるのです。全五十四帖と言われている『源氏物語』は、本当は六十帖あったのだ――と」

そう前置きした上で菖蒲が語ったのは、何とも奇妙な話であった。

菖蒲が聞いた噂によれば、「雲隠六帖」に描かれていたのは、最愛の女性たる紫の上を失った光源氏が、寺院に籠もり、一人静かに死を迎えるまでの物語なのだという。書かれた当初は公開されていたが、そのあまりに悲哀に満ちた内容ゆえに、「雲隠六帖」を読んだ人は皆、家や職を捨てて出家してしまった。これを危険視した時の朝廷は、「雲隠」を全て回収・焼却し、さらに「雲隠六帖」は初めから存在しなかったのだという話を広めるとともに、唯一残った「雲隠」の写本を、平等院の宝蔵に封印した……。

一通り話し終えた菖蒲に「どう思われますか」と尋ねられ、頼政は「どうもこうも」と即答した。

「その噂は初耳ですが、しかし、いくら何でも荒唐無稽すぎるような。そもそも雲隠の巻は本文がなくとも……いや、ないからこそ意義があるわけでしょう？」

「仰る通りだと思います」

「でしょう？　第一、読んだ者は全員出家してしまうというのは、それはもう物語の出来不出来の話ではない。ほとんど呪いではありませんか。いくら紫式部殿でも、そんな文章が書けるわけがない」

「そうなのです。私もそう思うのですが、石山寺にお勤めだった方から聞いた話なので、ずっと引っかかっていて……」

「石山寺と言えば、紫式部殿が執筆の際に籠もられたという寺ですか。であれば『源氏物語』にまつわる話が語り伝えられていてもおかしくはないですが……だとしても……」

　腕を組んだ頼政が、むう、と唸る。困惑した頼政が泰親に意見を求めると、泰親はまず最初に「ありえません」と断言し、その上で続けた。

「ただ、噂の由来は気になりますね。噂や作り話の裏には、得てして、その元になった真実が存在するもの。『かくして雲隠六帖は全て失われました』で終わっても良さそうなのに、なぜ平等院の宝蔵に封印されたことになっているのか、そこは気になります」

「お主まさか、宝蔵に『雲隠六帖』が実在すると言いたいのか？」

「可能性はあると思いますよ。正確に言えば、『雲隠六帖』そのものではなく、噂を生んだ何かが、ですけどね」

　驚く頼政の前で泰親は冷静に告げ、「あの宝蔵には何があってもおかしくありませんから」と言い足した。頼政が眉をひそめたまま同意する。

「確かに、大嶽丸の首は実在したわけだからなあ……。蔵の中が見られぬのは仕方ないとしても、目録でもあれば話は早いのだが」

「目録は内裏か摂関家にはあるでしょうね。ただ、私たちにはそれを見る術がない」

泰親が肩をすくめて頭を振る。その現実的な意見に、頼政と菖蒲はどちらからともなく顔を見合わせ、同時にやるせない苦笑いを浮かべるしかなかった。

なお、紫式部の著した「源氏物語」は、今日の定説では全五十四帖とされているが、「本当は全六十帖だったが、うち六帖分を占める『雲隠』は封印された」という説は、平安時代末期以降かなり広い範囲で語られていたようで、多くの記録が残っている。

本作の時代から半世紀ほど後に記された「源氏一品経」や「今鏡」には「源氏物語」は全六十帖であると明記されており、また、鎌倉時代の「源氏物語」の研究者であった源親行は、「雲隠六帖に描かれた光源氏の晩年の姿があまりに痛ましいために、読んだ者は皆出家してしまった」と書き残している。この親行は「雲隠六帖」は帝によって焼却された説を採っているが、「実は宇治の宝蔵にあった」という説も根強く、「源氏詞知」や「山州名跡志」など、何点もの書物にはっきりと記されている。

＊　＊　＊

高平太はその日の夜もまた我を失って暴れ、頼政に取り押さえられた。

だが次の夜になると、唸りはしたものの跳ね起きることはなくなり、さらに四日ほどが経った頃には、一晩熟睡できるようになっていた。

すぐ疲れてしまう体質こそまだ改善していないが、青白かった顔には徐々に血色が戻りつつある。頼政や菖蒲はほっと安堵し、この療法を提案した泰親を改めて尊敬した。

そして、高平太らが宇治に来て十日余りが過ぎた日の夜のこと。泰親と頼政は、対の屋の簀子で、明るい月を眺めながら双六盤を挟んでいた。

今日は、屋敷の主である忠実が高平太のためにお気に入りの芸人を呼んでくれた。派手な舞や外術の数々に興奮して疲れたのだろう、高平太はぐっすりと寝入っている。菖蒲ももう休んでいるようだが、高平太の寝息の方が大きいくらいだ。

その元気な寝息に、頼政は盤上の駒を進めながら嬉しそうに言った。

「随分良くなられたようだなあ。これならもう、京に戻っても良いのでは？」

「そうですね。こちらでの衣食住をできる限り再現してもらえれば、もう夜中に跳び起きることもなくなるでしょうし……。ですが、その前にやるべきことが一つ」

「もののけ調伏の儀式であるな。形の上だけでも儀式を行い、取り憑いていた悪しきものは去ったのだと思わせることで、高平太殿や菖蒲殿を安心させる……」

頼政がそう言うと、それを聞いた泰親は賽子を振ろうとしていた手を止め、きょとんと目を丸くした。

「その通りです。よくお分かりで」

「お主のやり方はよく知っておる。昨日今日の付き合いでもないからな」

「さすが頼政様、感服いたしました。……双六の腕は相変わらずのようですが」

「それは言わんでくれんか」

冷ややかな目を向けられた頼政が苦笑して目を逸らす。泰親は「安心しました」と薄く微笑んだ後、双六盤の上に身を乗り出し、頼政に顔を近づけた。夜更けの簀子に、抑えた声がぼそぼそと響く。

「……近々、平等院の境内をお借りして、もののけ調伏を執り行う予定です。人が憑いていたことにすると、死霊でも生霊でもややこしいので、狐か何かの仕業とするつもりですが、高平太様の異変が人為的なものだった場合、首謀者かその配下の者が様子を見に来る可能性もあります。つきましては、頼政様には儀式に参列し、怪しいものがいないか気を配っていただきたいのですが……」

「心得た。確かに、また同じ手を使われては元の木阿弥(もくあみ)であるからな」

頼政は神妙な顔でうなずき、そして「待った」と付け足した。

「しかし、儀式をやるにしても、寄坐はどうするのだ？　お主、できれば寄坐は使いたくないようなことを言っておったが、安心させるための儀式であれば、皆の知っている形式を踏まえねば意味があるまい」

「それなのですけどね。実は、頼政様にお願いできればと思っております」

「ああ、なるほど。拙者に——何!?」

つい相槌を打った直後、頼政は面食らって眉根を寄せた。「拙者?」と自分を指差した頼政の前で、冷静な顔の泰親がこくりとうなずく。

「無論、言ってほしいことは事前にお伝えいたします。ああ、正気を失わせるような薬物は使いませんのでご安心を」

「使われてたまるか！　だが、狐に憑かれた芝居など、拙者、やったことがないし……第一、寄坐というのは普通若い娘か童がやるものであろう？　拙者はまだ若輩者ではあるが、さすがに童という歳ではないぞ」

「そこは晴明流の託宣（たくせん）の結果ということで押し切ります。事情を知るものは少ない方がいいですし、その点、頼政様なら信用がおけます」

「そう言ってくれるのは嬉しいが」

「それに『頼政』と『寄坐』では響きがよく似ているではありませんか」

「そういう問題ではなくないか？」

ふざけているのかとも頼政は思ったが、表情を見る限り、どうやら泰親は大真面目のようだ。となると口下手な自分に勝ち目はない。頼政は反論を諦め、無言で顔を覆った。

ちなみに「頼政」と「寄坐」の音の類似性については、日本民俗学の父と呼ばれる柳田国男も言及している。源頼政の墓であると言われる塚はなぜか全国各地に点在しているが、柳田は著作「巫女考」の中で、これらの塚は本来は寄坐にまつわる神を祀ったもので、時代を経るうちに「ヨリマシ」が「ヨリマサ」へと転じたのではないか……という説を提唱している。

泰親にまっすぐ見据えられ、頼政は、うう、と唸って腕を組んだ。泰親の言い分は分からなくもないものの、やはり自分には荷が重い。

「お主も知っておろうが、拙者は、芝居や隠し事というのがどうにも苦手でなあ。口裏を合わせる程度のことならともかく、狐が憑いたふりなどすれば、すぐにボロが出るのは目に見えている。泰親には悪いが、これぱかりは無理だ。すまん」

「そうですか……。そこまで言われるのなら諦めますが、しかし、だとすれば別の寄坐役が必要になりますね。物覚えが良く、芝居が巧みで、できればこの手の儀式の知識もあり、なおかつ信用のおける人物が……」

泰親が難しい顔で言う。頼政は、そうだなあ、とうなずき、昨年まで宇治に滞在していたある女性のことを思い出した。

泰親も同じ相手を想起したのだろう、月明かりに照らされた静かな庭に目をやり、寂しげに「あの人がいれば話が早かったのですがね」と言い足した。

この時、二人の脳裏に浮かんでいたのは、「玉藻」と名乗っていた白拍子の娘だった。年の頃はちょうど頼政と泰親の間くらいで、本人は大陸の後宮から逃れてきたと自称していたが、実際のところは分からない。口は悪いが面倒見は良く、市井の外術師とは思えないほどに博識かつ多才で、頼政にとっては気のおけない友人であり、そして泰親にとっては初めて尊敬と友愛の念を抱いた異性であった。

昨年の暮れ、わけあって上皇を怒らせてしまった玉藻に、泰親は九尾の狐の名を与えてやむなく退治した……と見せかけて逃がし、玉藻は、置手紙代わりに一枚の葛の葉だけを残して姿を消した。それっきり二人は玉藻に会っていない。

　池に映った丸い月を見やりながら頼政が言う。

「どうしておるだろうな」

「大丈夫でしょう、あの人のことですから」

「そうだな。そうであるといいのだが――」

「元気ですよー、おかげさまでね」

　頼政の言葉に、からりとした娘の声が被さった。

　唐突に割り込んできた第三者の――それも確かに聞き覚えのある――声に、頼政たちははっと顔を見合わせ、同時に声の聞こえた方へと目をやった。

「今の声は」と頼政が言うより早く、泰親が目を細めて口を開く。

「そこに誰かいますね？　出てきなさい！」

「おお、怖い怖い……。せっかくの可愛い顔が台無しでございますよ、五代目晴明様？」

　からかうような口ぶりとともに、灯籠の陰から長い髪の人影がふらりと現れる。

　やあ、と軽く手を掲げて笑ったのは、黒髪で長身の白拍子の娘だった。胸元に緋色の菊綴を揺らした水干は純白で、脛を出して裾を縛った細身の指貫袴は狐色。愛嬌のある整った顔立ちで、唇には軽く紅を差し、笈と呼ばれる縦長の木箱を背負っている。

　木彫りの狐の面を阿弥陀に被った白拍子の娘は、堂々とした歩調で二人に歩み寄り、優雅な仕草で会釈をした。

「おこんばんは。月の綺麗な夜ですね」

「確かに……あ、いや、そんなことより！　お主――」

「玉藻……！　玉藻ですよね？」

驚き訝る頼政の隣で、泰親が桟敷から身を乗り出す。

色白の顔は上気しており、双眸ははっきりと見開かれていた。普段は冷静な泰親が、ここまで感情を露わにするのは珍しい。と、問いかけられた白拍子の娘――玉藻は、嬉しそうににこっと微笑んだ後、芝居がかった仕草で首を傾げてみせた。

「玉藻、とは、どなたのことでありましょう……？　私は『葛の葉』。お二方のような身分の方とは縁のない、しがない外術使いの白拍子にございます」

玉藻が大袈裟に首を横に振ってみせる。意外な返答に頼政は「え？」と戸惑ったが、それを聞いた泰親は冷ややかな目つきになり、浮かせていた腰を下ろして一礼した。

「そうでしたか。知人と似ていたので間違えてしまったようです。では、どうぞお引き取りを。出口はあちらです」

しれっと門の方角を示す泰親である。その他人行儀な返答に、自称「葛の葉」こと玉藻はキッと眉尻を吊り上げた。

「ちょっと！　久しぶりの再会でそれはなくない？　私だよ？　玉藻お姉さんだよ？」

「最初から素直にそう名乗ればいいんです。何が葛の葉ですか」

「だってさー、なんか照れるじゃない。かしこまって挨拶するの苦手なんだよね。てか君、もしかして、背伸びた？」

「……伸びましたけど、それが何か」

「生意気だなと思って。でもまだ私の方が高いから許してあげる」

眉をひそめる泰親を玉藻は嬉しそうに見下ろしたが、頼政が涙ぐんでいるのに気付くと、ぎょっと目を丸くした。

「どうしたの、お武家様？」

「どうもこうもあるまい……！　息災そうで何よりだ……！　ずっと案じておったのだぞ！　お主、あれから一体どうしておったのだ？」

「そうです！　と言うか、なぜここに？　仮にもここは先の関白様のお屋敷ですよ」

声をひそめた泰親が、思い出したようにあたりを見回した。「どうやって侵入を」と問われた玉藻は、笈を地面に下ろしてそれに腰を掛け、頭の狐の面を軽く叩いた。

「どうもこうも、昼間に門から入っただけだよ」

「何？」

「昨年逃がしてもらった後、しばらく京を離れてたんだけど、泰親様たちに相談したいことができて、こっちに戻ってきたんだよね。どうやって声を掛けようか考えてたら、このお屋敷が芸人を集めてたから『白拍子でござい』って顔で屋敷に入って、ここの縁の下に潜んで話を聞いてたわけ。そしたらちょうど私の話が始まったから、今だ！　って思って、そこの灯籠の陰まで移動して……」

「普通に出てくればよいものを——待った！　お主、まさか、拙者らの話を聞いておったのか？」

青ざめた頼政が慌てて問いかけ、あっ、と泰親が絶句する。二人に見つめられた玉藻は、けろりとした顔でうなずいた。

「奥で寝てる子を安心させるためにインチキのものの け調伏の儀式をやるから、付き合ってくれる寄坐役を探してるんでしょ？　私で良かったら手伝おうか？」

笈に腰かけて脚を組んだ玉藻が自分を指差して問いかける。その提案に頼政たちはどちらからともなく目を見交わし、ややあって頼政がおずおずと口を開いた。

「しかし玉藻、お主、拙者たちに用があったのではないのか」

「そっちはそこまで急ぎじゃないし、それにお二人はほら、命の恩人だからさ。恩を返したいわけですよ。いや、感謝してるんだよ、本当に？　頼政様も、泰親様も、その節はありがとうございました——って、あー、やっぱ照れるねこういうの！　とにかく、何でもやるつもりで戻ってきたんだから、遠慮なく使ってくれればいいよ」

「……本当に？　信じていいのですか？」

「信じてよ、泰親様。私にできること何でも言って……って、ちょっと泰親様？　目つきがいやらしくなってますわよ？　何を想像されてます？」

「別に何も想像していませんが」

「ほんとにー？」

「やめてください。すぐそうやってふざけるのが貴方の悪い癖です。実に大人げない」

「何だとこのインチキ陰陽師。そういうひねこびたところが実に可愛くない」

「落ち着け二人とも、声を抑えろ！　高平太殿や菖蒲殿が起きるではないか」

言い争い始めた泰親と玉藻の間に、頼政が慌てて割り込んだ。

泰親と玉藻は、どちらも冷静かつ博識で、良く言えば聡明、悪く言えば狡猾な性格なのだが、馬が合わないのか、それとも逆に合いすぎるのか、二人揃うとこんな調子になりがちだ。頼政は「静かに」と仕草で念を押した上で、しかめっ面の泰親に向き直った。

「とりあえず、寄坐は玉藻に任せぬか？　事情はすっかり聞かれてしまったようだし、白拍子である玉藻なら、拙者よりよほど適任であろう」

「それはそうですが……。玉藻、貴方、寄坐の経験はありますか？」

「物付(ものつき)でしょ？　やったことあるよ」

「……本当に？」

「しつこい！　信じなさいよ。私は嘘は言わないって」

「貴方くらい信じられない人もそういませんが……」

「今回は本当だっての。狐でも人でも神仏でも、何でもお好みのものを降ろしてご覧に入れましょう」

泰親に見上げられた玉藻が自慢げに胸を張る。

玉藻が口にした「物付」とは、専門職として寄坐を行う者のことである。もののけ調伏の儀式において、当初は、その場に居合わせた人間から寄坐役を選んでいたが、十二世紀になると専業として寄坐を行う女房や巫女が現れ、彼女らは物付と呼ばれたという。

さらに玉藻は、笈の中から白く染めた狐の毛皮を取り出し「狐が憑いてたことにするなら、退治した証拠があった方がいいでしょ。これ使う？」と提案、泰親は「なら、狐を退散させた後、飛んでいって落ちた先で毛皮を見つけるという段取りにしましょう」と承諾し、かくして計画はまとまった。

＊＊＊

「では、ただいまより、もののけ調伏の儀を執り行います」

頼政たちが玉藻と再会してから数日後の夜。泰親は、平等院の境内に組まれた護摩壇を前に粛々と宣言し、幣帛（へいはく）を結わえた竹を掲げた。

陰陽師としての正装を纏った泰親の脇には、巫女装束の玉藻が寄坐として控えている。煙と火の粉を巻き上げ続ける護摩壇の正面の畳には、緊張した面持ちの高平太が正座しており、その東側には見届け役の菖蒲と忠実の姿があった。

儀式の場は外から様子が見えないように几帳（きちょう）で囲われており、頼政はその外側、護摩壇の真南に位置するあたりに、魔除けのための弓を手にして立っていた。几帳の周りには、忠実が手配した護衛の兵士たちも陣取っている。

安倍家の嫡流の天才児がもののけ調伏を行うとあって、境内には、平等院や周辺の寺の僧、それに別業で静養中の貴族らが見学や見物のために集まっていた。高位の人物になるほどお付きの数も増えるため、あたりはなかなかにぎやかで、篝火や松明特有の松の匂いが煙と混じって漂っている。

――高平太様の異変が人為的なものだった場合、首謀者かその配下の者が様子を見に来る可能性もあります。

泰親の言葉を思い出し、頼政が改めて気を引き締めた時、ばしゃっ、と水をかける音が、几帳の内側から響いた。

泰親が玉藻の手を取って洗っているのだ。もののけ調伏の儀式は、術者が寄坐の手と口を清め、頭頂に香水を注ぐことから始まるのである。ちなみに、玉藻は表向きには「泰親が占いで見つけてきた『葛の葉』という名の物付」ということになっている。

もののけ調伏の段取りは泰親と玉藻の間でしっかりと確認済みで、妖狐退治の証拠にする予定の毛皮も、富家殿の庭の植え込みの一角に隠してある。

準備は万端。後は、どうか儀式が何事もなく進みますように。そして、もし犯人がいるなら、この場で捕まえられますように……。

弓を手にした頼政が祈っていると、几帳の中から泰親の祭文が聞こえてきた。

「――ここに七十二道の霊符神に申さく、夫れ、神は万物に妙にして変化に通ずるものなり。天道を立て、是を陰陽と謂い、地道を立て、是を柔剛と謂い……」

本格的に儀式が始まったようだ。それを聞きつけた聴衆も自然と口をつぐんでいき、あたりが静かになっていく。

そして、几帳越しの泰親の祭文が朗々と響くこと、おおよそ一刻（約三十分）。

何の前触れもなく唐突に、「ピー……ヒョロロロロロ……」という甲高い鳶の鳴き声が――そうとしか聞こえない音が――平等院の境内に響き渡った。

「鳶？　こんな夜中に？」

驚いた頼政が反射的に暗い空を見上げ、聴衆たちも戸惑いながら視線を上げる。

と、一同が揃って見上げた夜空を、光を放つ大きな何かが横切った。

燃えるような光に包まれた大きな鳥。そうとしか形容できないそれは、阿弥陀堂の方角から宝蔵の方へと向かってまっすぐに飛び、宝蔵の屋根の陰へと消えた。

「なっ――何だ……!?」

弓を構えるのも忘れ、頼政は目を見開いて戸惑った。

光る鳥がその姿を見せていたのはほんの僅かな時間だけだったが、居合わせたほぼ全員が、確かにそれを目撃した。息を呑む音がいくつか響き、誰かが震える声を発した。

「もののけだ……」

「調伏された化け物が出てきおったのだ……！」

「だったら――逃げろ、取り憑かれるぞ！」

誰かがそう叫んだのをきっかけに、あっという間に境内に混乱が広がった。

大勢の僧侶や貴族が、我先に逃げ出そうとし始めたのである。「こっちだ」「通せ」「押すな」「お前こそ」と、無数の怒号や悲鳴が響く中、困惑した顔の泰親が几帳の中から現れる。それを見るなり頼政は慌てて駆け寄った。

「泰親！　お主、今のを聞いたな？　今のを見たな？　まさかとは思うが、あれはお前の差配では――」

「ないです！　あんなものを出す予定がないことは、頼政様が誰よりご存じでしょう」

泰親は頼政の耳元で小声でそう告げ、几帳に囲まれた儀式の場を振り返った。「ひとまず高平太様には」と泰親が続ける。

「もののけは抜けたので待っていてください、とお伝えしておきました。しかし、この騒ぎを治めない事には何も――」

「宝蔵が破られたぞーっ！」

泰親の声を遮るように、境内のどこかから大声が響く。誰のものとも分からないその叫び声に、頼政は泰親と顔を見合わせ息を呑んだ。

「聞こえたな？　もし本当だとしたら一大事、拙者は宝蔵の様子を見てくる！　お主は高平太殿のところに――」

「いえ、私も参ります！　高平太様には、忠実様肝入りの護衛が付いていますし、それに玉藻もおりますので」

駆け出す頼政に泰親が並んで言い返す。頼政は「分かった」と短くうなずき、おろおろと彷徨う貴族や僧正、主人を探す従者やお付きらを押しのけて宝蔵へと走った。泰親もその後に続く。

ややあって、二人がどうにか宝蔵の前まで辿り着くと、二十人ほどの僧侶が青白い顔で大屋根を見上げていた。彼らの視線を追った頼政は、あっ、と声をあげた。

宝蔵の屋根の上に堂々と立っていたのは、ゆったりとした墨染めの僧衣を纏い、鳶か鷲のような面で顔を隠した怪人物であった。

右手に松明を掲げ、左手には古びた大ぶりな巻子（巻物）を抱えている。

その姿を見るなり、頼政は矢を抜いて弓に番え、屋根の上の怪人に向けた。

「何者だ！　そこで何をしている！」

頼政の大声が宝蔵前に轟く。

それを聞きつけた怪人は、来たな、と言いたげに頼政と、その隣で息を切らしている泰親を見た。よく通る男性の声での名乗りが、猛禽類を象った面の下から響く。

「――『天狗』だ！」

「て、『てんぐ』……？」

「左様。鳥であり人である化け物だ！　そこな陰陽師の調伏によって、あの童からは追い出されたが、それも計略のうち！　平等院に入り込んで騒ぎを起こし、それに乗じて宝蔵からこの『雲隠六帖』を盗む――。全て、俺の筋書き通りだ！」

天狗と名乗った仮面の男が左手の巻子を堂々と掲げる。その宣言に、頼政と泰親が驚いたのは言うまでもない。

「す、すると、お主は、高平太殿に憑依していたものものけだと……？」

「あ、ありえません……！　絶対にそんなはずはない！」

「落ち着け泰親！　それより天狗とやら、お主、今、『雲隠六帖』と申したか？　その『雲隠六帖』とは、まさか『源氏物語』の──」

「知っているなら話は早い。そうだ！　あまりの悲痛さ故に、読んだ者を必ず出家させてしまったという幻の巻！　これさえ手に入ればもうここに用はない！」

「貴方は一体何者なのです？　どうやって宝蔵に？　なぜそんなものを欲するのです？」

泰親が大きな声で問いかける。だが、天狗はそれには応じず、巻子を懐に差し込んで肩をすくめた。もう話すつもりはないと言いたいようだ。「逃がすか！」と頼政が叫ぶ。

「確かに、宝蔵を破った手腕は見事であったが……お主一人で、ここから逃げられると思っているのか？」

弓矢を構えたままの頼政が、見ろ、と仕草で周囲の様子を示した。

宝蔵の周りに詰めかけた人数は、いつの間にか倍近くに増えていた。貴族の警護役や平等院の僧兵が騒ぎを聞いて駆けつけたのだろう、武器を手にしたものも多い。だが、天狗は慌てた様子もなく、両手を翼のように動かして余裕のある声を発した。

「天狗とは、人でありながら鳥であり、鳥でありながら人でもあるもの……。鳥であるなら羽がある。どれだけ大勢に囲まれていようが問題はない！」

「何……!?」

「さらばだ！」

そう言うなり天狗は、手にしていた松明を眼下に向かって投げつけた。慌てて避ける頼政の眼前で松明が地面に激突し、瞬間、大量の煙が噴き上がる。まずい、と泰親が顔色を変えた。

「煙幕！　吸ってはなりません、頼政様！　何が仕込まれているか分かったものではありません！　皆様もお気を付けて！」

警告を発した泰親が、慌てて着物の袖で自分の鼻と口を塞ぐ。頼政もとっさに鼻から下を衣の裾で覆い、呼吸を止めた。

視界を覆った濃密な煙は、ほどなくして晴れた。幸い、煙に毒性はなかったようだったが、あたりが見回せるようになった頃には天狗の姿はどこにもなく、一同はただ、困惑した顔を見合わせることしかできなかった。

＊　＊　＊

儀式中に想定外の事件が起こったとは言え、もののけ調伏は形の上では成功したことになった。実際、高平太は元気になったので、これ以上宇治に留まる理由もない。

高平太は菖蒲とともに京へ戻ることになり、頼政は富家殿の門前で彼らを見送った。

「では高平太殿、どうかお元気で」

「はい！　頼政様もお達者でお過ごしください！　それと、あの、またお会いする機会があれば……」

「分かっております。肩車でござるな？」

「はい！」

「拙者で良ければいくらでも。お屋敷の方々によろしくお伝えくだされ」

「かしこまりました。頼政様からお受けした御恩、それがし、絶対忘れません！」

生き生きとした顔色の高平太が、満面の笑みで頼政を見上げる。続いて、高平太の斜め後ろに控えていた菖蒲が深々と頭を下げた。

「あの、本当にありがとうございました、頼政様。私からも、屋敷の皆様を代表してお礼を申し上げます……。験者様――泰親様は、まだこちらに残られると聞きましたが」

「ええ。先程、内裏から急ぎの文が届きました。あの天狗とやらを捕まえて、取られたものを即刻取り返せ、とのことで……簡単に言ってくれるものです」

疲れた顔の泰親が溜息を落とす。

昨夜の天狗の一件は、平等院の僧正か、あるいは居合わせた貴族の誰かが早馬を飛ばして知らせたようで、泰親が文を書くより早く内裏へと伝わっていた。

難題を押し付けられた泰親は、やれやれと肩をすくめた後、心配そうな顔の高平太へと向き直った。

「あれにまんまと宝蔵を破らせてしまったのは、この泰親、一生の不覚……。本来ならば寄坐に憑依させた上で調伏するべきところを、やつを逃がしてしまったのです。ですが、もう二度と高平太様にあれが取り憑くことはございませんので、そこはどうかご安心ください。安倍晴明五代目の名において保証します」

天狗の素性も何もまだ分かっていないのに、堂々と言い放つ泰親である。相変わらずはったりの上手い男だと頼政が感心していると、菖蒲が口を開いた。

「『雲隠』が実在していたのも驚きましたが、どうして『天狗』なのでしょう……？　私は直に目にしてはおりませんが、天狗を名乗る曲者は、鳥の面を被っていたと聞きました。天狗というのは、深い山にいる樹木の精霊のことではないのですか？」

「そこは拙者も気になっておりました。拙者の知る天狗は、深山で琴を鳴らすような無害な存在。鳥面の怪人が名乗る名としては、どうもそぐわないと思うのですが……。泰親、お主はどう思う？」

「お二方の言っておられる天狗は『宇津保物語』や『源氏物語』のものですよね。その理解も決して間違ってはおりませんが、天狗の意味は一つではありません。『史記』では、天狗とは音を発しながら空を駆ける狗とされていますし、本邦最古の用例である『日本書紀』の欽明紀でもこれを踏まえ、天狗は流星のようなものの名となっています。曰く、『流星に非ず。是れ天狗なり。其の吠ゆる声、雷に似れる』――」

「さすが験者様……！　何でも知っておられるのですね！　……でも、楽器を奏でる木の精霊も、音を出す流れ星も、鳥面の怪人とは全然違うのでは？」

　高平太が皆を見回して問いかけたが、それに答えられる者はいない。泰親が「これから調べるしかないですね」と苦笑すると、高平太は泰親に向き直り、男児らしい大きな声を発した。

「では、験者様、どうかご武運を！」

「お心遣い痛み入ります。しかし、本当に元気になられましたね」

「確かに。今日の高平太殿は、昨日にもまして元気ですな。何か良いことでもあったのですか？」

「秘密です！」

　頼政に問われた高平太が心底嬉しそうな顔で即答する。どうやら何か良いことがあったようだなと頼政は察した。

　その後、高平太は頼政に重ねて礼を言い、再会を約束した上で、菖蒲とともに牛車に乗って去った。遠ざかっていく牛車を頼政が見送っていると、後ろから呆れたような声が投げかけられた。

「寂しそうな背中だこと。あの菖蒲様と別れるのがそんなに寂しいの？」

「何をいきなり――ああ、玉藻か」

　振り返った先、富家殿の塀の前に立っていたのは、笈を背負った玉藻だった。やあ、と手を掲げて歩み寄ってくる玉藻を、泰親が見上げて問いかける。

「昨夜から見かけないので心配していましたよ。どこに行っていたのです？」

「これの確保。天狗だか何だかのせいになっちゃった以上、こんなものが残ってるとまずいでしょ？　今朝のうちに回収しておきました」

そう答える玉藻の手には、白く染められた狐の毛皮が携えられていた。なるほど、とうなずく頼政の隣で泰親が言う。

「回収の際、誰にも見られていませんよね？」

「あったりまえじゃん！　……と言いたいところだけど、あの男の子――高平太君だっけ。彼にばったり見られちゃったんだよねえ。早起きして庭を散歩してたみたいで」

「何だと!?　それでどうしたのだ」

「とっさに毛皮を被って顔を隠したけど、それで誤魔化せるもんでもないなと思ったからさ。立ち上がって、こう、厳かな声で『我は七十四道の王にして、全ての狐の王たる貴狐天王なり、またの名を荼枳尼天なり……。我を見逃し、このことを誰にも言わぬのであれば、お主の望みを叶えてやろうぞ』」

「……そう言ったのか？」

「うん。そしたらあの子、目を丸くして、手を合わせて何度も何度もペコペコしてねえ。いやー、子どもって純真で騙しやすくて助かるよ」

「高平太殿がやけに元気だった理由はそういうことか。お主はまったく……」

頼政は腕を組んで呆れたが、一方の泰親は、難しい顔で黙ってしまった。どうかしたの、と玉藻に問われた泰親が言う。

「……もしかしたら、高平太様に過剰な自信を与えてしまったのではと思いまして」

「過剰な自信？　それが何か悪いのか」

「てか、そもそもあの子は誰なのさ。もう今さら隠し事でもないでしょ」

首を傾げる頼政に続き、玉藻が泰親に顔を寄せて睨む。二人に見据えられた泰親は、観念したのだろう、抑えた声をぼそりと発した。

「これはくれぐれもご内密にお願いしますが……高平太様のお父上は、伯耆守様――平忠盛様です」

「ふむ。つまり高平太殿は平家の御嫡男というわけか」

「それだけならいいのですけどね……。どうも、彼の実のお父上は忠盛様ではなく、法皇様らしいのですよ」

「何!?　法皇様と言ったらお主――」

「はい。朝廷の実質的な支配者にして、本邦最高の権力者です。だから、そのご落胤かもしれない高平太様には敵が多いわけですが、裏を返せば、あの方は、それだけの潜在的な地位と力を持っているということにもなる……。ちなみに、それを見込んで庇護なさっておられるお方の一人が藤原家成様。菖蒲様が仕えておられる主です」

「家成様とな。お若いが優秀な方と聞いておるが」

「実際、目端の利く方ではあるのでしょうね。そして、ここからが本題ですが……人という生き物は、自分は超越的な何かの加護を受けていると信じてしまうと、行動が大胆になりがちです。もし将来、自信を付けた高平太様が順調に出世して朝廷を牛耳るようにでもなったら――玉藻。貴方の責任ですよ」

顔をしかめた泰親が玉藻を見上げる。玉藻は「考えすぎだって」と明るく笑ったが、泰親は依然顔をしかめたままで、それを見た頼政もなんとなく不安を覚えたのだった。

平忠盛の息子は後に「平清盛（きよもり）」と名乗り、異例の速度で昇進を遂げた。やがて朝廷内の軍事を一手に握った清盛は、朝廷を実質的に支配、「平家にあらずんば人にあらず」という言葉に象徴される時代を築くに至る。この清盛の実の父親は白河法皇であるという説は存命中から語られており、現代でもなお、一部の資料には史実として記されている。

幼少期の清盛についての記録は多くはないが、「平家物語」の異本によれば、幼い頃の清盛は、高い下駄を履いていたことから、京都の子どもらに「六波羅（ろくはら）のふかすみの高平太」と呼ばれていたという。

また「源平盛衰記（げんぺいせいすいき）」には、幼い頃の清盛が不思議な狐と遭遇したエピソードが記されている。清盛の前で狐は美しい女性に姿を変え、命を助けてくれるなら望みを叶えると告げた。それを聞いた清盛が礼拝すると、女は狐に戻って消えた。それ以来、清盛は荼枳尼天を信仰するようになり、結果、満願（まんがん）叶って順調に出世したのだという。

なお、平家一門による支配体制を打ち立てた清盛だが、源氏とは対立関係にあったにもかかわらず源頼政のことは気に入っていたようで、その人柄を高く評価し、重用を続けた。頼政もこれによく応え、二人の友好関係は、頼政の最晩年まで――頼政が平家に対して反乱を起こす時点まで――長きにわたって続いたという。

第二話　道成寺の夜

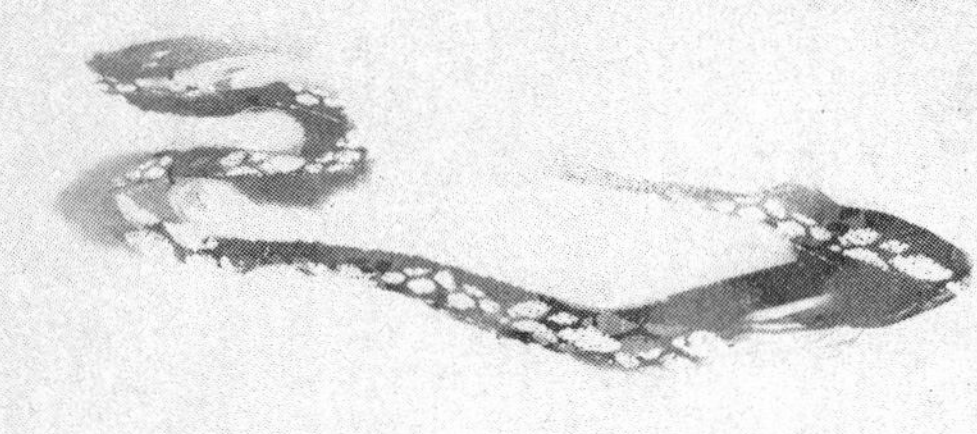

トントンお寺の道成寺
釣鐘下ろいて　身を隠し
安珍清姫　蛇に化けて
七重に巻かれて一廻り　一廻り

（和歌山県に伝わる手毬唄より）

高平太の見送りを終えた後、泰親は玉藻に宇治までやってきた理由を改めて問うた。

「私たちに相談があるとのことでしたが」と尋ねられた玉藻は、まあね、とうなずき、その上で泰親たちを見比べた。

「のんびり私の話聞いてていいの？　天狗ってのを追わなきゃいけないんでしょ」

「そこまで急ぎはしませんよ。焦れば捕まえられる相手でもなさそうですし、力を借りたままというのもすっきりしません」

「拙者も同感だな。玉藻、一体何があったのだ？　いや、そもそもお主、昨年来、一体どこでどうしておったのだ？」

泰親の言葉に頼政がうなずき、玉藻を見返す。二人に見つめられた玉藻は、「まじまじ見られると照れるねえ」と嬉しそうに微笑んだ。

流浪の白拍子の相談を聞くのに忠実の屋敷を使うわけにもいかないので、三人は市街から少し離れた宇治川の川辺へ移動し、そこで玉藻から話を聞いた。

昨年、平安京から逃げた後は、熊野へ身を寄せていたのだ、と玉藻は語った。

「私みたいな外術師は修験者の知り合いが多いし、修験といえば熊野でしょ。で、色々あって、紀州は日高川の河口近くに居着いたんだけど、そこの『道成寺』って寺の坊さんが良い人でね。山で薬草を採るのも、それで作った薬を門前で売るのも許してくれたから、食うに困ることはなかった」

「ほう。寛大な御坊なのだな」

「坊主の中には女が寺に近づくだけで怒鳴るのもいるからね。そういうのと比べると、かなりマシな部類だよ。村の連中にも慕われてるし」

「ふむ。それで？」

「うん。その坊さん――『安珍』っていうんだけど、もうすぐ死ぬって言ってるわけよ」

川辺の岩に腰を掛けて脚を組んだ玉藻が、眉をひそめてあっさり告げる。いきなりの不穏な言葉に、頼政は思わず問い返していた。

「何？　重い病か？　あるいはお年か……？」

「違う違う。安珍はまだ三十くらいだし、体も頭もピンピンしてるよ」

「紀州の河口近くと言えば熊野灘……。もしや、補陀落渡海ですか……？」

神妙な顔で泰親が言う。

ここで泰親が口にした「補陀落渡海」とは、九世紀から熊野灘で行われていた、捨て身の修行の名称である。「厭離穢土欣求浄土」――穢れたこの地を離れて極楽へ行きたい、という観念に基づき、南方にあるという極楽浄土を目指すため、密閉された船に乗り込んで熊野灘から太平洋へ送り出されるというもので、当然、一度出港してしまえば帰還することはできない。

頼政も補陀落渡海のことは知っていたため、難しい顔になった。

「恩人を助けたい気持ちは分かるが、ご本人の意志なのであれば……。なあ、泰親」

「ええ。それはもう、止めようがないのではありませんか……？」

頼政と視線を交わした泰親が抑えた声をぼそりと発する。だが玉藻は、深刻な顔の二人を前にして、ヒラヒラと手を振ってみせた。

「違う違う。そんな事情ならわざわざ知恵を借りに来たりしませんよ。……あのね、安珍は、もうすぐ大蛇が自分を迎えに来るって言ってるんだよね」

「大蛇とな」

「そう、大蛇」

戸惑う頼政の言葉を念を押すように繰り返し、玉藻は、安珍から聞かされたという話を二人に語った。

奥州出身の安珍は、今から十年前、まだ十代だった頃、熊野詣の道中に海の近くの民家に泊まり、その家の娘と恋に落ちたのだという。

二人は強く惹かれ合い、安珍は娘に「帰り道に必ず迎えに来る」と告げてそこを去ったが、いざ冷静になって考えてみると、仏道に帰依(きえ)した身で女性と一緒になれるはずもない。さりとてそれを正直に話す勇気も出せず、迷ったまま帰路に就いた安珍は、娘のところに立ち寄らずに逃げてしまった。

それに気付いた娘は怒り狂って安珍を追い、怒りのあまり、その身を大蛇へと変えた。だが、追いつかれそうになった安珍が一心に法華経を唱えると、もはや顔以外は完全に蛇になった娘は「今から十年後の祭の日の夜、必ずお前を迎えに来る」と言い残し、日高川から海へ消えた……。

「ということらしいのよ。で、その女の顔の大蛇が……いや、海に消えたんだから大海蛇か。大海蛇が迎えに来る十年目ってのが、今年の今月なわけ」

「な、なるほど……。それはまた……」

ひとまず相槌を打った後、頼政は言葉に詰まった。あまりに予想外の相談内容だったので何を言っていいのか分からない。その後を受けるように泰親が口を開く。

「安珍様ご本人はどう受け止めておられるのです？」

「そりゃもう『悪いのは自分なのだから受け入れます』の一点張りよ。安珍を慕ってる村人たちは助けたがってはいるんだけど、諦めの方が強いわけ。何せ、十年間この話を聞き続けてるわけだからね」

「でも玉藻としては助けたいと」

「まあね。てかさ、そもそもそんなことあるの？」

泰親の言葉にうなずいた玉藻が身を乗り出して問いかける。玉藻、そして頼政にも見つめられた泰親は、そうですね、とつぶやいた上で口を開いた。

「事実かどうかはともかく――かなり疑わしいとは思いますが――八十年余り前に書かれ

た『法華験記』に、よく似た話が載ってはいます。話の舞台は紀伊国牟婁郡、日高川のほとり。恋慕した僧に邪険にされた女が建物に籠もって『五尋の大きなる大蛇』と化し、僧を追うという話です」

「紀伊の日高川とな。件の安珍殿と同じ場所ではないか」

「それ、坊主は最後助かるの？」

「助かりませんよ。大蛇と化した女に殺されて終わりです」

「えー……」

玉藻が大きく肩を落として落胆する。「それじゃ困るんだけどなあ」とぼやく玉藻の姿からは、安珍の身を深く案じていることが伝わってきて、頼政はしみじみとうなずいた。

「玉藻は本当に優しいな……」

「は？　何、急に」

「思ったままを申したまでだ。お主は、口ぶりこそ乱暴ではあるものの、困っている者がいれば声を掛けて手を差し伸べ、多少なりとも関わりを持った相手のことを心から案じることができる乙女であろう？」

「乙女って。そんな大したもんじゃないけど……」

「謙遜せずともよい。拙者、お主のそういうところを尊敬しておるのだ。お主のような見上げた心がけの者が増えれば、この世はもっと平和に——」

「うるさい！」

「えっ？」

赤くなった玉藻にいきなり叱られた頼政がびっくりして黙り込む。戸惑った頼政に「なんで今怒られたのだ？」と問われた泰親は、「私に聞かれましても……」と言葉を濁した上で玉藻に向き直った。

「ともかく、お話は分かりました。要するに、玉藻としてはその安珍様を助けたいと」

「うん。まあ、そもそも、女が蛇になるわけないだろうとも思うんだけど」

「本人がそう主張している以上そこを議論しても仕方ないし、彼に不本意な死が迫っているなら阻止したい」

「相変わらず話が早くて助かるねえ。で、五代目晴明様ならどう止める？　説得？　まじない？　それとも別の方法？」

「うーん……。頼ってくださったのは光栄ですが、正直、今聞いた話だけでは何とも判断しかねますね……」

困った顔になった泰親が頭を振り、手にしていた扇の先を額にこつんと当てる。

泰親はそのまま少しの間黙考し、ややあって、何かを思い切るように顔を上げた。まだどこか幼さの残る歯切れのいい声が河原に響く。

「では、行きますか」

「行くって……まさか紀州へ？」

「はい。現地で詳しく話を聞くなり調べるなりすれば、見えていないものが見えてくることもあるでしょう」

「そりゃ来てくれる分には助かるけどさ、いいの？　ね、お武家様」

「う、うむ……。お主、天狗の追跡調査はどうするつもりなのだ？」

「それも兼ねてのことですよ。彼が出てくる前に空を横切った光る鳥、それにあの甲高い鳴き声や面の形状などを踏まえると、天狗は自分のことを鳶に――それも、金色に輝く鳶になぞらえているように見えました。金色の鳶といえば『日本書紀』で神武天皇を導いた存在です。『古事記』では八咫烏の役割で、こちらの方が有名ですが、その八咫烏を祀っているのが熊野三山。熊野は修験者の修行の地でもありますから、そこであの怪しい手口を身に付けたのかもしれません」

「手口というか、あれはもうほとんど妖術であろう？」

「理屈は付けられなくもないですよ。光る鳥は、油を塗って火を放った鳥を飛ばすとか、あるいは凧を燃やすとかで実現できますし、消えた時に使ったのはただの煙幕。鳥の化け物であるようなことを言っていましたが、実際に飛ぶところは見せていませんしね」

「なるほど……。奴はその方法を熊野で学んだというわけか」

「あくまで推測ですが。ただ、今の段階では、怪しい所を一つずつ潰していくより他はなく、そして紀州もまた熊野。一石二鳥というやつです。とは言え私は熊野を訪ねた経験がないので、道中の案内をお願いしてよろしいですか、玉藻？」

しれっとした顔で泰親が問う。その申し出が意外だったのだろう、玉藻はきょとんと目を瞬いた後、ニッと笑って首を縦に振ってみせた。

「もっちろん！　旅のことならこの玉藻にお任せくださいませ泰親様。お武家様はどうする？来る？　やめとく？」

「え、拙者か？　うーむ……」

頼政は腕を組んで考えた。

京から熊野までの往復に掛かる日数はおおよそ一月弱と聞いている。宇治の治安維持を任されている身としては、それだけの期間この地を留守にすることは不安だが、自分も天狗のことは気になっている。放置しておくわけにはいかないとは思うものの、今のところ手掛かりはまるでない。

……であればここは、泰親の護衛も兼ねて、一緒に行った方がいいのではないか。

そう考えた頼政は「拙者も同行させてほしい」と重々しく頭を下げた。泰親と玉藻は当然それを快諾し、かくして三人は、宇治を離れて紀州へ向かうこととなった。

＊　＊　＊

紀州行きを決めたその日、頼政は起居する屋敷の主の忠実に「本家の用事で一時的に摂津に帰ることになりました」と伝え、泰親は陰陽寮へ「調査のため宇治を離れます」という手紙を書いた。

行き先を隠したのは、泰親の提案によるものである。

「どこに天狗の身内がいるか分からない以上、私たちの動向はなるべく秘しておくべきです。護衛や同行者も付けるべきではありません。天狗が宝蔵から容易く目当ての宝物を盗み出してみせたことを思うと、奴は宝蔵の収蔵品目録を持っているか、少なくともどこかで見ていた可能性が高い……。そんなものを手に入れられるのは、相当高位の貴族か皇族のみです。おそらく天狗は単独犯ではなく、貴族階級の何者かと組んでいると私は見ています。であれば、こちらの手の内は軽々しく明かすべきではありません」

泰親は神妙な顔でそう主張し、頼政もこれに納得した。

なお、熊野詣では、淀川を使って大坂まで出た後に陸路で山を越えるという道筋が一般的だが、道中で出くわす相手はなるべく減らしたいという理由に加え、玉藻が「馬には乗れるけどさ、船、家財道具ごと買ったばっかりなんだよ。乗り捨てていくのは嫌だ」と言い張ったため、玉藻の船で淀川の河口まで出た後、海岸伝いに南下して紀州を目指すことにした。

摂津出身で畿内を回ったこともある頼政はそれなりに旅慣れてはいたが、泰親はせいぜい大和に行ったことがあるくらいで、お付きのいない旅は初めてだ。それを聞いた玉藻は嬉しそうに先輩風を吹かせ、「地方では銭が使えないことがあるからね、わずかでいいから金と銀、あとは絹糸か針を持っておくこと」「街道沿いで出来合いの食べ物を売ってるのがいるけど、ああいうのだいたい不潔だから、ほいほい買わないように」等々、聞かれてもいない助言を延々語り、泰親をうんざりさせたりもしたが、ともかく三人は旅支度を整え、庶民風の狩衣や直垂を身に着けて、ひっそりと宇治を発った。

港町である摂津の生まれの頼政は、慣れた手つきで櫂を扱い、玉藻の船は滑るように淀川を下った。

やがて日が落ちると、玉藻は頼政に船を停めさせ、川岸に建っていた無人のお堂を宿と定めた。本尊不在のがらんとした堂を、頼政が物珍しげに見回す。

「拙者、てっきり船で寝るのかと」

「三人だと狭いしね。寝床は揺れないに越したことはないし」

「なるほど。ということは、お主はいつもこういうところに泊まっておるのか？」

「まさか。女の一人旅でこんなとこ泊まれますか。今日はほら、いかつい男が二人……でもないか。一人いるからね」

「いかつくなくて悪かったですね」

「怒らない怒らない。まあ、普段は宿場の遊女宿とか、布施屋とかが多いかな」

玉藻が口にした「布施屋」とは、各種の税の運搬者のために朝廷や寺院が各地に設けた無料の宿泊施設である。

戦国時代以降になると平民の旅の機会はぐっと減るが、一応中央集権体制が維持されていたこの時代はまだ平民の旅もそう珍しいものではなく、各地を回る女性の商人や芸人、遊女なども多く見られた。特に西日本の遊女は船をよく操ったという。

さてと、と腕をまくった玉藻は食事の支度に取り掛かり、頼政に火打ち袋を渡して火熾しを頼んだ。

「頼政様、火が付いたら米蒸してくれる？」

「任されよ」

「あの、玉藻。私は何をすれば」

「あー。泰親様、料理したことないんだよね。そのへんで占いでもしてたら？」

「うちの家業を暇つぶしみたいに言わないでください。……あの、せっかくなので見ていてもいいですか？　しばらく旅をするわけですし、手順くらいは覚えておきたいです」

そう言うと泰親は衣の裾を押さえ、竈の傍に陣取った。まじまじと見つめられた玉藻は、気恥ずかしそうに頰を染めながらも、宇治で調達してきた野菜を手際よく切って鍋に入れ、さらに茶色の薄い板のようなものを取り出した。

円盤状の板を細かく割って鍋に放り込むと、香ばしい異臭が立ち上る。鼻を突くような独特の匂いに、泰親は思わず顔をしかめ、一方頼政は嬉しそうに反応した。

「ほう！　この香り、糸引き豆だな」

「イトヒキマメ……？」

「泰親にも知らぬものがあるのか？　煮豆を藁で包み、糸を引くまで放置したものだ」

「それは……腐っているのではないですか……？」

「失敬な。ちゃんと食えるしちゃんと美味いです。私は嘘は言わないよ。泰親様なら『医心方』は読んでるよね？」

「百年ほど前に編纂された医学書ですよね。目は通しましたがそれが何か」

「あれに『豆豉』ってのが出てて、体にいいって書いてあったでしょ。あれがこれです。と言うかお武家様が知ってたのが意外だったなー。私はこれ、大陸の商人に教えてもらったんだけど」

「我ら源氏とは縁のある食べ物であるからな。先の『後三年の役』の際、河内源氏の英雄である源　義家殿が煮豆を俵に詰めて供出させたところ、数日経つと糸を引き、不思議な香りを放つようになり、食べてみたら美味かった……というのが由来だと聞いている。我らは糸を引いた豆をそのまま食うが、これは加工しているのか？」

「糸を引いた豆を叩いて潰して干しただけだよ。そのまま齧ってもいいし、こうやって砕くと調味料にもなる」

「なるほど、味噌の代わりというわけか。これは戦の際にも便利だな」

玉藻の説明に頼政は興味深げに聞き入ったが、泰親はやはりその匂いが苦手なようで、鼻を押さえたまま一歩後退した。

ここで頼政の語った糸引き豆こと納豆の由来は秋田県に実際に伝来されているものだが、納豆の起こりについては、この他にも「源義家が煮豆を馬の背に乗せて運んでいたところ、馬の体温で発酵が進んで納豆になった」という説や「坂上田村麻呂が発見した」「平安時代に中国から伝来した」「弥生時代にはもう伝わっていた」等、諸説ある。なお、納豆はアジア大陸のあちこちで広く食べられており、玉藻がやってみせたのは、現代でも東南アジア等で見られる食べ方であった。

その後も、泰親が「その匂いはちょっと……」という顔で見守り続ける中、玉藻は調理を続け、ほどなくして三人は床に灯明皿を置き、出来上がった膳を囲んだ。

献立は、野菜の納豆汁に焙った干し魚、蒸した飯という簡単なものだ。湯気を立てる膳を前にした頼政は、軽く手を合わせ、おもむろに飯椀の中身を汁椀に入れた。その隣では泰親が同じように飯を汁に入れてかき混ぜている。「こっちの人はそれが正しい食べ方なんだよね」と玉藻が言う。

「最初見た時はびっくりしたよ。育ちが悪いのかと思った」

「大陸では違うのか?」

「んー、大陸っても広いからなあ。南と北、東と西とでは風習も言葉も全然違うし」

干し魚を箸でむしりながら玉藻が言う。その言葉に頼政は「なるほどなあ」と納得し、納豆汁に入れた飯をかきこんだ。

この時代、飯は汁物に入れて食べるのが正しいマナーだった。頼政の居候先の主である藤原忠実の言談を記録した「富家語」には、「炊いた飯は冷や汁に、強飯（米を蒸したもの）は温かい汁ものに入れること」「幾つもの皿の料理を少しずつ食べるのではなく、一皿ごと順に平らげること」等、当時の貴族階級の食事の規範が記されている。

泰親は納豆汁の匂いがやはり苦手なようで、おそるおそる椀に口を付けたが、一口すすると意外そうに眉をひそめた。その反応に気付いた玉藻がにやついて問いかける。

「お味はどうです、泰親様？」

「悪くはないです。ですが……やはり匂いが……」

「しつこいなあ。好き嫌いされると母は悲しいですよ」

「誰が母ですか」

「伝説だと葛の葉は安倍晴明のご母堂なんだから、一回でもその名前を名乗った私はもう晴明一族の母みたいなもんでしょうが。ほら敬え」

「どんな理屈ですか。安倍家のものが聞いたら激怒しますよ」

「心の狭い子だなあ。でも母は寛大なので許してあげちゃう。そうだ、頼政様は飲める口だったよね？」

「酒があるのか？」

「あるよー！　しかも安い一夜酒じゃなくて、秘蔵の醴酒（れいしゅ）が」

玉藻が勢いよく立ち上がり、笈から瓶子を取り出す。泰親が「楽しそうですね」と声を掛けると、玉藻はきょとんと動きを止め、少し間を置いた後、開き直るように笑った。

「私、夜はいつも一人だから。一人でいるのは嫌いじゃないんだけど、こういうのは新鮮でさ。お二方もそうでしょ」

「それはまあ」

「確かにな」

泰親と頼政が視線を交わして同意する。それを見た玉藻は満足そうにうなずき、酒の入った瓶子を泰親に突き出した。

「というわけでどうぞ、泰親様」

「おい玉藻、泰親は酒は――」

「いただきましょう」

慌てて制する頼政だったが、泰親の声が即座に被さる。意外な返事に驚く頼政と玉藻の前で、泰親は「こんな機会はまずありませんからね」と自嘲し、器を玉藻に差し出した。

玉藻が持ち出した酒は、比較的アルコール度数が低く飲みやすいものではあったが、飲み慣れない泰親はあっさり酔った。白い肌を赤く染めた泰親は、いかに宮廷政治が非合理で、朝廷や陰陽寮での仕事がどれほど無駄が多くて面倒なのか、長々と熱弁した。

「……ですからね。知識というのは、蓄積して、共有して、その上で研鑽し合うことで高まるものなわけですよ。なのに！　家や組織ごとに！　秘伝を作ってどうするのかと！　占術や呪術のような不確定なものに割く人員と時間があるなら、月の満ち欠けでも観測すればいいのです！　今の我々の暦は、千年以上前の漢代のものより遅れてしまっているのですよ？　漢代の術師はちゃんと国を批判したのに今の陰陽寮は……」

と、そんなことを延々と述べていたかと思うと、泰親はふいに黙り込み、バタンと倒れて寝てしまった。烏帽子を被ったまま、藁の茵（しとね）に転がってくうと寝息を立てる少年を、薄赤い顔の玉藻が見下ろして言う。

「言うだけ言って寝ちゃうなんて、よっぽど溜まってたみたいだねえ」

「泰親の場合、なまじ期待に応えられる器用さがあるから、抱える鬱憤も多くなってしまうのであろうなあ。今回、紀州まで行くと言い出したのも、おそらくは……」

「疲れてて気分転換したかったから？」

「だと思う。無論、天狗の調査という名目も嘘ではないのだろうが、羽を伸ばしたくなったのであろうな。拙者にもその気持ちは分からんでもない……」

玉藻の言葉に頼政は軽くうなずき、盃に残っていた酒をちびりと飲んだ。顔をしかめる頼政を見て、脚を投げ出して座る玉藻が首を傾げる。

「……朝廷のお仕事ってそんなしんどいわけ？」

「拙者のお役目など軽いものだ。だが……まあ、何のためにこんなことをやっているのだろう、と思うことはある」

そう言うと頼政は、床の上で揺らめく灯明皿の火を眺めたまま、胸の内に蟠（わだかま）っていたものを吐き出すように、ぽつりぽつりと言葉を重ねた。

国を統治する仕組みの重要性は分かっているし、それを守る家に生まれたことは誇りではある。だが、人ではなく鬼として討伐された者たちや、もののけ調伏の儀式で酷使され、正気を失って死んだという寄坐など、使い捨てられてきた人々のことを考えると、朝廷とは、そこまでして維持しなければならないものなのかとも思ってしまう。

そして、そんな疑問を抱えたまま、体制を支える側で居続けている自分が、いかに情けなく不甲斐ないか……。

　蓄積した苦悩の独白に、玉藻は聞き役として静かに耳を傾け、やがて頼政が話し終えると、うーん、と一声唸ってから口を開いた。

「逃げちゃえば？」

「……何？」

「だからさ、逃げるの。実際私はそうやってきたわけだし。お武家様もそこで寝てる少年も、それはもう立派なお家柄でいらっしゃるわけだから、一人いなくなったところで代わりはいるでしょ？　跡継ぎがいなくなっちゃったから、どっかから連れてきた養子を本人だってことにする、なんてのは、どこの貴族もやってるよね」

「それはまあそうだが……。やはり、家を捨てるというのはさすがに」

「堅いなあ。全部投げ出してどこかに行っちゃおうってさ、考えたことないのー？」

「いや、それは――というか近いぞお主！」

　ほんのり赤くなった顔を玉藻が突き出し、酒と白粉の混じった匂いに頼政が顔を赤らめて目を逸らす。その反応に玉藻が呆れた矢先、ぼそりと抑えた声が響いた。

「――ありますよ」

　声の主は床に転がっていた泰親だった。いつの間にか目を覚まし、二人の話を聞いていたらしい。

　重みを感じさせるその一言に頼政と玉藻が黙り込むと、泰親はごろりと体の向きを変え、再び寝息を立て始めた。

＊　＊　＊

その翌日以降も、一同は紀州へ向けて船を進めた。

道中では、遊女宿の双六賭博で泰親が圧勝しすぎて一触即発の空気になったり、夏の外海（太平洋）の青さに感激した頼政が歌を詠もうとして半日悩んだりと、それなりに色々あったものの、概ね平和な旅路であった。

頼政という力強い漕ぎ手だけでなく、空を見るだけで現在の時刻や位置、進むべき方角まで把握できる泰親を得た小舟は順調に南下を続け、宇治を発って八日目、大海蛇が安珍を迎えに来るという日の二日前に、頼政たちは無事に目的地へ辿り着いた。

建立から四百年余りを経た古刹（こさつ）である道成寺は、内海のほとりに熊野の海を見下ろすようにそびえていた。長く急な石段を上がった先、朱塗りの山門から眺めると、虫の食った木の葉のようにギザギザと入り組んだ海岸線の様子がよく分かる。頼政たちは、大小無数の岩が林立する奇観にしばし見入った後、山門をくぐった。

境内は広く、正殿、三重塔、念仏堂や鐘楼等々、回廊で繋がった建物が四角を描くように並んでいる。玉藻が顔なじみの寺男を見つけて尋ねたところ、「安珍は念仏堂にいる」とのことで、明かり取りの窓から覗いてみると、日焼けした僧侶が一人、十数人の門徒を前に、説法を語って聞かせていた。

「それからしばらく経って、文殊菩薩様が霊鷲山という山に詣でられた時のこと……」

低い声を響かせる僧を指差し、「あれが安珍」と玉藻が言った。

安珍はまだ三十歳前のはずだが、皺の刻まれた穏やかな目元や落ち着いた表情には老僧のような風格がある。今のところはまだ無事のようだし、説法中に割り込むほどの急用でもないので、一行は話が終わるまで待つことにした。

「女人は五障、即ち五つの障害を生まれながらに持っているのに、なぜ成仏できたのかと問われたところ、竜女がその場に現れて……」

安珍の落ち着いた語りが窓から外へと漏れてくる。「『竜女成仏』か」と頼政がつぶやき、泰親が「最近流行りの法華経説話ですね」と相槌を打った。

海底に住む竜王の八歳の娘が菩薩の導きで仏となる過程を語ったこの説話は、平安時代末期に広く親しまれていたもので、この時代から少し後に編まれた流行歌集「梁塵秘抄」にも、竜女信仰を扱った歌が収録されている。

念仏堂の礎石に腰を下ろした玉藻が不満げに言う。

「私はあんまり好きじゃないなあ、この話。『女で子どもでしかも竜という畜生で、そんな三重苦を背負っていても仏になれます！』って話でしょ。そもそもこっちは好きで女に生まれたわけじゃなし、それを恥とも罪とも思ってないっての」

「それはそうだろうが、寺で説話を否定するやつがあるか。追い出されても知らんぞ」

「構いませんよ。玉藻殿のご意見ももっともです」

心配そうに眉根を寄せる頼政だったが、そこに低い声が割り込んだ。

声に釣られて一同が振り向くと、今しがたまで説法をしていた浅黒い僧が、穏やかな微笑を湛えて立っていた。安珍である。

どうやら説法は終わったようで、念仏堂から出てきた村人たちがぞろぞろと帰っていく。手を合わせて拝む村人に会釈を返した後、安珍は頼政たちに向き直った。

「竜女成仏の話は、一切衆生悉有仏性――どんなものでも仏になって救われる可能性がある、ということを説くものです。『女性や子どもはそもそも救われない』と言い切る旧来の教えより救いがあるものだと拙僧は思いますが、玉藻殿のように受け取られる方がおられるのも当然のこと。伝え方をまだまだ考えねばなりませんね」

軽く肩をすくめた後、安珍は泰親と頼政に一礼し、安珍と申します、と名乗った。

お互いに自己紹介を済ませた後、一同は正殿へ移動し、本尊である立派な千手観音像の前で、押しかけてきた理由を語った。

安珍は初めは穏やかに耳を傾けていたが、「貴方のことを助けてくれと頼まれましたもので」と泰親が口にすると、纏う空気が一変した。

太い眉がギュッと寄り、元々細い目がさらに細くなる。険しい顔になった安珍は、ゆっくり首を左右に振った。

「大変にありがたいお申し出ですが、お力をお借りすることはできません。どうか、お引き取りください」

「帰れと仰るのですか？」

「有り体に申し上げればそうなりましょう。全ては、十年前の拙僧の愚かさが引き起こしたこと。なればこそ、その報いは拙僧一人が受けるべきです」

「あくまでも犠牲になると言われますか」

「左様。なお明後日の祭の夜は、かの聖域――『ニソの岩屋』への部外者の立ち入りは禁じられておりますので、くれぐれもご承知おきを」

「邪魔するなってこと？」

「そういうことです、玉藻殿。執心が生んだ大海蛇の怖さは、拙僧が誰より知っておりま す。拙僧一人の犠牲で済むならそれが最良。万一、機嫌を損ねた大海蛇が怒って里に害を為したとあれば、この安珍、仏に仕える身として死んでも死に切れません故……」

　説法や読経で鳴らしているだけあって、声を荒らげたわけでもないのに、その言葉には迫力がある。頼政と玉藻は思わず揃って押し黙ったが、泰親は冷静な態度のまま話題の方向を切り替えた。

「――時に、安珍様。『僧に約束を違えられた女が蛇となり、自分を騙した僧を襲う』という話は、『法華験記』にもよく似たものがあったと思うのですが」

「さすがは陰陽師殿、ご存じでしたか。ですが、説話の中の僧はその場で命を落としたのに対し、私は十年という猶予を与えられました。これも御仏のお導きでありましょう」

そう言うと安珍は手を合わせて目を閉じた。「またそういうことを……」と玉藻が溜息をつき、泰親が再び口を開く。

「安珍様の覚悟には感服いたします。ですが、そもそも、女性が大蛇に化身して海に消えたということが、私にはまず信じられないのです」

「そう仰られましても、拙僧は実際に見聞きしたことをお話ししているだけです」

「しかし――」

「本当のことです」

泰親の反論を安珍の声がすかさず打ち消す。さらに安珍は「どう思われても仕方ないが全て本当のこと」「後任の住職もいるので安心している」と続け、「覚悟はとうにできているので心配は無用」という話を繰り返した。

そんな安珍に対し、泰親は「本当だとしても防ぐ手段はないのか」という方向から、また頼政と玉藻は「命を捨てるべきではないし、早々に諦めるべきでもない」という観点から、反論あるいは説得を試みてはみたものの、安珍はあくまで頑なであった。

結局、議論は平行線のまま全く交わることはなく、やがて三人は「お勤めがございますので」という理由で本堂を追い出されてしまった。

「あー！　もう！」

西日を照り返す大海を見下ろす門前で、山門にもたれた玉藻がむしゃくしゃした声を発した。その隣に並んだ頼政が、弱った顔で溜息を漏らす。

「実に意志の強い御坊であったなあ」

「頑固って言うんだよ、あれは。自分の過去のやらかしの報いは自分が受けるしかないって、完全に腹を括っちゃってるんだから」

「『腹を括っている』……？」

「どうかしたの、泰親様」

「いえ、玉藻の言う通りだと思います。ただ、安珍様のあの様子はまるで……」

そこで泰親の声は途切れてしまった。頼政が「まるで何なのだ」と尋ねると、泰親は軽く首を左右に振った。

「これは単なる邪推なので、口にするのはやめておきます。私はどうも、悪い方に考えすぎる癖がある」

「それは知ってる」

玉藻はそう言って微笑み、話を戻して肩をすくめた。

「しかし、まさか安珍があそこまで頑なだとは私も思ってなかったなあ。晴明と頼光の五代目が雁首（がんくび）揃えてるんだよ？　普通、もうちょっと恐れ入るでしょ。てか、こっちは助けたいんだから、素直に頼ってくれればいいのに――って頼政様、何その顔」

「お主は本当に優しい娘だなと感激を」

「それはやめろって言ったでしょうが。照れる！」

「分かった分かった。難儀な性格だな、お主も……。それで、泰親は、安珍殿のことをどう思った？」

玉藻に睨まれた頼政が逃げるように泰親に意見を求める。頼政が「拙者には、救われるべきお人に見えたが」と言い足すと、泰親は素直に同意した。

「お若いのにご自分の信念をお持ちで、驕ることもへりくだることもない、誠実な方とお見受けしました。あのお人柄なら里の者に慕われるのも分かります」

「だなあ。ならばこそお助けしたいものだが、本人に助かる気がないのでは……」

「そうですね。迎えを待つ側が既に覚悟を決めてしまっている以上、ここは、迎えに来る側を止めるしかないのでは？」

泰親が頼政たちを見上げて問いかける。その提案に、頼政は「そうだな」とうなずき、南へ、日高川の河口あたりへと目をやった。

「約束を違えられた女が姿を変えたという人頭の大海蛇……。正直、そんなものが本当に来るとは思えぬのだが、この世にはまだまだ拙者ごときの理解の及ばぬものがいるということは知っておる。しかし」

「しかし何？」

「いくら大海蛇とは言え、元は恋に胸を焼いて捨てられた不憫な娘。退治するのは忍びない。できれば、説得するか追い払うくらいで留めておきたいものだと思ってな」

「頼政様らしいご意見だこと」

「ですね。それで玉藻、当日、大海蛇が迎えに来る『ニソの岩屋』なる聖域はどこにあるのです？」

玉藻と顔を見合わせた泰親が、あたりを見回して問いかける。玉藻もそれは知らなかったようで、「聞きに行くか」と里の方向に向き直り、笈を担いで歩き出した。

＊　＊　＊

玉藻が二人を連れて向かったのは、寺からそう遠くない小さな漁師町だった。

家の前で網を繕っていた老いた漁師は、しばらく前まで寺の門前で薬を売っていた玉藻のことを覚えており、「ニソの岩屋」への案内を快く引き受けてくれた。

聖域へ続くという林の中の細い道を歩きながら、老漁師は、安珍がこの十年、どれほど村のために尽力し、どれほど慕われているのかということを誇らしげに語った上で、残念そうに手を合わせた。

「それだけに、もうじきお迎えが来てしまうというのが、残念でなりませんわい」

「そのことだが……それほど立派な御坊なのであれば、止めようとか、思い留まらせようとか、そういうことは考えんのか？」

「滅相もございません、お武家様……！　お坊様がお決めになったことに逆らうなど、わしらにはとてもとても……。それに、亡くなった親父が言うておりました。女の顔の大海蛇は、海を統べる竜神様のお使いで、昔は十年ごとにこの地を巡察なさっておったとか。そんな恐ろしいものが参られるのであれば、わしらはただ家に籠もってお灯明を上げ、お念仏を唱えるだけでございます……」

頼政の問いかけに応じた漁師が手を合わせ、ぶつぶつと法華経を唱え始める。その様子を見た玉藻は、頼政と泰親にだけ聞こえるように「この調子なんだよ」と小声を漏らした。

「残念だとは言うものの、止めようとはしないんだ」

「そういう考え方が根付いてしまっているのでしょうね。しかしご老人、『女の顔の大海蛇は竜神の使い』というのはどういうことです？　海蛇は、安珍様に恋慕した娘が怒りに駆られて変化したものなのでは……？」

「わしらには難しいことはわかりませんで、はい……。ああ、着きましてございます」

老人がそう言うなり、それまで木々に阻まれていた視界が開け、潮の香りが広がった。

「ここがニソの岩屋です」と老人が示したのは、海に面した平たい岩場であった。

広さはせいぜい三、四畳ほど。密度の高い森のおかげで陸地の側の見通しは悪く、岩場の周囲には、聖地を見下ろすように高さ二丈（約六メートル）ほどもある大岩が屏風のようにそびえている。大岩の影の中、波の打ち寄せる狭い岩場で、頼政たちは困惑した。

「祭礼に用いる場と聞いていたから、祠か社があるものかと思っておったが……ただの見通しが悪くて狭い岩場ではないか」

「ですね。松明を差し込む穴が岩に穿たれていますので、まるで手が加えられていないというわけでもなさそうですが、こんなにもそっけない聖域は初めて見ました。ご老人、ここは何を祀っておられるのです？　ニソの岩屋のニソとはどういう意味なのです？」

「申し訳ございません、お公家様。わしらはただ、ここはニソの岩屋だということと、祭の日は竜神様のお使いの海蛇が来るので、選ばれた者以外は入っちゃなんねえということと、それしか存じませんので、はい」

泰親に見つめられた老人が謝るように首を垂れる。さらに老人は「今日は構いませんが、明後日のお祭の日には、くれぐれもここにお近づきになられませんよう」と言い足すと、再度頭を下げてから立ち去った。

取り残された三人は誰からともなく視線を交わし、ややあって、泰親が「分からなくなってきました」と嘆息した。

「実を言うと、今回の一件の真相は、生贄（いけにえ）を捧げる祭儀ではないかと思っていたのです。仏僧であれば神への供物としての価値は充分ですからね。安珍様もそれを理解し、命を捧げる覚悟をしていたが、ちょうどそこに玉藻が来てしまった……」

「なんでそこで私？　って、ああ。里の決まりを知らないよそ者ってことか」

「そうです。今の時代、表立って海の神に生贄を捧げていますとは言えない。だから『法華験記』の話を参考に、僧侶が自ら身を捧げるという筋書きをこしらえたのかと」

「なるほど……。でも泰親様、生贄を捧げる祭なんだとしたら、ここ、そっけなさすぎない？　実際に見たことはないけどさ、そういうのって大々的にやるもんでしょ」

「そうなのですよ。祭儀や供儀の意義は共同体の意思統一。同じ儀式に参列することで、仲間意識を——悪く言えば共犯意識を——高めることで、連帯感を強める機能があるわけですが、いくら小さな漁師町と言えど、この場所に詰めかけられるはずもない」

「ここに来る道もろくに整備されておらんかったからなあ」

「ええ。だったら『祭の日に大海蛇が来る』という話がそもそも作り事なのでは？　とも考えたのですが、あの老人の話を聞く限り、竜神の使いたる大海蛇への信仰が古くから存在しているようですし……」

すっきりした答が出ないのだろう、泰親が頭を振って黙り込む。

頼政は泰親の渋面を一瞥し、眼前に開けた海へと目をやった。日没が近づいているようで、深い藍色だったはずの海は、橙色の西日を照り返し、ぎらぎらと力強く輝いている。

摂津という港町で育った頼政は海には馴染みがあるつもりだったが、紀州の外海の存在感や質感は、見慣れたものとはまるで違って見えた。果てしなく広がっているかのような海原を眺めていると、この海のどこかに竜神や大海蛇が存在していても不思議ではない……いや、むしろ、存在していない方がおかしいようにさえ思えてしまい、頼政はぞくっと体を震わせた。

「やはり紀州の海は迫力があるなあ……。いかにも竜が棲んでいそうだ」

「だねえ。てかさ、ずっと気になってたんだけど、この国の竜って、いいものなの？　悪いものなの？」

波打ち際で海面を覗き込んでいた玉藻が、思い出したように振り返って問いかける。いきなりの抽象的な質問に、頼政は「何の話だ」と顔をしかめたが、泰親にはしっかり伝わったようで、「その疑問も当然ですね」とうなずいた。

「昨年、竜宮と浦島様の一件の時にもお話ししましたが、竜神は水界を統べる偉大なる神とされています。一方で、竜女成仏のような仏教説話の中では、竜は仏には程遠い畜生として扱われています。蛇と同一視され、女性の執心の悪業の象徴とされることもある」

「そう、それよ。ありがたいものなのか忌まわしいものなのか、どっちつかずだなーと思ってたんだよね。大陸だとさ、竜って王権の象徴だから『ありがたい！』なんだけど」

「時代とともに変わったのですよ」

そう言いながら少年陰陽師は玉藻の隣に並んだ。長身で髪の長い玉藻と、それより少し背の低い泰親が、夕日に輝く海を背景に並んで立つ光景は、どちらも粗末な着物なのに妙に絵になっており、頼政は歌を詠みたくなった。「そもそも」と泰親が続ける。

「玉藻が今言ったように、大陸の竜は皇帝の力の象徴であり、同時に水の神でもありました。なので本邦でも当初はその扱いだったのですが、仏教が盛んになる過程で『竜は蛇と同じく畜生ではないか』という考え方が出てきたのですね。同時に、蛇は女性の執心の象徴とされましたから……」

「ふむ。つまり、本邦の仏道において『蛇や女性は妄執に囚われた存在である』という考えが強まり、その影響で、蛇に似た竜もまた、あさましいものという位置を与えられつつある……ということか」

　屏風のような大岩にもたれた頼政が言う。すっきりしない顔をしているのは、頼政にとって竜とは神々しく雄々しい存在であるからだ。振り返った泰親がうなずく。

「そういうことです、頼政様。もっとも、女性が執心ゆえに蛇になる話自体は大陸にもあるようで、たとえば『善妙』という女性の話をご存じ……ではないようですね、そのお顔からすると。百年余り前に書かれた『宋高僧伝』にある話です。この善妙という女は、とある僧に恋をしたのですが、その僧は海を渡れなくて困っていました。そこで善妙が海に身を投げると、その身はたちまち竜に変わった。竜となった善妙は、僧の船を背に乗せて見事に海を渡った――という話です」

「へー。それ、安珍と大海蛇の話に似てるようで似てないね。女が竜になるところまでは一緒でも、僧を助けて終わるんだ」

「そこが今の本邦と、かつての大陸の竜の印象の差というわけですよ。本来、竜は、海上交通の守護神でもありました。大和に朝廷があった時代に伝来した『海竜王経』には、竜女の父は天竺の言葉で『サーガラ竜王』と呼ばれ、これは大海を行く船を守護するものだとあります。ですから善妙が化身した竜が船を乗せて海を渡るというのは、古来の竜の在り方をそのまま体現した行為とも言え……」

　調子が出てきたのだろう、泰親の詳細な解説が狭い岩場に長々と響く。

玉藻と頼政は、終わる気配のない語りにしばらく聞き入り、やがて話に一段落が付くと、玉藻が呆れたように口を開いた。

「ほんと、なんでもかんでも知ってるね君は。天竺の古い神話なんか、本業の陰陽道とはほとんど関係ないでしょうに」

「恐縮です。……これは、最近ようやく分かってきたことなのですが、私は『知る』ということ自体が好きなのですよ、多分。国によって異なる風土、そこに生まれた思想や制度、獣や虫や草木の種類、星の巡りや潮の満ち引きの仕組みまで、この世にあるものをとにかく知りたい……。そういう欲求が、私の芯のところに埋まっているのだと思います」

橙色の海原を背にしたまま、泰親がどこか照れくさそうに言葉を重ねる。

それを聞いた頼政は泰親の向学心に感心し、また同時に、これほど知識欲が旺盛な少年が、旧態依然とした内裏で「安倍晴明五代目」であることだけを求められ続けている現状を思い出して、心を痛めた。

＊　＊　＊

泰親の話は勉強になったが、それで何か打開策が見つかったわけでもない。

翌日、頼政たちは駄目元で村を回って話を聞いたが、結果は同じで「決まっていることなのだからどうしようもない」「部外者は余計なことをするな」という空気を確認することしかできなかった。

　徒労した玉藻は「わざわざ来てもらったけど、安珍当人も村人もみんなあんな感じだし、もう諦める？」と自嘲気味に提案したが、泰親は「明日の祭の夜に何が起きるのかだけでも知りたい」、頼政は「抗って無理だったならともかく、何もせず帰るのは嫌だ」という理由からこれに反対した。

　その後、三人は対策を検討し、ニソの岩屋を囲む大岩の上に潜んで様子を窺うことに決めた。このあたりには高い建物はないため、上から見下ろされて見つかる心配はないし、村の掟はあくまで「当日の夜、部外者は岩屋に入ってはいけない」というものなので、上から見る分には問題ないはず……という理屈である。場合によっては海に出る必要があるかもしれないので、岩場の陰には村で借りた小舟を一艘（そう）隠しておくことにした。

　というわけで祭の当夜、日中のうちに岩に上った三人がニソの岩屋を見下ろしていると、日が落ちてあたりが暗くなった頃、安珍が一人で現れた。

　携えていた小ぶりの松明を岩の穴に差し込んだ安珍は、名残を惜しむように里や寺のある方角を見やり、腰を下ろして読経を始めた。

　松明の光に照らされた安珍の姿を見下ろし、頼政は大きく眉をひそめた。何が来るか分からないので、頼政の傍らには弓矢と刀が置かれている。

「本当に見送りも何もないとは……。こんな簡素な祭礼があるのか？」

「村で送り出す儀式をやった気配もありませんしね。松明と読経は、海に向かって、自分はここにいるぞと知らせるためなのでしょうが、しかし一体何が来ると――」

「――来た！」

泰親がぼそぼそと漏らす声を玉藻が遮り、さらに海を指差した。頼政と泰親ははっと黙り込み、玉藻の細い指が指し示す先に目をやった。

ちょうど新月の夜なので海も空も暗闇に包まれていたが、その濃密な闇の中、揺れる光を掲げた何かが、確かにこちらに近づいている。頼政は必死に目を凝らし、近づいてくるそれの姿を把握するなり、あっ、と大きく息を呑んでいた。

「お、女の顔の……大海蛇……！」

目に映ったそれの形を、頼政はそのまま口にした。

隣に並んだ泰親は「確かに――」と同意しかけたが、すぐさま「違います！」と否定の言葉を重ねた。

「よくご覧になってください頼政様。あれは船です……！　船首に女の顔の像を掲げた船ですよ……！」

泰親のその言葉通り、水平線の向こうからやってきたのは、確かに一艘の船であった。艫と舳先が極端に反っており、舳先には、長い髪の女性の胸像が、前方に突き出すように掲げられている。その船体は異様に細長く、全長は四丈（約十二メートル）近いのに幅はせいぜい五尺（約百五十センチメートル）ほど。帆もないのに海面を滑るように接近してくる船を見て、頼政は困惑した。

「どこの船だ？　あんな形の船は見たことがないが、泰親、お主は——」

「私も初めて見ました。あの細さ、それに喫水線の高さからして、高速移動に特化した形状なのでしょう。しかし、舳先の女性の像は一体……」

「……西の船だ」

　ぼそりと言ったのは玉藻だった。泰親がすかさず問い返す。

「西とは、大陸の西ということですか？」

「うん。書き物で読んだことがあるんだけど、大陸のずっとずっと西、天竺なんかよりもっと西には、ああいう船を造る文化があったとか」

「天竺のはるか西だと？　あの船はそんなところから来たと言うのか？　いや、そもそも外海を往来する船があるなど聞いたことがないぞ。大陸と繋がっている内海ならともかく、外海に出る船は、近海で漁をする漁船くらいのはずであろう？」

　いっそう戸惑った頼政が尋ねたが、それを聞きたいのは玉藻や泰親も同じなようで、答は返ってこなかった。

　三人が無言で見守る中、女の首を掲げた船はニソの岩屋に音もなく接岸した。

　いつの間にか安珍は読経を止め、黙って船を見上げている。ほどなくして船から岩屋へと渡り板が渡され、それを通って下り立ったのは、裾の短い奇妙な衣服を纏った、浅黒い肌の女性であった。

　おそらく年の頃は安珍と同じか少し上ほど。髪は短く背は高く、手足は硬く引き締まり、腰に巻いた革紐には短刀と太い笛のようなものを下げている。見たこともない出で立ちや容姿に、頼政たちは再び驚いた。

「女？　異国人……唐人か？」

「違うよ。服も顔つきも肌の色も髪型も耳飾りも、唐人とは全然違う。『蝦夷（えみし）』って人たちじゃないの？　この国の北の方にはいるんでしょ、そういう人たちが」

「いるにはいるが、拙者が伝え聞いている蝦夷の習俗とはまるで異なっておるぞ」

「『粛慎（みしはせ）』……！」

ふいに泰親が何かを思い出したように声を発した。それは何だと頼政が聞くより先に、泰親が小声で解説を重ねる。

「粛慎とは、『日本書紀』の欽明天皇の代、つまり今から六百年ほど前に、佐渡島の北の方に船で訪れたと記録されている人々です。地元の者は『あれは人でない』『鬼魅（おに）なり』と恐れ、近づこうとしなかったとか……。同じ名称は『史記』や『後漢書』にも出てくるのですが、どういった民族なのか、そもそも民族なのかすらよく分かっていない海の民……。それが粛慎です」

「さすが少年！　って、それはつまり、何も分かってないってことだよね」

「……まあ、そうですね」

泰親が不服そうに同意し、肩をすくめて黙り込む。

その間にも、浅黒い肌の女は安珍に歩み寄り、挨拶らしき仕草を示していた。安珍が驚く様子もなくそれに応じているところを見ると、どうやら二人は顔なじみのようだ。

と、女は水面に揺れる船を一旦見やった後、安珍に向き直って口を開いた。明瞭ではあるものの、母国語ではない言葉を話しているような、独特の抑揚のある声が波の音と交じって響く。

「久しいな、安珍。その身を捧げる覚悟は、できているか？」

「とうにできております。拙僧はこの日を待ちわびておりました」

「理解した。良い心がけだ」

そう言うなり女は短刀を取り出し、尖った刃先を無造作に安珍の胸に向けた。安珍は逃げるでもなく怯えるでもなく、ただ手を合わせて立っている。

その光景を見るなり、頼政は反射的に傍らの弓と矢を手に取っていた。

依然として事情はまるで分からないが、安珍がその身を犠牲にするつもりなら――女の刃で胸を貫かれようとしているのなら――それを看過することはできない。

流れるような動きで弓に矢を番えて構える頼政に気付き、はっ、と泰親が息を呑んだ。

「――お待ちを、頼政様」

「待てぬ！　何かあったら責は全て拙者が負う！」

そう大声で言い放ち、頼政は岩の上から大きく身を乗り出して叫んだ。

「そこな女！　刀を引けっ！」

頼政の声が夜の海辺に轟く。

その大音声に、安珍はぎょっと驚いて大岩を見上げ、同時に女は、腰に下げていた笛のようなものを摑んで構えた。円筒の先端がまっすぐ頼政を狙う。頼政が本能的に危機感を覚えたその矢先、笛状の道具が、バン！　と大きな音を発した。

「なっ――!?」

とっさに身を引いた頼政の眼前を、筒から発射された小さな銛のようなものが高速で飛ぶ。もし岩の上から乗り出したままだったら、頼政の顔は今頃貫かれていたに違いない。初めて見る武器に頼政はぞっと青ざめ、泰親は大きく眉根を寄せた。

「今のは一体……？　火槍というやつですか？」

「いや、火槍って火薬を詰めた筒を飛ばす武器でしょ。もっとでかいし不格好だよ」

「それはそうですが、では――」

「何でも構わん！　相手が何を持っていようと、ここで退いては潜んだ意味がない！」

弓矢を構えた頼政が再び岩から身を乗り出す。眼下をキッと睨みつけると、笛のようなものを構えた女と視線がまっすぐかち合った。頼政は弓を引く手に力を込めたが、そこに安珍が割って入った。

「そこにおられるのは頼政様ですね!?　どうか、弓をお収めください！」

「何を言われるか！　十年前に女が執心で化身した大海蛇とは、そこの女とその船のことであったのだろう？　そして御坊はその女の手に掛かって命を落とすつもりなのであろう？　そうなるに至ったいきさつまでは分からぬが、玉藻の恩人がむざむざ殺されるのを見過ごすことはできぬ！」

「それは──ち、違うのです……！」

「違うとは何が違うのだ！」

矢を番えた頼政が問うと、安珍は口ごもって目を逸らしてしまった。

ここまで来て今さら隠すこともないだろうに、なぜそこで言い淀むのだ。

頼政が訝しんで顔をしかめると、その袖を泰親がそっと摑んで引いた。

「止めるべきです頼政様。おそらく……いえ、十中八九、安珍様は死にません」

「何だと？　どういうことだ」

頼政が弓を軽く下ろして問いかけると、泰親は岩の上から身を乗り出した。攻撃しないでくださいよ、と大きく身振りで告げた上で、眼下に向かって泰親が問う。

「安珍様。十年前に約束を破っただの、娘が海蛇になっただのというのは、全て貴方のこしらえた作り事ですね？　貴方は自ら、自分の意志で、そこの女性と海へ旅立つつもりなのでしょう？」

泰親のよく通る声が大岩の上から響き渡る。

その問いかけを受けた安珍は絶句したが、少し間を置いた後、深くうなずいた。

何が何だかよく分からないが、どうやら命のやり取りの必要はなくなったようだ。

そう判断した頼政は武器を収め、泰親、玉藻とともに大岩を降りて、ニソの岩屋で安珍らから話を聞いた。

浅黒い肌の大柄な女性は「私の名は、この国の言葉で言うならば『清らかなる姫』――『清姫(きよひめ)』だ」と名乗り、自分たちは外海を行き交う非定住の海洋民族で、粛慎と呼ばれたこともあると、流暢な言葉で説明した。

女系の非定住民である粛慎は、昔は各地で交易を行ったりもしていたが、その本質は知識の蓄積と深化を目的とした学究集団であり、あちこちの土地から同行者を募りながら旅を続けているのだという。

「『ニソ』はギリシャの言葉で『島』を意味する『ニスィ』が訛ったものだと思う」とか、「ローマのプトレマイオス由来の科学や天文学が、ギリシャが東方に築いた国との繋がりを経てヒンドゥーの文化圏に持ち込まれて生まれた学派が我々の祖先だと伝わっている」といった話は泰親にも理解できなかったが、「船の様式は西洋の民から得たもので、火薬で銛を飛ばす道具は火槍を基に独自に開発した」と聞くと泰親は目を輝かせた。

「素晴らしい……！　そんな広い範囲から知識や技術を集約し、しかも発展させている方々がおられるとは……！」

「拙僧も、十年前に彼女らのことを知った時は同じように驚きました。……そして、心から思ったのです。拙僧もそこに加わりたい、と――」

安珍は懐かしそうにうなずき、十年前の出来事を頼政たちに語って聞かせた。

十歳で比叡山に入山した安珍は、仏の教えのありがたさに感銘を受け、仏道に人生を捧げると固く誓った。

だが今から十年前、師匠に同行してこの地を訪れた安珍は、ニソの岩屋の存在と、岩屋が立ち入り禁止となる祭礼の日が迫っていることを知った。好奇心旺盛な少年僧だった安珍は、夜中に単身でニソの岩屋に赴き、この地を訪れていた清姫らに出会ったのだ。

清姫たちの生き方を聞いた安珍は、それに強く憧れた。仏教についてであってもそれ以外の分野でも、学問を極めるためには大陸の最新の知識に触れる必要があるのに、今の日本では渡航は禁止されている。現状に不満を覚えていた安珍にとって、清姫らの生き方は正しく理想そのものであったが、同時に安珍は、彼女らに加わるにはまだ知識が足りていないとも自覚していた。

そのことを安珍が正直に話すと、清姫は「ならば十年後に加わるとよい。我らはまたこの地を訪れる」と言い残して海へと去った。

かくして安珍は、十年後の再会を約束して清姫を見送り、そして改めて考えた。

遣唐使が行き来していた頃ならともかく、今の時代、海外渡航は厳禁だ。仮にも比叡山で学んだ僧が、出自も帰属も定かでない船に乗って外海へ去ったと知られたら、本山や恩人にも大きな迷惑を掛けてしまう——。

「故に、拙僧は話を作ったのです。いかにも自業自得に見えるように、愚かな僧侶が一人、海に消えるという筋書きを……」

「やはりそうでしたか。参考にされたのは『法華験記』の日高川の女の話ですね？」

「はい、泰親様。実を申し上げますと、先日泰親様が『法華験記』の名を口にされた際、拙僧は内心で酷く焦りました。まさか作り事だと見抜かれたのか、と……」

泰親に問われた安珍が胸を撫で下ろしてみせる。それを見た玉藻は呆れて苦笑し、一方、清姫は腕を組んで頼政へと横目を向けた。清姫は頼政と同じくらい背が高いので、目線の高さもほぼ同じだ。

「約束通り迎えに来てみれば、いきなり弓矢を向けられるとは予想していなかった。待ち伏せかと思ったぞ」

「滅相もござらん……。しかし清姫殿、なぜ小刀を安珍殿に突き付けたのでござる」

「仲間に迎え入れるための儀式なのでは？　清姫様たちの集団には、首元に薄い傷を刻んだ者を身内と見なす習慣があるのではないですか？　黥面文身、すなわち刺青や彫り物は、海に近しい民に多く見られる習俗です。着衣や装飾品がなくても仲間を見分けるための知恵なのでしょう」

口を挟んだのは泰親である。ほら、と泰親が指し示した先、清姫の褐色の胸元には、確かに十字型の古い傷痕が刻まれていた。「その通りだ」と清姫がうなずき、頼政は面目なさそうに肩を縮めた。

「そうとは知らず失礼いたしました……」

「いや、謝るなら私でしょ。そもそも私が泰親様たちを連れてこなかったら、安珍は何事もなく出発できてたんだから……。ごめん」

安珍に向き直った玉藻が頭を下げた。本気で申し訳ないと思っているのだろう、いつものからかうような態度は消えている。謝られた安珍は、決まり悪そうに目を逸らした。

「お止めください。そもそもを言うなら、十年間嘘を吐き続けていた拙僧こそが一番の元凶。玉藻殿の優しさは、決して責められるべきものではございません」

「そうだぞ玉藻。お主の優しさは立派な資質だ」

「……あー、もう……！」

二人がかりで褒められた玉藻が顔を赤らめて目を泳がせる。一方、泰親は、粛慎のことが知りたくて仕方がないようで、興味津々な顔で清姫を見上げていた。

「貴方がたはずっと外海沿岸を回っておられるのですか？」

「沿岸だけでなく、大洋を渡ることもある。かつてはお前たちの言う内海をも航行していたし、大陸の川を遡って民に知識を授けたこともあると記録されている。お前は陰陽師なのだな？　陰陽師であるのなら、『河図洛書』を知っていよう」

「河図洛書——ああっ！」

余程の衝撃を受けたのだろう、泰親が大きく目を見開いた。玉藻が「河図洛書って何だっけ」と尋ねると、泰親は勢い込んで話し始めた。

「陰陽道の始まりとなった伝説です……！　遥か古代の伏羲王の時代、竜馬、すなわち竜神が、八卦図を背負って黄河から現れ、また夏王朝の時代、禹王は黄河の支流である洛水から五行思想の根幹となる書物を得た……。これらの図や書物を総称して『河図洛書』。

陰陽術は全てここから生まれたと言われていますが……大河を遡って知恵を授ける神獣の正体は、定住しない海洋民族——粛慎だったということですか？」

「断定してしまうのは早計だが、回遊を続ける我らのことを、神や神獣として伝えている地域は多い。竜に例えられたこともある」

「竜に……？　では、貴方たちには帰る国はないのですか？」

「周期的に立ち寄る島はあるが、我らに決まった国はない。海と船こそが国なのだ」

「ずっと海上生活なのですか？　なのに、ぴったり十年後の決まった日に特定の土地を再訪できるとは、凄まじく正確な暦を持っておられるのですね……！」

目を輝かせた泰親が感激のあまりわなわなと震える。頼政もまた、そんな生き方があるのかと驚いていたが、玉藻は解せない顔で首を捻った。

「ちょっといい？　お姉さんたちってさ、昔はあちこち回って顔を出して、地元民と普通に触れ合ってたわけだよね。なのになんで今はそれをやってないの？」

「無駄な争いを避けるためだ。ここ数百年の間に、どこの国も排他的になってきている……。新しい刺激を求める気持ちより、よく分からない連中と関わって面倒を起こしたくないという思いの方が強くなったのであろうな」

「『祭の日は、選ばれた者以外はニソの岩屋に入ってはならない』……」

清姫の嘆息を受け、安珍がぼそりとこの地に伝わる決まりをつぶやいた。

「拙僧が調べた限りでは、この決まりが作られたのは百年ばかり前のこと。おそらく、都や郡衙に気付かれないよう、粛慎と交流する者の数を減らすための制限だったのでしょう。しかしいつしかその意味も忘れられてしまい、禁忌だけが残ったのだと思います」

「……現地の民が接触を望まないのであれば、こちらも強要する気はない。余計な争いや警戒を招くのは本意ではないからな」

「なら何で今も律儀に十年ごとに来てるわけ？」

「我らの目的はあくまで世界の観察と真理の探究だ。比較と観察は全ての基本。ゆえに、潮の流れや星の巡りを確かめるため、航海は続けているが……培った知恵を伝えられないままになるかもしれないと思うと、残念ではある」

清姫はそう言って暗い海へと顔を向け、すぐに安珍へと振り返った。

「そろそろ行くか、安珍」

「はい。では玉藻殿、皆様、拙僧はこれにて――」

「――あ、あの！　貴方がたの母船を見せていただくことはできますか？」

おずおずと、かつ勢いよく唐突に口を挟んだのは泰親だった。

普段は冷静な少年のその剣幕に頼政と玉藻は驚き、安珍もきょとんとした顔になったが、清姫は意外にも「構わない」と即答した。

清姫は、泰親たち三人を自分の船の甲板に乗せた上で、頼政らが岩場の陰に隠しておいた小舟を船尾に繋ぎ、船室に向かって合図を送った。

「@%#、＊＋」

「──$#+、%&」

聞き慣れない言葉が船内から響く。顔を出さなかったが漕ぎ手が乗っていたようで、程なくして、女の胸像を掲げた細長い船は滑るように動き出した。

その滑らかな動きに頼政は感動を覚え、同時にぞくりと戦慄した。

火薬で銛を飛ばす武器と言い、この船と言い、粛慎たちの技術力は自分たちとは桁が違う。清姫が部外者をあっさり船に乗せてくれたのも、頼政たちがおかしな真似をしたら即座に始末できる自信があるからだろう……。

そんな風に頼政が震えている間にも船はどんどん岸辺を離れ、やがて陸地が見えなくなった頃、水平線の向こう、靄の奥に、大きな黒い影が現れた。

いまだ夜が明けていない上に靄が濃いので全容は把握できないが、ところどころに灯火が燃えていて、大きな帆をはためかせているところを見ると、船であることは確かなようだ。度肝を抜かれた頼政が言う。

「何と大きな……！　大型の遣唐使船でもせいぜい十丈（約三十メートル）と聞いたが、これはその倍どころではない……！　海上でこんなものを見たら、島だと思ってしまうやもしれんな」

「確かに……。ほとんど島だよね、この存在感」

「あっ！　もしや、海の果てにあるという鬼の島──『鬼界が島』の伝説は、これを誤認したものではありませんか？　記録にある鬼界が島の場所が一定しないのは、移動を続けていたからでは……？」

　息を呑んだ泰親が口早に推論を重ねたが、清姫はそれを否定も肯定もせず、「これ以上母船に近づくと波が高くなる」と、繋いだ小舟に乗り移るように促した。

見せられるのはここまでで、小舟から見送れということらしい。頼政たちが素直に小舟に移動すると、清姫の船の甲板から、安珍が「あの！」と声を掛けた。

「頼政様、泰親様、玉藻殿……。本当にご迷惑をおかけいたしました……！　心苦しいお願いなのですが、今宵のことは、どうか、くれぐれもご内密に……」

「分かってるって」

　笑って応じたのは玉藻だった。玉藻は、櫂を握った頼政や、船縁を摑んで粛慎の船を凝視している泰親に同意を求めた上で安珍に向き直り、軽く肩をすくめて続けた。

「……まあ、素直に話したところで誰も信用しないだろうしね。安珍は、本人がずっと言ってた通り、捨てた女が化けた大海蛇に襲われて死んだってことにしとくよ。『これは女の執心の怖さを説く話である』って体で、『そもそも男が逃げなかったら良かったんじゃねえか』って思わせるような筋書きにして広めてあげる」

「かたじけない……。どうかお願いいたします」

「お任せあれ！　ただ、坊主の方は安珍って名があるからいいけど、女の子の方の名前はどうする？　『清姫』でいい？」

「任せる」

　安珍と並び立っていた清姫はそっけなく答え、小舟から母船を見上げている泰親に目を向けた。泰親は眼前の巨大船の中にどれほどの英知が詰め込まれているのか気になって仕方ないようで、その視線は靄の向こうの母船に固定されたままだ。それに気付いた清姫は、平淡な口調のまま問いかけた。

「泰親と言ったか。興味があるなら一緒に来るか？　我々は学者を求めている。陰陽師ならば歓迎だ」

　清姫の落ち着いた声が海上に響く。泰親は、即答できなかったのだろう、何も言わずに船縁を掴む手に力を込めた。

　その横顔を見守る頼政の脳裏に、昨日、ニソの岩屋で聞いた言葉が蘇った。

　――国によって異なる風土、そこに生まれた思想や制度、獣や虫や草木の種類、星の巡りや潮の満ち引きの仕組みまで、この世にあるものをとにかく知りたい……。そういう欲求が、私の芯のところに埋まっているのだと思います。

　そう語っていた泰親にとって、これは願ってもない機会であるはずだ。玉藻も同じように思ったのか、どうするの、と問いかけるような目を泰親に向ける。

　だが泰親は、わずかな時間だけ沈黙したかと思うと、きっぱりと首を左右に振った。

「大変に光栄なお申し出ですが……私はやはり、陸で生きようと思います」

「……そうか」

　清姫は短く答え、間もなくその船は母船に向かって動き出した。女性の像を掲げた船が靄の中に消えていき、島のように大きな母船もまた、ゆっくりと水平線の向こうへ遠ざかっていく。

いつの間にか夜明けが近づいていたようで、東の水平線には白い光が滲んでいた。

朝の光が海面に広がっていく中、見送りを終えた三人は誰からともなく視線を交わした。

「それにしても」と頼政が泰親を見下ろして言う。

「意外だったな」

「意外とは何がです？」

「あんたの答に決まってるでしょうが。連中と一緒に行きたかったんじゃないの？　そりゃ海の暮らしも楽じゃないだろうけどさ、あっちに行っちゃえば、少年を縛ってる面倒なしがらみとか慣例からは逃げられたわけでしょ？」

「それはそうですね」

海を眺めていた泰親は薄く苦笑し、玉藻たちへと振り返って続けた。

「ですが、私は今回の旅で、自分の知識がいかに足りていないかを痛感させられました。糸引き豆の匂いも海の色も、私は何も知らなかった……。まだまだ陸で学ぶことは多いのです。何より、先の鬼の事件の時から、私の居場所は陸だと定めていますから……」

朝の色に染まっていく大海を背景にそう語る泰親の口調はきっぱりとしたものだったが、それでもどこか痩せ我慢をしているようにも見え、頼政の胸の奥が痛んだ。

行けばいいではないか、と背中を押してやれなかったことへの後悔が今更のように胸中に広がるのを感じながら、頼政は櫓を握り、呆れるように笑った。

「まったく立派だな、お主は。年下とは思えぬ」

「立派だとは思うけどさー、人間、無理しすぎると壊れるよ？　ちなみに、前も言ったけど、私はいつでも相棒を待ってるからね？　旅から旅の外術師稼業も、これでなかなか楽しいもんよ？」

からかっているのか本気なのか分からない口調で玉藻が言う。それを聞いた泰親は「考えておきます」とだけ答えて肩をすくめ、粛慎の船が消えた方角へと目をやった。

「しかし、あっという間でしたね……。聞きたいことはまだまだあったのですが」

「と言うと？」

「まず、安全確保の方法です。いくら航海術に長けていたとしても、ほとんど永続的に外界を航行するのであれば、急激な天候の悪化や海賊や海軍との遭遇は避けられないはず。よほど頼りになる水先案内人か護衛がいるのでしょうか？」

「確かになあ」

「それと、粛慎が竜に例えられた理由も聞き損ねてしまいました。なぜ竜だったのでしょう？　竜は蛇から連想された神獣でしょうが、蛇は地上の生き物です。なのにどうして竜が水界の守護神とされ、巨大船を擁した海洋民族がそれになぞらえられたのか……」

と、泰親がそこまで語った時だ。

海を眺めていた玉藻がふいに「下！」と大きな声で叫んだ。

大声に驚いた泰親と頼政は、慌てて海を覗き込み――そして、揃って言葉を失った。

波間に揺れる小舟の下を、異様に大きく長い何かが――長い首と四肢、あるいはヒレを備えた巨大な影が――ゆっくりと横切っていくのを、三人の目は確かに捉えていた。

それは深みを泳いでいた上、海は朝日で煌めいていたので、全容を正確に見て取ることはできなかったが、頭から尾の先まで、一町（約百九メートル）近くはあるかのように思えた。

泰親たちが啞然として見詰める中、長い首を有した影は、粛慎たちの船を追うように海中を進んで海の彼方へ消えていき、しばらくして頼政が震える声を漏らした。

「竜……」

「だよね？　今の竜だったよね？　てか、もしかして今のが、清姫たちの水先案内人で護衛なんじゃない？」

「竜を従えておると言うのか？　確かにそれなら、粛慎が竜神と同一視されるのも当然ではあるし、大洋を自在に航海できても不思議ではないが……しかし、そんな荒唐無稽な」

「あり得ます」

狼狽する頼政の言葉を泰親が遮る。輝く水面を凝視したまま、泰親は口早に言葉を重ねた。

「善妙や『海竜王経』の話を覚えていらっしゃいますか？　竜に姿を変えた女性――善妙は船を背に乗せて海を渡り、サーガラ竜王は海上交通の守護神でもあった」

「その話は覚えているが……お主は、今の影がその竜王だと言うのか？」

「断言はできません。見間違いかもしれませんし、未知の海獣かもしれない……。ですが、竜が船を守るという伝説は、古来、確かに存在するのです。そして、古き海の民である粛慎が、竜を操る……もしくは竜と知己となる術を会得しているのならば——」

早口で語っていた泰親はそこで息を呑み、改めて海へと顔を向けた。

既に海中にはあの影はなかった。粛慎の船もとうに水平線の向こうに消えており、水平線に昇ってきた太陽は、空と海とを明るく照らし始めている。

まるで全てが夢だったかと思わせるような光景の中、泰親は頭を振り、「やはり、もっと色々聞いておけば良かったですね」と残念そうに言った。

思いを寄せる若い僧・安珍に約束を反故にされたことを知った里の娘・清姫は、怒りのあまり大蛇に化身、安珍が隠れた道成寺の釣鐘に巻き付いてその身を燃やして安珍を焼き殺し、自らは海へと身を投げる……。

紀州の道成寺を舞台としたこの伝説は、平安時代から語られていたものではあるが、その内容が定まるまでには長い時間を要した。僧侶の名は鎌倉時代にはもう「安珍」と定まっているのに対し、一般的に「清姫」として知られている女の設定は、寡婦や既婚者であったり、特に名前がなかったりと設定が一定しておらず、「清姫」の名が定着したのは江戸時代になってからであった。

この伝説の成立の背景には、竜となって船を守った善妙の物語があった、という説がある。陸の人々が遺跡や遺物を残すのに対し、船や海で暮らした人々の残す痕跡は極めて少ないため、その生活様式を知ることは困難だが、わずかに残された記録や文化から推察することは可能である。

一例を挙げるなら、福井県の西端、大島半島の沿岸部に、「ニソの杜」と呼ばれる聖地が点在している。一年に一回、特定の日のみ立ち入りと参詣が許されており、それ以外の日は入ってはいけないというもので、聖地と言っても大きな神社や神殿などはなく、なぜここが聖地なのか、この土地に何があったのかは伝わっておらず、「ニソ」の意味も解明されていない。

このニソの杜のように、特定の土地や場所を神聖視する聖域信仰は、沖縄や九州にもわずかではあるが残っている。このことから、これらは社殿を建てて神を祀るという形式が定着する以前の古い信仰形態の名残なのではないか、そして、それは海沿いに広まったか、あるいは、広範囲の海を行き来していた海洋民族が伝えたものではないかという説もあるが、正確なところは分かっていない。

第三話　その名は付喪神

陰陽雑記云、器物百年を経て、化して精霊を得て、よく人の心を誑かす。
是を付喪神と号すといへり。

（「付喪神絵巻」より）

海で安珍を見送った翌日、泰親と頼政は当初の予定通りに熊野三山へ向かった。天狗の来歴を調べるためである。安珍の件で手を煩わせてしまった引け目からか、玉藻は同行して手を貸すと言い出し、頼政たちを驚かせた。

寺社での記録の閲覧はあっさり許可され、修験者と親しい玉藻の存在もあって調査は順調に進んだが、天狗に繫がる手掛かりは特に何も得られないまま、一行は熊野を離れることになってしまった。

残念がる頼政に対し、泰親は「ここと関係なさそうと分かっただけでも収穫です」と落ち着いたもので、そんな泰親を玉藻は「そういうところが可愛くない」とくさした。

往路同様に賑やかな帰路を経て三人が一月余りぶりに宇治に戻ると、頼政の居候先である藤原忠実のところに、泰親宛の文が届いていた。

差出人は忠実の息子であり現関白の忠通で、戻り次第、頼政とともに自分の屋敷に顔を出せということだけが簡潔な文章で記されていた。これだけでは何のことだか分からないが、関白直々の呼び出しを無視するわけにもいかない。

かくして一同は、宇治で腰を落ち着ける暇もなく、平安京へと向かった。

早朝に宇治を発った三人は、午の刻（午前十一時頃）には京の市街に入った。空は雲一つない晴天だったが、熊野を訪れている間に夏の盛りは過ぎたようで、蒸し暑さはそれほどでもなく、吹き抜ける風にもどこか秋めいた香りがある。

内裏で働く泰親にとっては見慣れた都の光景だが、頼政にとっては久々の平安京だ。大勢が行き交う鴨川沿いの光景を頼政が懐かしんでいると、隣を歩く玉藻がだだっ広い街路を眺めて口を開いた。

「やたら道が広いね、このへん。牛車の群れでも通るの？」

「定期的に市が立つ場所なのですよ。最近は店を構える商人も多いですが、魚や履き物、藁製品などはやはり市で買うものですから」

「ああ、なるほど。てか今更だけど、泰親様って安倍晴明の五代目だよね」

「本当に今更ですね……。それが何か？」

「そういう立派なお公家様って、普通、大勢のお供引き連れて牛車乗ったりするんじゃないの？　こんな得体の知れない白拍子なんかと一緒にフラフラ歩いてていいわけ？　お家の面目とか体面ってものがあるでしょうに」

「ものものしいのは苦手なのですよ。まあ、年寄り連中がいい顔をしていないのも事実ですが、『辻占を行っている』という名目で通しています」

「辻占というと、道々を歩きながら聞こえてくる声から吉凶を占うというあれか。安倍晴明公も得意としておられたという」

「それです、頼政様。それに白拍子との交流も咎められる謂れはありません。社会の外側の人々、いわゆる『化外の民』との交わりは、陰陽師のみならず、貴族にとっての伝統ですから」

だから心配しなくて大丈夫ですよ、と泰親は玉藻を見上げた。

事実、平安時代においては化外の民こと非定住の芸人や遊女の地位は決して低いものではなく、内裏に出入りするものも多かった。後に朝廷の権威が衰えると化外の民の地位も低下し、鎌倉時代以降は差別されるようになるのだが、それはまだ先の話である。

それは聞いたことあるけどさあ、と玉藻が言う。

「化け物か神様みたいな扱いされるのも、それはそれで引っかかるんだよね。そっちが人ならこっちも人だよ。普通の人間。そこんとこ分かってる、お武家様？」

「なんで拙者が叱られるのだ。と言うか玉藻、お主、都まで来て大丈夫なのか……？」

声をひそめた頼政が、不安そうにあたりを見回した。

昨年の冬、頼政と泰親は、上皇に目を付けられた玉藻を「この女は九尾の狐だ」と言い張り、長時間の儀式の末に退治した……という芝居を打った。あの儀式に列席していたのは、上皇や関白以下、いずれも殿上人ばかりなので、町中をふらふら歩いていることはないだろうが、万が一にも玉藻の顔を覚えている人と出くわしたなら相当ややこしいことになる。だが、当の玉藻は、青ざめた頼政にけろりと笑いかけてみせた。

「心配してくれてありがとね。大丈夫だって、関白の屋敷には入らないから」

「当たり前だ！　いや、そうではなくて、お主、なぜ京まで付いてきたのだ？」

「調べ事には自由に動ける平民がいた方が色々便利でしょ。安珍のことでは迷惑かけたし、泰親様、私のことは式神と思って使ってくれていいからね」

「式神……？」

胸を張った玉藻を、頼政は眉をひそめてまじまじと見た。「式神」とは陰陽師が召喚して使役する不可視の鬼神の総称で、安倍晴明は自在にそれを使いこなしたという伝説くらいは、頼政もさすがに知っている。訝る頼政の隣で泰親がいたずらっぽく微笑んだ。

「そうなると私は玉藻の主というわけですか。随分態度の大きい式神もいたもので……」

「何、その言い方？　ご主人様とでも呼べっての？　それはちょっと癪に障るから、間を取って『ご主人』でどうよ。というわけで、改めてよろしくね、ご主人」

「……こちらこそ」

「あのなあ玉藻。そんなぞんざいな式神がいるか」

「じゃあ頼政様は本物の式神見たことあるの？」

馴れ馴れしく泰親の肩を叩いた玉藻が、呆れる頼政をじろっと睨む。答に窮した頼政が押し黙ると、その反応が面白かったのだろう、玉藻は嬉しそうににやつき、大仰に肩をすくめてみせた。

「頼政様、顔が怖いって。せっかく花の都に帰ってきたんだからさ、もっとにこやかにしてないと、愛しの菖蒲殿に怖がられちゃいますよ」

「いきなり何だ！」

「怒鳴らんでもいいでしょうが。実際、あの女官さんとは気が合ってたんでしょ？　ねえ泰親様」

「はい。それはもう大変に仲睦まじく」

きっぱりうなずく泰親である。こいつ、菖蒲殿のこととなるとどうも冷淡になるな……と頼政は思い、顔を赤らめたまま腕を組んだ。

「ま、まあ……拙者も菖蒲殿のことを、その、憎からず思っているのは確かではあるし、せっかく京に来たのであるから、お会いして高平太殿のご様子のことも聞きたいと思ったのも事実だが、軽々しく口にするような話題ではなかろう。そもそも上京した目的は」

「しかしほんと都はお屋敷だらけだねえ」

頼政の話が長くなりそうだと感づいたのだろう、玉藻がしれっと話を逸らした。大路の左右に並ぶ貴族の屋敷を見回した玉藻は「畑も田んぼも海もないのに、よくもまあこんなに屋敷ばっかり」と呆れ、隣を歩く泰親を見下ろして問う。

「そう言えば、お貴族様方の給金ってどうなってるの？　朝廷から出るわけ？」

「出ない方々も多いですよ。内裏も決して裕福ではありませんから。六位以下が形骸化していたのは昔からですが、最近では四位や五位の位があっても無給だったりします」

「え、そうなんだ？　意外だなー。でも、その人たちもお役目はあるわけでしょ？　だったら使用人や下級の官人も雇わなきゃいけないし、どうすんの」

「どうもこうも、各々がやりくりするしかなかろう。領地や荘園を持っていれば一定の収入はあるが、それで足りなければ商売に手を出すか、家財や土地を売るか……」

ぼやくように答えたのは頼政だった。源氏もそこまで裕福ではない一族なので、そのあたりの事情はよく知っている。そういうことです、と泰親がうなずく。

「荘園で得た作物を売るには商人の手を借りる必要がありますから、商人の仕事はどんどん増える。結果、商家が台頭して旧来の貴族のような生活様式を手に入れる一方で、当の貴族はやりくりに追われて困窮しているというのが現状なのですよ」

やるせない顔で泰親が説明すると、玉藻は大して同情していない顔で「お公家様も大変なんだねえ」と漏らした。

そんなことを話している間にも道の左右に並ぶ門の数は減り、それに比例して、塀や門の造りは立派なものになっていった。皇族や摂関家の屋敷が集まる一角に差し掛かったようで、それに気付いた玉藻は、「じゃ、私は一旦この辺で」と言い残してするりと街路に消えた。

玉藻を見送った頼政と泰親が関白の屋敷に向かうと、堂々とした門から、護衛を引き連れた武人が馬に乗って出てくるところであった。

馬上の男の年の頃は四十ほどで、いかにも貴族らしい装いをしていたが、太い眉や強い眼力、がっしりとした体つきは武者のものだ。見覚えのあるその顔に、頼政は思わず立ち止まって男の名を呼んだ。

「これは、藤原実能様ではありませんか」

「おお、源頼政殿か？　そちらは安倍泰親殿とお見受けしたが、源氏と安倍の御嫡男がお揃いとは珍しい」

馬上の武者――藤原実能が意外そうに眉をひそめる。

この実能は、京都市中の犯罪を取り締まる検非違使の別当（指揮官）である。主君の命に従うことを第一に優先する冷徹な武人であり、昨年、上皇の命令を受けて玉藻を捕らえたのもこの男だ。玉藻と別れておいて良かったと頼政が内心で安堵していると、実能は低い声をぼそりと発した。

「貴公らは『天狗』とやらを調べておると聞いたが……なぜ関白様のお屋敷に？」

「それは私どもも存じません。ただ、お呼びがかかりましたので参上した次第にございます。実能様こそ、なぜこちらに？」

泰親が冷静に問いかける。その疑問はもっともだと頼政は思った。内裏に勤める実能なら関白と日常的に顔を合わせているはずで、わざわざ家を訪ねてくるのは不自然だ。

と、二人に見上げられた実能は、少しの間思案した後、お付きの者たちに待つよう言った上で馬を下り、頼政たちを壁際に手招きして小声を発した。

「……直訴に参った」

「直訴？　関白様にですか？」

「声が大きいぞ。……天狗の一件のことは、自分も聞き及んでおる。平等院の宝蔵を破るなど不敬きわまりない振る舞い、この一大事に検非違使が動かずしていつ動くのかと、そう再三上申しているのだが……今日も、聞く耳を持っていただくことはできなんだ」

「待ってください。それはつまり、検非違使による調査が止められているということですか？　まさか、天狗は太政官の領分……？」

眉根を寄せた泰親が小さな声で問い返す。

この時代、上級貴族や皇族の犯罪は太政官が、それ以外の犯罪は検非違使が担当するのが慣例だった。検非違使ではなく太政官がこの件を担当しているならば、天狗の正体は上級貴族か皇族ということになってしまう。神妙な顔になる泰親だったが、実能は悔しそうに顔をしかめ、首を左右に振った。

「太政官も動いてはおらぬ。事件はなかったことになっておるのだ」

「なかった……？　しかし、拙者は確かに奴を見ましたぞ。それに、あの時の平等院には、大勢の貴族や僧正も――」

「そんなことは自分も知っておる！」

実能の苛立った声が頼政の問いかけを遮った。歯噛みしながら実能が続ける。

「だが、奴が盗んだという『雲隠六帖』――。そのような巻子は、公的には宝蔵には存在しないことになっておる。存在しないものが盗まれるはずはなく、故に検非違使が動く必要はないと、そう法皇様は仰せなのだ。無論、上皇陛下や関白様もな」

「そんな馬鹿な……！　それではまるで、奴を放任するようなものではありませんか。であれば、あの一件はどういう扱いになっているのです?」

「全ては人心を誑かす鬼神か妖物の仕業であり、そういうまやかしに対処するのは陰陽師の仕事であるから、陰陽寮に任せておけばよい。それが関白様のご判断なのだ。……国に不敬を働いた者や、盗みを働いた者は漏れなく捕らえて確かに罰することこそ、自分たち検非違使の存在意義だと思って働いてきたが……」

そこで語尾を濁した実能は、拳を握り締めて頭を振り、「悔しいが、任せたぞ」とだけ言い残して去っていった。

背筋を伸ばして馬に乗った実能の後ろ姿を見送りながら、頼政は、考え方こそ合わないが、尊敬すべき人物ではあるのだな……と改めて思った。

＊　＊　＊

当代の関白である藤原忠通はまだ三十歳になったばかりの青年で、格下相手にも礼儀を示し、柔和な微笑を絶やすことはない。一見すると穏やかで上品な人物だが、その裏には、朝廷にとって有害と判断したものを容赦なく排除する冷酷さが潜んでいることを、頼政たちはよく知っていた。

優雅な庭に面した寝殿にて、頼政と泰親が深く一礼して顔を上げると、屋敷の主である忠通は表情に見合った穏やかな声を発した。

「お二方とも、よく来てくださいましたね。頼政殿とは半年ぶりにもなりましょうか」

「はい。関白様もお変わりなく……」

形式ばった挨拶を返しながら、頼政は、忠通の手前に控えている若い貴族にそっと目をやった。

年の頃は十九か二十歳ほどで、頼政にとっては初めて見る顔であった。鼻筋の通った彫りの深い顔立ちで、特に、ぎょろりとした目が印象的だ。

最初は関白や来客の世話係かと思ったが、腰を上げる気配はなく、軽く会釈しただけで名乗りもせず、頼政たちを見据えている。と言うより、泰親を睨みつけている。

睨まれた側の泰親は特に反応を返してはいないが、入室してこの貴族を見た瞬間、泰親が一瞬だけ疲れた表情になったことを頼政は見逃してはいなかった。

泰親のあまり仲の良くない知り合いだろうか……と頼政は推察したが、関白の前で余計な雑談をするわけにもいかない。かしこまったままの二人が挨拶を終えると、忠通は早々に用件を切り出した。

「実は、ここのところ、朱雀門のあたりを化け物の行列が行進しているという噂が立っておりましてね」

「化け物の行列……。となると、百鬼夜行ですか？」

訝しんだ顔の泰親が問い返す。その隣に控えた頼政は「百鬼夜行となＩ」と、泰親の口にした単語を繰り返した。

「夜中に鬼や化け物が列を成して歩くという、あれか？」

「左様でございます、頼政様。平安京遷都の少し後、藤原常行様が神泉苑付近で出くわした話や、今から百年ほど前、藤原師輔様が『あははの辻』で遭遇した話などが有名ですね。かの安倍晴明公は幼少期に百鬼夜行に気付いたことで師匠に目を掛けられたとも、百鬼夜行を回避するには、尊勝陀羅尼の経典や特定の歌――『かたしはや、わがせせくりに、くめるさけ、てゑひあしゑひ、われゑひにけり』が効くとも言われています」

頼政に問われた泰親が即座に解説してみせる。忠通は「さすが安倍家の氏長者殿、お詳しいですね」と目を細め、その上で首を軽く横に振った。

「ですが、昨今噂になっているのは、どうも古来の百鬼夜行とは異なるようで……。聞いた話では、道具が出るのだそうです」

「道具？　鬼神や化け物ではなく……ですか？」

「はい、泰親殿。『器物』と言い換えても良いでしょう。鍋、釜、器、鏡に巻子に調度品、衣や冠、武具に馬具、大きなものでは牛車まで、人が作った器物や道具が、夜更けの朱雀門のあたりにまとまって現れ、騒ぎ、行進し、朝になると煙のように消える……。今、広まっているのは、そういう噂なのですよ。泰親殿はこういう事例をご存じですか？」

「いいえ。私の記憶している限りではありません。先例に照らし合わせて考えるなら、鬼神の類が姿を消して器物を操っているか、あるいは器物に化けている……？」

「先に陰陽寮に問い合わせた時も同じ返答をいただきました。実害が出ているわけではありませんが、前例のない怪異の噂に、上皇陛下はことのほか怯えておいでです」

そう言うと、忠通は「おいたわしい」と言いたげに頭を振ってみせた。

上皇が怖がっている理由は頼政にも理解できた。「天人相関（てんじんそうかん）」である。古来、天変や怪異は、地上の人間の――特に支配者の――格と相応関係にあり、神獣の出現のような瑞兆（ずいちょう）は王の徳の高さを示し、逆に、不気味な変事は徳の低さを示すとされているからだ。

故に、と忠通が続ける。

「上皇様は、この件の早急な解決を望んでおられます。実績のある泰親殿と頼政殿に一任せよ、とも」

「実績と仰るのは、玉藻前――九尾の狐の一件のことですか」

「勿論」

頼政に問われた忠通はにっこりと笑みを浮かべたが、その上品な笑顔には妙な威圧感があり、頼政の背がぞっと冷えた。

おそらく忠通は、あの一件が単純な妖狐退治ではなかったことに気付いていると頼政は確信した。思わず息を呑む頼政の隣で、平静な顔の泰親が床に手を突いて言う。

「かしこまりましてございます。朱雀門の器物の怪異の一件、確かに拝命いたしました。私は今、天狗の調査も仰せつかっておりますが、まずは此度の件を優先するということでよろしいでしょうか？」

「そのように願います。頼政殿は泰親殿の手助けを」

「かしこまりました」

泰親と頼政が頭を下げる。忠通が「頼みましたよ」とうなずくと、それを待っていたかのように、脇に控えていた貴族が口を開いた。

「五代目晴明公と五代目頼光公……。いずれ劣らぬ名家のお生まれで英雄の血を引くお二方が、揃って事に当たられるとなれば、これはもう、早急な解決が約束されたようなものでございますね。こんな心強いことがありましょうか？」

ねちねちとした声が謁見の間に響いた。言葉の上でこそ頼政たちを持ち上げているが、その言いぶりや視線には、二人、特に泰親に対する敵意があからさまに滲んでいる。

頼政が頭を下げたまま「あれは誰だ？」と視線で問うと、同じく頭を下げていた泰親は仕草だけで「後で話します」と返答し、小さな溜息を落としてみせた。

＊＊＊

「よ。お疲れ、お二人さん」

二人が忠通の屋敷を出て少し歩くと、玉藻が後ろから呼び止めた。いつの間にか尾行されていたらしいと気付き、頼政は目を丸くして感心した。

「お主はまるで狐だなあ」

「それは褒めてくれてるんだよね？　で、関白様のご用事は何だったの、ご主人？」

　玉藻が馴れ馴れしく泰親に問いかける。「ご主人」呼ばわりされた泰親は「本気でその呼び方で行くつもりなのですか……?」と顔をしかめたが、「また新しい仕事?」と問われると、こくりと素直にうなずいた。

　その後、頼政と泰親は、街路をぶらぶらと歩きながら、関白からの命令を玉藻に説明した。どこかに移動しなかったのは、「下手にひと気の少ないところに行くより、人通りの多い道を歩きながら話した方が聞き取られる可能性は減ります。そもそも別に聞かれて困る話でもない」と泰親が言ったためである。

　さらに頼政は、敵意を剝き出しにした若い貴族のことも玉藻に話した。あれは誰だったのかと頼政が問うと、泰親は露骨に面倒臭そうな顔になった。

「高階通憲様と仰る方です。藤原家の支流のお生まれで、七歳の時に高階家にご養子に入られたとか」

「ふーん。頼政様、その高階って家は偉いの?」

「また直接的に聞くなあ、お主は。平たく言えば、あまり家督は高くない。摂関家とも縁は薄いしな。しかし、その高階の家のご養子がなぜ泰親を敵視しておるのだ?」

　泰親は自分と違って要領のいい少年なので、無闇に敵を作ることはないだろうし、第一、下級貴族の養子と安倍家の氏長者ではそうそう接点もないはずだ。解せない顔で頼政が尋ねると、泰親は少し言い淀み、まず「悪い方ではないのですよ」と断った。

「通憲様は、勉学——特に陰陽道で身を立てようとしておられるのです。ご養父と高階の家に恩を返したい、ひいては生家の名も上げたいという強い志をお持ちで、実際、手に入る限りの古今の書物もしっかり読み込んでおられます」

「聞く限りは立派な御仁のようだが……しかし、陰陽道で身を立てると言っても」

「そうなのですよ……。一昔前ならいざ知らず、今の時代、役職は家柄と完全に紐づいています。いわゆる官司請負制ですね。なので高階家の方が陰陽師になりたいと言っても、その道は閉ざされてしまっている。私が陰陽寮にいた間にも何度も門前払いを食らっておられました。不憫とは思いましたが、私には採用する権限もなく……」

そこで一度言葉を区切り、泰親は大きく嘆息した。

「おそらく通憲様は、今回の器物の怪異の噂を聞いて、関白様に名乗り出られたのでしょう。目障りな晴明五代目――つまり私が不在のうちに事件を解決してしまえば、実績を得ることができますから。関白様も、遠戚とは言え同じ藤原の出ということで、通憲様にはそれなりに目をかけておられますので、好機だと思われたのでしょうね」

「ところが任せてもらえなかったわけだ」

「玉藻の言う通りだと思います。上皇陛下は私と頼政様への一任をお望みとのことでしたから、これはもう関白様にも覆しようがない。ひどく失望され、苛立たれた通憲様は、家柄に恵まれた私への敵意を一層募らせ、私が失敗することを期待するに至った……と、こんなところではないでしょうか」

説明を終えた泰親がげんなりと肩をすくめる。そんな泰親を間に挟んだ頼政と玉藻は顔を見合わせ、同時に、疲れた顔の少年陰陽師を見下ろした。

「それでは、お主は何も悪くないではないか」

「逆恨みもいいとこじゃん！　そうだ、そいつの家に獣の死体でも投げ込んでやろうか、ご主人？『晴明の怒りを受けるがよい』って文も付けてさ」

「やめてください！」

玉藻の提案を受けた泰親が真剣な顔で即答する。本気でやらかしかねないと思っているのだろう、青ざめた泰親は「駄目ですからね？」「絶対駄目ですからね？」と何度も釘を刺し、その上で呼吸を整えて話を戻した。

「それより朱雀門の道具の怪です。実害も出ていないわけですし、見間違いかほら話が膨らんだだけだとは思うのですが、放っておくわけにもいきません。なので今宵、現場である朱雀門に行くつもりなのですが」

「相分かった。同行すればよいのだな」

「はいはーい、ご主人、私は？」

「だからその呼び方は……と言っても聞かないんですよね、どうせ」

「さすが五代目晴明、式神のことをよくご存じで」

「貴方は式神の何を知っているのです……？　ええと、玉藻にはできれば噂を調べてみてほしいのです。関白様の仰っていたのはあくまで又聞きですから、いつから、誰が、どのような内容を語ったのか、なるべく具体的なところを調べてもらえると助かります。何か分かったら私の屋敷に来てください。お願いできますか？」

「お任せあれ。そういうのは得意だよ。……ただ、話聞くのって、意外と銭が入用でさ。京にしばらく居着くなら、せっかくならちゃんとした宿に泊まりたいし」

「……経費は私が出します」

腕を組んだ泰親がそう言うと、玉藻は「さすがご主人！」と満面の笑みを浮かべて泰親の肩を叩き、その場でぴたりと立ち止まった。ここで別れるつもりのようだ。

じゃあ、とだけ言い残して歩き去ろうとする玉藻に、頼政は声を掛けようとしたが、それより先に泰親が口を開いていた。

「――玉藻」

「ん。何？」

「あの……どうか、お気を付けて」

見つめられた泰親が、どこか気恥ずかしそうに声を発する。それを聞いた玉藻は、親しみの籠もった微笑とともに「そっちもね」と手を振り、雑踏の中へと消えていった。

＊　＊　＊

その後、泰親と頼政は、落ち合う時間を確認し、各々の屋敷へ戻った。

泰親にとってはたかだか一月ぶりの帰宅だが、宇治に出向いて長い頼政にとっては久々の自宅である。一条通に面した源氏の屋敷に帰った頼政は「帰ってくるなら前もって文で知らせてほしい」とぶつぶつ言われたが、急な帰京なので事前に知らせようもない。頼政は事情を説明し、夕食や着替えを済ませて少し休んだ後、日暮れ前に単身で家を出た。刀を下げ、背には弓と矢筒を背負っているが、それ以外はいつも通りの直垂姿だ。

土御門大路に面した安倍家の門前では、烏帽子を被った水色の狩衣姿の少年が一人で待っていた。泰親である。頼政に気付いた泰親が「ご足労をお掛けします」と会釈し、お主こそ、と頼政が返す。

「一人だけなのか？　拙者はてっきり、安倍家の牛車が用意されているものかと」

「今宵の目的はあくまで様子見。にぎやかに押しかけては、見つけられるものも見つけられません。まあ、色々文句は言われましたが、鵺を退治したあの頼政様がおられるので心配ない、頼政様に恥をかかせるわけにはいかないと押し切りました。そちらは？」

「似たようなものだ。鎧を着ろ、兵の十人は連れていけ、せめて馬で行けと言われたが、九尾の狐を調伏したあの安倍泰親公が一緒なのだから、ということで押し通した」

「お互い苦労しますすね」

そんな言葉を交わしながら、二人は西へ向かった。しばらく歩くと、怪異の噂の現場である朱雀門が——正確に言うならば「朱雀門跡」が——見えてくる。

朱雀門は、平安京遷都に伴って大内裏の正門として設置された雄大な楼門である。平安京の中心を南北に貫く大通り、通称「朱雀大路」の起点となる門でもあったが、本作の時代より百年ほど前に倒壊した。内裏の中心部が東へ移動したことや、都市計画の失敗によ る右京の荒廃、朝廷の財政難などの理由により、再建されることはなかった。

また、朱雀大路の先には、都の内外を隔てる羅城門がそびえていたが、こちらは朱雀門よりさらに前に崩壊し、そのまま放置されている。崩れた二つの門を結ぶ朱雀大路も当然のように荒廃の一途を辿っており、この一帯は平安京の市中でありながら、狐や山犬などの野生動物、後ろ暗い連中や居場所をなくした人々が勝手に住み着き、埋葬の費用を出せない貧しい者が死体を捨てに来るような一種の無法地帯となっていた。

廃材を組んで作られた無人の小屋の隙間を人骨をくわえた犬が走り去っていくのを見て、頼政は思わず目を背けた。

「無残なものだな……。これが、かつての宮城正門とは」

「仰る通りです。とは言え、思っていたほどではないですが」

沈痛な面持ちの頼政とは対照的に冷静な表情の泰親が、大路の一角に視線を向けた。まだ日は沈み切っておらず、あたりの様子は薄暗いものの見えなくもない。頼政は泰親の見た方向に目を凝らし、そして眉をひそめた。

「何もないではないか。ただの道しか見えぬが」

「何もないのが意外なのです。廃材も瓦礫も小屋もなく、地面も踏み固められております。足の踏み場もないほど荒れていると思っておりましたが、この幅の道路がしっかり確保されているのは意外でした」

朱雀門から北へと向かう大路を前にして泰親が言う。確かにそうだと頼政は納得し、泰親に倣って北へと視線を向けた。

夕闇に染まりつつある地平の上には、こんもりとした黒い影が見えている。「船岡山（ふなおかやま）ですね」と泰親が言うと、頼政はどこか悲しそうな顔でうなずいた。

朱雀門の北にそびえる船岡山は、和歌や物語を愛する頼政にとっては馴染み深い地名である。「枕草子」の時代には貴族の遊行の地として知られ、歌人による歌合わせなどが行われた山であったが、この時代には葬送と処刑の場となっていた。

頼政はかつての華やかな時代に思いを馳せた後、強引に気持ちを切り替えた。

「それで、どうする泰親？　今のところ、動き回る器物どころか、まともに使えそうな道具の類すら全く見えぬが……大路に沿って歩いてみるか？」

「朱雀門のあたりに出るとしか聞かされていませんから、とりあえずここで様子を見るつもりです。幸い、屋根はありますし」

そう言って泰親は道の脇の傾いた掘っ立て小屋を指差した。分かった、と頼政がうなずき、かくして二人は、今にも崩れそうな小屋の中で並んで一夜を明かすことになった。

小屋と言っても扉も壁もなく、地面を掘り下げて固め、隙間だらけの板葺（いたぶき）の三角屋根を載せただけの簡素なもので、中にいても外の様子はよく見える。頼政が拾ってきた木切れを燃やしていると、板に腰を下ろした泰親が思い出したように嘆息した。

「それにしても、天狗だけでなく今度は道具の怪異とは……まったくもって末法（まっぽう）ですね」

「怪異が次々と現れることを憂えておるのか？」

「ええ。先ほど百鬼夜行の名を出しましたが、あれは本来『百鬼夜行日』と呼ばれる特定の日にだけ現れるものとされていました。鬼や化け物がこの世に現れることのできる日は限られていたんです。なのに今回の器物の怪異もあの天狗も、そんな制限などないかのように自由に振る舞っている……。まるで、毎日が百鬼夜行日になってしまったような気がします」

「化け物を制する枷が失われたというわけか。それは……あまり考えたくない話だな」

頼政が顔をしかめると泰親は無言で同意し、さらに続けた。

「加えて、昨今では市井の方々が『これは怪異である』と認識を……言い換えれば認定を行うことが増えているでしょう？　本来、律令国家においては、怪異とは国が定めた機関が認定するものだったのです。神祇官と陰陽寮が認めることで、怪異は初めて怪異となったはずなのに……」

ここで泰親が語ったように、「怪異」は元来、国が管理する概念であった。

五世紀に陰陽寮が設立されて以来、十世紀頃までの「怪異」は一種の法令用語であり、不思議な現象が起こった際、軒廊御卜と呼ばれる公的な占いによって、それが怪異か否かが判断されていた。怪異の判定やその原因の特定などは、王とその直属組織のみに与えられた特権だったのである。

だが、一般層への知識の流出、朝廷の権威の喪失などの原因により、この仕組みは徐々に瓦解し、この物語の舞台である十一世紀になると、不思議な現象に遭遇した一個人が「これは怪異だ！」と勝手に認定するようになってしまっていた。この傾向は平安時代末期に完全に定着、鎌倉時代に入ると「怪異」から法令用語としての性格は消失し、現在と同じく、単なる「不可思議で怪しい」という意味の言葉となっていく。

いつしか夜は更けつつあり、空も廃墟も等しく暗がりに包まれている。時折獣の吼え声が聞こえたりはするものの、当然と言うべきか、器物がうろつく気配はない。暗く陰鬱な風景を見つめたまま泰親が続ける。

「頼政様はよくご存じのように、本当の意味での怪異などそうそう起こるものではありません。昼も言いましたが、おそらく今回の一件も、何かの見間違いか、誰かの作り話に尾ひれが付いたもの」

「まあ、そうであろうなあ……。しかし、そう報告して収まるか？」

「収まらないでしょうね……。『何も起きていませんでした』では、晴明の五代目に調査を命じた上皇陛下の面目が立ちません。なので、例によって、それらしい話を作る必要がありますが……はあ」

泰親が再び大きな溜息を落とす。どうかしたのかと頼政が問うと、泰親は大きく肩を落とし、自分を一方的に敵視している青年貴族の名を口にした。

「通憲様ですよ。昼にもお話ししましたが、あのお方はなまじ博識ですから、適当な作り話では粗を衝かれるおそれがあります。実際、これまでも何度か、私の説明や占いの結果にケチをつけておられますし、今回も進捗状況を聞きに来られるに違いありません。さて、どう説明したものか……」

扇の先で冠を叩きながら、泰親がやれやれと頭を振る。泰親は元々雄弁な少年ではあるが、今宵はやたらと愚痴が多い。都の仕事で溜まった愚痴を吐き出す機会は少ないのだろうな、と察した頼政は、しばらく相槌役に徹し、泰親の話が一段落したあたりで、静まりかえった夜の廃墟を見回して言った。

「しかし、何だな。変事が起こるのも困るが、何もないのも退屈であるなあ……。酒でも持ってくれば良かった」

「頼政様、発想が玉藻に似てきましたね」

「怖いことを言うでない」

「睨まないでくださいよ。それはそうと頼政様」

「何だ?」

「菖蒲様のことは実際どう思っておられるのです?」

「何をいきなり!?」

まさか泰親からそんな話を振られるとは思っておらず、頼政の声が裏返った。大仰に眉をひそめた頼政が「お主こそ玉藻に似てきたな……」と言い足すと、泰親はそれはもう不本意そうに顔をしかめた後、落ち着いた口調で続けた。

「以前にもお話ししましたが、私はどうも、情とか愛というものへの感度が鈍いようなのです。こと恋愛感情となると猶更で、そういう情動は多くの人が抱くものであることは知識としては知っている……という程度なのですが、頼政様は違うでしょう？」

「それは——ま、まあ、そうだな」

一瞬だけ言い淀んだ後、頼政は素直にうなずいた。ですよね、と泰親が相槌を打つ。

「実は、高平太様のお付きで富家殿に泊まりこんでいた頃、もののけ調伏の儀式の前に、菖蒲様から尋ねられたことがあるのです。頼政様に思い人はおられるのか、と」

「何？　……ほ、本当か？」

「適当な作り話はこれまで幾つも語ってきましたが、さすがに頼政様にこんな嘘は申しませんよ。知る限りではおられませんと私が答えると、菖蒲様はとても安心しておられました。私の見たところ、菖蒲様は頼政様を異性として慕っておられるようでしたので……それで、もし頼政様の側もそうなのであれば、せっかく京に戻られたのですから、今のうちにお会いしてもと思った次第でして……」

荒廃した朱雀門跡の光景を見つめたまま、ぼそぼそと言葉を紡ぐ泰親の横顔は、いつしか薄赤く染まっていた。そのことに気付いた頼政は、ようやく、泰親は気を回しているのだということを理解した。

おそらくこれは、泰親なりの——冷静で博識で、それでいておそろしく不器用な少年にとっての——精一杯の気遣いなのだ。そのことに思い至った頼政は思わず破顔し、隣に座る年下の友人の名を呼んでいた。

「泰親……！　まるで人間味のなかったお主が、そんな風に気を回せるようになるとは……！　拙者は今、大きく心を動かされたぞ」

「何に感動しているんです！　そこは今どうでもよくないですか？」

そう言って頼政を真っ向から睨んだ泰親の顔は、もうはっきりと赤くなっていた。呆れているのか照れているのか、眉尻をキッと吊り上げた泰親は、普段よりいっそう口早に言葉を重ねる。

「私は頼政様が菖蒲様に会いたいのか会いたくないのかと聞いているのです。会いたいんでしょう？　そうですすね？」

「う、うむ」

「ですよね？　だったら歌を詠むなり文を書くなり――」

「いや、待て、泰親！　菖蒲殿は確かに素晴らしいお方だ。お慕いしているのも認めるが……しかし拙者ではあのお方とは釣り合わぬ」

「……あのですね。頼政様は、内裏の護衛を代々任されてきた本邦屈指の武門のご嫡男で、酒呑童子を退治した英雄の五代目で、ご自身も鵺を切り伏せた逸話の持ち主なわけでしょう？　これで釣り合わないのはもう皇族くらいのものですよ」

「そうではない。家柄云々ではなく、人としての格を言うておるのだ。一人の人間として、男としての、『器』と言うか、『質』と言うか……」

大きな体を縮めながら頼政が情けなく自嘲する。頭を掻く頼政を見た泰親は、これ見よがしに溜息を落とし、「そこも全然問題ないと私は思いますが」と小声を漏らした。

その後も二人は狭い掘っ立て小屋で見張りを続けた。途中、小屋を出て朱雀門周辺を歩き回ってみたりもしたが、結局、怪しいことは何も起こらないまま夜は明けてしまい、頼政は、菖蒲宛に文を書くことを確約させられて帰路に就いたのであった。

＊　＊　＊

明け方に源氏の屋敷に帰宅した頼政は、昼頃まで眠った後、日当たりのいい桟敷に文机を運び、筆と紙を用意した。

無論、菖蒲に手紙を書くためである。

だが、頼政の意気に反して筆はまるで進んでくれず、翌日の昼になってもなお頼政は白紙を前にして煩悶していた。

「書けぬ……」

苦渋の声が源氏の屋敷の桟敷に響く。

思いを寄せる異性に向けて、自分の気持ちを伝えるために手紙を書く。そんな場面はこれまで何十回、何百回と読んできたし、自分がそうするに至った時のことも何度も夢想してきたはずなのに、いざやろうと思うと筆がろくに動かない。

菖蒲は「伊勢物語」が好きだと言っていたので、それになぞらえた内容で……とも考え、読み返してみたりもしたが、この物語の主人公である「男」は在原業平(ありわらのなりひら)だというのは定説であり、そして業平といえば恋多き美男子の代名詞のような人物だ。「伊勢物語」を引用したら、まるで自分を業平にたとえているように見えてしまい、自己評価が高すぎる男と思われて嫌われるのではないか……と、そんなことを考えてしまったが最後、筆はぴくりとも動かなくなってしまう。

「すまぬ泰親……！　拙者は、武士の風上にも置けぬ軟弱者だ……」

その場にいもしない友人に謝罪しながら顔を覆っていると、屋敷の者が「頼政様宛の文が届きまして」と、折りたたまれた懐紙(ふところがみ)を持ってきた。

文の差出人は、意外にも菖蒲であった。

頼政が驚いて開いた文には、「都に戻っておられるとお聞きしましたので、手紙を差し上げました」「どうしてもお伝えしたいことがあるので、今宵お会いしたいのです」という内容が流麗かつ知的な文面で綴られており、一読した頼政は、先を越されてしまったな、と自分に呆れた。

かくして頼政は「必ず参上いたします」と記した文を送った上で、身だしなみと髪を整え、どうかと思うくらい丁寧に髭を剃り、神仏に祈りを捧げ、その夜、指定された場所へ——さる無人の神社の境内の蔵へと赴いた。

がらんとした蔵の中で灯火を灯して待っていると、ややあって、市女笠を被った菖蒲が単身で現れた。菖蒲は、すぐそこまで屋敷の方に送っていただいたので、と前置きした上で笠を取り、深く頭を下げた。

「お待たせいたしました、頼政様……。本当に来てくださったのですね」

「当然でござろう。あのような文をいただいたからには、万難を排して参上します」

頼政は丁寧な礼を返したが、その表情は険しかった。

昼間から頼政の胸の中でもやもやとわだかまっていた違和感は、菖蒲を見るなり確信へと変わっていた。

菖蒲の態度は明らかにぎこちなく、その顔色も青白い。放置された蔵という奇妙な待ち合わせ場所も、最初は「伊勢物語」の第六段になぞらえたのかと思ったが、あれは女が鬼に食われて死んでしまう話だ。好きな相手と会う時に引用するような内容ではない。

どうやら、自分が期待していたような浮ついた状況にはならないようだ。

菖蒲は、頼政の警戒心を察したのだろう、気まずい顔で黙り込んでいたが、頼政に促されると、おずおずと口を開いた。

「……お屋敷でお聞きしたのですが、頼政様は今、泰親様とご一緒に、朱雀門のあたりで起こった怪異の噂を調べておられるとか……」

「ええ。道具や牛車が夜中に出ては消えるとか、行進していたとか、そんな噂の調査を拝命しております。しかし、それが何か？」

威圧感を与えないよう気を付けつつ、頼政が問い返す。と、菖蒲は再びしばらく黙り込み、ややあって、悲痛な顔を頼政へと向けた。

「は、恥を忍んで申し上げます……。その噂の原因は、この私なのでございます……！」

「何ですと？　それは一体——」

「どうか、最後までお聞きくださいませ……！　あれは、ひと月前の夜のこと……。私は、朱雀門の近くで、さる殿方と、牛車の中でお会いしていたのです。件の噂が立ったのは、そのすぐ後でございました。おそらくは、私たちの乗っていた車を見たどなたかが、あのような廃墟に、しかも真夜中に貴族の牛車が停まっているのは面妖なことと思い、語られたものに違いありません……」

袖で顔を隠しながら菖蒲が必死に言葉を紡ぐ。予想外の告白に頼政の頭の中は真っ白になった。

「そ、その……『さる殿方』とは……？」

「申し上げられません……！　妻子も地位もある、私などよりはるかに高貴なお方ですので……。ですが、私はその方を、お、お慕い申し上げているのです……」

口早に紡がれたその言葉に、頼政の呼吸が一瞬止まった。目を見開いて固まる頼政の前で、菖蒲は震える声で続ける。

「頼政様と泰親様はいずれ劣らぬ優れたお方、お二人が動かれた以上、真相が暴かれるのはもはや必然……。ですが、その前にどうかこれだけは知っておいていただきたく、お呼びだてした次第にございます。勝手なお願いとは重々承知しておりますが、この菖蒲を少しでも哀れと思ってくださるのなら、どうか、どうかこの件はご内密に……！」

菖蒲が深く頭を下げる。艶のある黒髪がはらりと垂れ落ちるのを見ながら、頼政はただ、「分かり申した」と答えることしかできなかった。

＊　＊　＊

翌日の朝、頼政はただぼんやりと自宅の桟敷に座っていた。

朱雀門跡の怪異の真相が分かったのだから、泰親に、それに玉藻にも知らせてやらなければならない。そのことは頭では理解しているのだが、菖蒲に恋人がいたこと、しかも相手は妻子持ちの貴族という事実が胸の深いところにざっくりと突き刺さっているせいで、何をする気力も湧いてこない。

……失恋というのは、こんなにも辛くもどかしく苦しいものなのか。

そう痛感しながら頼政が庭を眺め続けること一時（約二時間）あまり、屋敷の者が気まずそうな顔で現れ、若い貴族が頼政を訪ねてきたと告げた。どうやら泰親が来たらしいと察した頼政は、通してくれと伝えたのだが、現れたのは意外にも、ぎょろりとした目の青年であった。

高階通憲である。

「一昨日、安倍泰親様と現場に出向かれたとお聞きしましてな！　英雄として名高い頼政様のお見立て、後学のためにぜひお聞かせ願いたく、こうして参上した次第にて！」

尊大で敵意を隠そうともしない物言いが源氏の屋敷に堂々と響く。泰親を敵視している下級若手貴族の登場に、頼政はぎょっと驚いた。

この男が進捗状況を確認しに来るだろうと泰親から聞いてはいたが、泰親のところではなくこちらに来るとは予想外だった。頼政が戸惑いながらも座るよう促すと、通憲は円座にどっかと腰を下ろし、ぎろりと大きな目を頼政に向けた。

「それで進捗はいかがでございましょう？　もう真相は見抜かれたのですかな？」

「まあ一応……」

挑発的な物言いを受け、頼政はうっかり首を縦に振ってしまった。

その一瞬後、頼政は「あっ」と唸って口を押さえたのだが、通憲もまた驚愕していた。まさか二日で真相が判明するわけがないとたかをくくっていたのだろう、通憲は元々大きな目をいっそう見開き、頼政に詰め寄って問いかけた。

「一体何が起きていたというのです？」

「そ、それは……」

頼政が目を逸らして口ごもる。「恋心を寄せていた女官が妻子持ちの貴族と逢引きしていたのだ」などと、正直に言えるわけもない。こういう時に泰親か玉藻がいてくれれば、適当な話を即席ででっちあげてくれるのだろうが、あいにくここにいるのは自分一人だ。

頼政は懊悩しながら必死に思案し、抑えた声をぼそりと漏らした。

「こ、これは、ここだけの話でお願いしたいが……実は、古い器物が化けて騒いでおったのでござる。その名も……ええと……そう！　『ツクモガミ』！」

「つくもがみ……？　『つくもがみ』というのは老人の白髪のことではないのですか？　確か、『伊勢物語』にそんな歌が」

「六十三段でござるな。年甲斐もなく若い男に恋してしまった悲しい老女に寄せられた歌――『百年（ももとせ）に一年（ひととせ）たらぬつくも髪、我を恋ふらし面影に見ゆ』。ここで詠まれている『つくも髪』とは確かに老女の白髪のことですが、音は同じでも違うのでござる。『喪』が『付』く『神』と書いて『付喪神（つくもがみ）』！　道具が百年を経ると魂を得て付喪神となり、人を誑かすようになるのだとか」

「何と……！　そんなものが朱雀門跡に!?　いやしかし、そのような名前の化け物がいるなど、読んだことも聞いたこともございませんが……」

通憲が太い眉を大きくひそめて訝しむ。それはそうだろうと頼政は思った。

何しろ、たった今自分が考えた話なのである。

名前の参考にしたのは、通憲の指摘通り「伊勢物語」の六十三段の歌だ。昨日何度も読み返したおかげで心の中に引っかかっていたのだろう、スッとその名が出てきたのである。安直な命名だとは自分でも思うが、菖蒲の名誉のため、ここは嘘を吐き通すしかない。

折れるな、感付かれるな、泰親か玉藻だったらどうするか考えろ……！

そう自分に言い聞かせながら、頼政は必死に言葉を重ねていった。

「一昨日の夜、拙者と泰親は確かに、道具の化け物たちを見たのでござる。連中は朱雀門跡から行進し、船岡山の裏で酒宴を開いておりました」

「船岡山！　葬送の地で酒宴とは、それはまたなんとも恐ろしい……。その宴とは、どのような」

「それはもう、酒と人肉の饗宴でござる。削ぎ落した人肉を生のまま俎板に並べ、さあ食えやれ食えと」

「酒呑童子の話と似ておりますな。鬼どもの酒宴にもそんな描写があったような」

「ぐっ、偶然でござろう！」

必死にしらばっくれる頼政である。幼い頃から何度も聞かされていた先祖の英雄譚の一節なので自然と出てきてしまったようだが、有名な伝説の描写を真似ていては作り話と気付かれてしまう。多少の独自性も必要だ。

「そして、拙者と泰親が様子を窺っていたところ……付喪神どもは……そう！　詩歌を語り始めました」

「詩歌？　化け物どもが、でございますか……？」

「左様！　まず付喪神の一体が『詩は志のゆくところなり』と言い出したのです」

「詩経――周代に作られたという最古の漢詩の詩編の序文の一節ですな」

「いかにも！　その化け物が『歌を詠んで風月の道に携わらなければ、心なき身の器物と変わらないではないか』と主張すると、他の付喪神も賛同し、やがて、唐代の詩人・銭起が鬼の言葉を詩に用いた話や、あるいは、平安京華やかなりし時代、詩人・都良香（みやこのよしか）が羅城門の鬼と歌を合作した話などを口々に語り始めたのでござる……。付喪神も化け物ですからな、鬼神の歌が気になるのでありましょう。また、ある付喪神は、かつて玄宗（げんそう）皇帝が鼓を打つと一斉に花が咲いた古事を引用し……」

　自分の知識だけを頼りに、頼政が具体的な描写を盛っていく。通憲は神妙な顔で聞き入っていたが、頼政の解説が一段落すると怪訝な顔で感想を漏らした。

「……付喪神という連中、化け物のくせに詩歌に造詣が深いのですな。まるで一流の歌人のようで」

「滅相もござらん」

「なぜ頼政様が照れるのです……？　いや、そもそも！　道具が百年を経ると化けて付喪神になるという、その話は一体どこに書かれておるのですか？」

「えっ？」

「いや、『えっ』ではなく。まさかとは思いますが、頼政様が名前を考えられたわけではありますまい？　出典をぜひご教示願いたく！」

　まだ半信半疑なのだろう、通憲が真剣な顔で頼政に詰め寄る。そんなことを聞かれても出典などあるはずがない。言葉に詰まった頼政は思わず目を逸らしてしまったが、そこに、よく通る声が割り込んだ。

「――『陰陽雑記（いんようざつき）』ですよ」

涼やかな声とともに現れたのは、水色の狩衣姿の少年陰陽師――泰親だった。

初めて聞いた書名なのだろう、眉をひそめた通憲が「『陰陽雑記』……？」と問い返すと、泰親はこくりと首肯した。

「『器物百年を経て、化して精霊を得て、よく人の心を誑かす。是を付喪神と号すといへり』……。わが家に伝わる門外不出の秘伝の一つ、『陰陽雑記』の一節にございます」

「安倍家の秘伝……！　そうでございましたか……」

通憲が悔しそうに拳を握った。安倍晴明の神格化のため、安倍家が多くの書物を秘伝扱いにしていることは、この時代広く知られていた。秘伝を閲覧できるのは一部の陰陽師か殿上人だけなので、通憲の格では『陰陽雑記』を手に取るどころか実在を確かめることすら不可能だ。悔しげに黙り込んだ通憲に向かって泰親は礼儀正しく一礼し、続けた。

「既に頼政様からお聞きのようですが、此度の怪異の正体は『付喪神』でございました。連中は日が昇ると元の古道具に戻ります故、朝を待ってから焼いておきましたので、ひとまず騒ぎは収まるはず。とは言え古道具は巷に溢れていますから、同じような騒ぎはまた起こるかもしれませんが……。なお、この一件は書面にまとめたものを関白様に提出し、その上で公開していただくつもりです。詳しくお知りになりたいなら、それをお待ちいただければと存じます」

「わ、分かり申した……」

不承不承ながら通憲がうなずき、ありがとうございます、と泰親が礼を返す。その堂々とした態度に、頼政はしみじみと感心した。

おそらく泰親は自分の作り話を途中から聞いていて、助け舟を出しに来てくれたのだろう。「陰陽雑記」なる書物も存在するとは思えないが、いかにも危なっかしかった自分とは説得力がまるで違い、思わず信じそうになる。

やがて、しぶしぶ納得した通憲が引き下がると、泰親はそれを見送った上で大きく肩をすくめ、猫のように鋭い双眸で頼政を睨んだ。

「柱の陰でお聞きしていましたが、肝が冷えましたよ。何ですか付喪神って」

「め、面目ない……。しかし助かったぞ、泰親！　本当にいいところに来てくれたが——何用だ？　朱雀門跡の怪異のことか？」

「ええ。実は先ほど、関白様より、調査を中止せよとの文が届いたのです。今後は、この類の噂は実害がない限り取り合わない、ともありました。ご判断の理由は明記されてはいませんが、どうやら何人かの殿上人から横槍が入ったようです」

「殿上人から……？　どういうことだ？」

「そこまではまだ分かりません。ともあれ、形の上でいいから報告を出せ、筋が通る内容であればいい、とも言われていますので、この際、古道具が化けていたことにします」

そこで一旦言葉を区切って嘆息した後、泰親は頼政を見上げて「『付喪神』、悪くない名前ですね」と微笑し、頼政は照れ臭そうに頬を掻いた。

古道具が百年を経ると妖怪となり、これを総称して付喪神と呼ぶ——。

この伝承、あるいは設定は、中世に描かれた「付喪神絵巻」によれば、「陰陽雑記」という書物に記されているとあるが、「陰陽雑記」の実在は現在に至るまで確かめられておらず、付喪神の物語がいつ誰によって語られ始めたのかも分かっていない。

物語の中で、付喪神たちは船岡山の裏の長坂を本拠地として酒宴を開き、盛んに詩や歌を詠む。この場面の詩歌にまつわる描写が詳細な上に引用も正確であり、また、付喪神の名が「伊勢物語」の「つくも髪」を踏まえた命名と考えられることから、付喪神の物語の成立に、歌に詳しい人物が関わっていた可能性は極めて高いと考えられている。

それにしても……と泰親が続ける。

「形の上では道具の化け物のせいにするとして、噂の原因はやはり気になりますね」

「あー……。それなのだがな。実は拙者、知っておるのだ」

「何ですって!?」

頼政がぼそりと漏らした小声に、泰親がぎょっと面食らう。だが、泰親の耳元に口を寄せた頼政が、菖蒲から聞かされた話をひそひそと語ると、泰親は怪訝な顔になった。

「それは……おかしくありませんか?」

「うむ。菖蒲殿に恋人がいると知らず煩悶していた拙者は確かにおかしい。笑え」

「違いますよ。やりづらいな……。そうでなくて、噂では、牛車だけでなく、いくつもの調度品や器が目撃されているのですよ？　男女の逢引きでそんなものを道に並べるとは思えませんし、いくら道ならぬ恋でも、あんな荒廃したところで逢引きしますか？」

「む。それは……確かに……」

泰親の畳みかけるような問いかけに、頼政はおずおず同意した。

昨夜は衝撃が大きすぎて菖蒲の言葉をそのまま受け入れてしまったが、冷静に考えてみれば泰親の言う通りだ。悩み始めた頼政に、泰親は「これから玉藻に会いに行くのですが、ご一緒にいかがです？」と提案し、頼政は即座にうなずいていた。

ひとまず、もっと情報が必要だ。

＊　＊　＊

「ありえない」

その日の昼下がり、安倍家の屋敷にほど近い、小さな社の境内にて。

頼政から話を聞いた玉藻は、開口一番、きっぱりとそう言い切った。

そう思う理由を泰親が尋ねると、笈に腰かけて脚を組んだ玉藻は「まあ聞いてよ」と前置きし、この二、三日の間に聞き集めた噂や証言を順に語った。

「夜中にいくつもの道具が道端に並んでいたが、後で見たら消えていた」「真っ暗闇の中から、牛車の動く音や大勢の足音や話し声が聞こえた」「遠くから見たらいくつも灯火が灯っているのが見えたが、近づいたら消えた」といった証言が得られたこと。「実際に器物が行進しているところを見た」という噂もあること。目撃された器物は常に複数であること。大きなものは牛車から、小さなものは鍋釜や調度品、服まで、種類は多岐にわたること。いずれも貴族の使うような高級品であること。噂の現場は、朱雀門跡あたりから船岡山へ通じる一帯であること。深夜、船岡山に灯火が出入りするのを見たものもいること……。

　玉藻の報告は具体的かつ詳細で、頼政たちは揃って感心した。

「この短い期間で大したものだな……！」

「確かに。私も調べてはいましたが、集まるのは出所も真偽も怪しい上、似たり寄ったりの噂ばかりでした。玉藻はこれだけの話をどこで集めたのです？」

「何その聞き方。疑ってるわけ？　信じなさいよ。私は嘘は言わないって」

「それが嘘じゃないですか。熊野からの帰り道で調薬を教えてくれと頼んだ時も大嘘を」

「やー、あれは私が悪かったです。でも泰親様ももうちょっと頼み方を考えないと」

「やめぬか二人とも！　それで玉藻、お主、実際どこで聞き集めてきたのだ」

「蛇の道は蛇、狐の道は狐ってね。樋洗童（ひすましわらわ）や御厠人（みかわやうど）、それに犬神人（いぬじにん）に聞けば、これくらいの話はあっさり手に入るわけよ。あの連中は仕事柄どこにでも出入りする上、お屋敷で働いてる人からはいないものとして扱われてるでしょ？　だから立ち話や噂を聞き放題なわけ。あと、施薬院（せやくいん）や悲田院（ひでんいん）ね」

　ここで玉藻が名を挙げた「樋洗童」は、貴族などの屋敷に出入りして排泄物を処理する職業のことである。「御厠人」は同じく宮中の排泄物処理係、「犬神人」は覆面姿で市街を巡回する下級神官を示し、また「施薬院」は傷病人の集まる医療施設、「悲田院」は孤児や病人の収容施設の名称であった。

「生の噂は下々の民に聞かないとねー」と笑う玉藻を前に、頼政は深く感心し、安倍晴明の式神というのも案外こういう人材だったのではないかとふと思った。なるほど、とうなずいた泰親が、頼政へ横目を向けて問いかける。

「どう思われます頼政様？　今のを聞く限り、菖蒲様の逢引きが噂の元凶とは私には思えないのですが……」

「私も同感。どうも船岡山に何かが出入りしてるのは間違いなさそうだし、それが菖蒲の牛車ってのはありえないよね。船岡山って墓場でしょ？　どんな酔狂な男女でも、あんなところでは会わないだろうし、そもそも菖蒲が逢引きしたのっていつなのさ」

「ひと月前と言っておられたが」

「ほら嘘だ。あのね、宮中で噂になったのは確かにそれくらいの時期だけど、朱雀門跡で道具が出たり消えたりする話自体は、遅くとも半年前からあるわけよ」

「半年前だと？　真（まこと）か？」

「真ですよ。屋敷の使用人や通いの下級役人の間では、それくらいから知られてたみたい。化けた道具ってあんまり怖くなさそうだから、みんな面白がって話してたよ。で、それをどこぞのお屋敷の主がたまたま聞きつけたのが先月だったってことじゃないの？」

　脚を組み直した玉藻が頼政をじろりと睨んで問う。頼政は、ぬ、と唸って口ごもり、泰親と目を見交わした。

「菖蒲殿を疑いたくはないが……。件の噂の出どころは別にあるようだな」

「ですね。であれば、今夜もう一度行ってみますか？　朱雀門跡ではなく船岡山に」

「灯火が出入りしていたという場所か。そうだな。玉藻、お主は——」

「私はやめとく。ここ数日ろくに寝てないから、宿に戻ってしばらく寝たい」

頼政が問いかけるのと同時に玉藻は立てた手を振り、「別の用事もあるし」と付け足した。そう言われては同行を無理強いするわけにもいかない。泰親と頼政は玉藻を労い、落ち合う時刻を決めて解散した。

＊　＊　＊

夜の船岡山は、頼政が覚悟していた以上に不気味な場所であった。

まばらに雑草の生えた禿山の上に無数の塚がボコボコと無秩序に並ぶ光景は、こんもりと盛り上がった船岡山の形状や、湿気を含んだ土の粘りと相まって、大きな蝦蟇の背中を思わせる。

狼か狐が掘り返して食い荒らしたのだろう、剝き出しの地面の上には、肉の残った指の切れ端や乾いた髪の毛が散らばっているし、何より一面に漂う死臭が凄まじい。松明を手にした頼政は、袖で鼻と口を覆いながら顔をしかめた。

こんな陰気なところを夜に訪れる者はまずいないようで、今のところ、怪しい灯火どころか人の気配もまるでなく、聞こえるのは獣や鳥や虫の声ばかりだ。

と、その時、少し離れたところで手掛かりを探していた泰親が「頼政様！」と呼んだ。

頼政が暗闇の中を駆け寄ると、泰親が松明で足下を照らした。黒く湿った土の上に、四尺ほどの長さの四角い跡が等間隔に刻まれている。

「ご覧ください。これはおそらく二枚歯の足駄の跡」

「そのようだな……。しかし、ここは人跡未踏の地ではないのだぞ？　埋葬の場なのだから、足跡くらいはあるだろう」

「仰る通りですが、この足跡を途中まで辿ってみたところ、船岡山の裏へと通じているようなのです。埋葬が目的なら、そんなところへ向かうでしょうか？」

「……ふむ」

泰親の言うことにも一理ある。というわけで泰親ともども足跡を追ってみたところ、二枚歯の足駄の痕跡は、船岡山の裏手、長坂口へと通じており、そこには一軒の廃寺が闇に溶け込むように佇んでいた。

骨組みだけが残った山門には「虚危院」と記された扁額が引っかかっており、それを見た頼政は気味悪そうに眉根を寄せた。

「『虚ろ』に『危うい』とは、また縁起の悪い名前の寺であるなあ……」

「字面は不吉ですが、天球の二十八宿から取った名だと思いますよ。この船岡山の地は、かつて平安京が作られた際に北方の守護神・玄武をなぞらえた山で、天を二十八に分割した場合、『斗』『牛』『女』『虚』『危』『室』『壁』の七宿は北方の玄武に属します。おそらく、北を示す七宿のうちから『虚』『危』の二文字を取って付けたのでしょう」

「つまり、平安京遷都の際に建立された寺ということか？」

「でしょうね。もっとも、とっくに放棄されているようですが……」

泰親の言葉通り、その高床式の古寺はあからさまに荒れ果てていた。屋根は苔で覆われ、黒い板壁には葛の蔓が張り付き、縁の下を覗いてみれば、潰れたような形の灰褐色の茸がうじゃうじゃと生えている。初めて見る茸の気味悪さに頼政は悪寒を覚えたが、泰親は物珍しげに茸を一つ摘まんで持ち上げた。何をしておる、と頼政が呆れる。

「どうするのだ、そんなもの」

「先日、玉藻に『調薬を学びたいなら、変わった草木や茸の類はとりあえず持ち帰れ』と言われたもので。……それより頼政様、気付かれましたか？」

茸を袖に入れた泰親が声をひそめて寺を指さし、頼政はこくりとうなずいた。

「見るからに古びた寺なのに、壁にも木戸にも隙間がなく、窓も塞がれておる」

どうやら内側から灯火の光が漏れないように目張りされているようで、それはつまり、自分の存在を感づかれたくない何者かがここを使っている……もしくは、今もこの中にいる、ということだ。移動する器物の怪異と関係しているかどうかは分からないが、怪しいことは間違いない。

確かめないわけにはいくまいな、と判断した頼政は、松明を泰親に手渡し、自分の後ろに回るように仕草で伝えた。

さらに頼政は、入り口に通じる短い階段を上りつつ刀を抜き、短く呼吸を整えた後、寺の木戸に手を掛けた——いや、掛けようとした、その矢先。

頼政の眼前で戸が勢いよく開き、暗がりの中からヒュッと物音が響いた。

殺気を感じた頼政は、反射的に後ろに飛び退き、刀を顔の前で横に構えた。

カン！　と高い音が鳴り、刀に跳ね返された何かが——おそらくは尖った礫が——闇の中へ飛んでいく。後ろに控えていた泰親が息を呑んだ。

「頼政様!?　ご無事ですか？」

「ああ。礫を投げつけられたようだ」

そう言いながら頼政は刀を握り直し、階段の上の開いた木戸へ——古寺の内側へと目を向けた。寺の中には灯明皿が赤々と燃えており、油の匂いを帯びた薄い煙が流れ出てくる。その煙の中から現れた僧衣の人影を見るなり、頼政は、はっ、と言葉を失っていた。

「お、お主は——」

「天狗……！　どうしてここに！」

泰親が頼政の言葉を受けて驚く。驚愕した二人が見上げる先で、木戸の外まで歩み出た鳥の面の怪人は、忌まわしそうに舌打ちを漏らした。

「源頼政と安倍泰親か。お前たちこそ、なぜここに……？」

「それは後で教えよう。ここで会ったが百年目――」

「そうは行くか！　しゃあっ！」

獰猛な鳥の雄叫びのような声とともに、天狗が両手を振り抜いた。

ヒュッ、と高い音が響き、鏃のように尖らせた石が風を切って飛ぶ。まっすぐ顔を狙ってきた二つのそれを、頼政は再び刀で弾いた。

ガラの悪い悪党が好む遊びに、小石を投げ合う「印地」という競技があるが、この天狗はそれの達人のようだ。

「お主、印地を使うのか」

「『天狗礫』と呼んでもらおう！」

桟敷から境内へと飛び降りながら、天狗が再び礫を投げる。急所を的確に狙って高速で飛来する無数の石の鏃を、頼政は必死に弾き続けた。

おのれ、と歯嚙みする頼政の後ろで、泰親が不安げな声を漏らす。

「よ、頼政様……」

「大丈夫だ！　お主は後ろに隠れておれ！」

そう言い放ち、頼政は刀を構え直して考えた。

防戦に徹すれば弾き続けることはできるが、このままでは距離がまるで詰められない。かと言って被弾覚悟で切り込めば、天狗は間違いなく無防備な泰親を狙うだろう。どうすればいいと自問しつつ、頼政は刀の柄を強く握って叫んだ。

「答えよ、天狗！　船岡山に出入りする灯火とはお主のことであったのか？　朱雀門跡の百鬼夜行……いや、器物の怪異もお主の仕業か？」

「百鬼夜行？　器物の怪異……？　何の話だ！」

天狗が苛立った声で切り返す。どうやら本気で知らないようだ。その反応に面食らう頼政の後ろで、なるほど、と泰親が言う。

「器物の怪異の噂は貴方とは無関係のようですね。そして、頼政様の一つ目の問いを否定しなかったということは、ここが貴方の隠れ家……。考えてみれば、管理者のいない墓地は隠れ潜むには最適の場所。出入りしても見咎められることはありませんし、夜中に灯火を目撃されても、わざわざ墓場に確かめに行く物好きはまずいない」

「……そういうことだ。もっとも、ここを選んだわけはそれだけではないがな」

「何ですって？」

泰親は思わず問い返したが、天狗はそれには答えなかった。礫を持った手を持ち上げたまま、じりじりと間合いを測って後退していく。

「俺の礫を全て弾くとは、さすがは五代目頼光殿よ！　お前と真っ向から戦おうと思うなら、俺も腕の一本や二本は覚悟せねばなるまいな」

「――来るか」

「逸(はや)るな五代目！　お前が命を捨てるのは勝手だが、この俺は違う。さる御方の命により、俺はここで倒れるわけにはいかんのだ」

「『さる御方』……？」

「それは一体――」

「話すと思うかっ！」

そう叫ぶなり、天狗は摑んでいた礫を投げた。頼政がそれを弾くのと同時に、天狗が両手を大きく広げる。夜風を孕んだ黒い僧衣が鳥の翼のようにぶわりと膨らみ、面の奥から響く声が、夜更けの廃寺の境内に朗々と轟いた。

「人でありながら鳥であり、鳥でありながら人でもある。それが天狗だと告げたことを覚えているか？　追えるものなら追うがいい、射れるものなら射るがいい……！　さあ、刮目して見よ！　これが天狗の本性だ！」

天狗が奇妙な印を結び、声を大きく張り上げる。

その直後、頼政と泰親が目撃したのは、あまりにも予想外で、あまりにもありえない光景だった。

鳥の面を被っていたはずの天狗の顔が、いつの間にか、猛禽類そのものへと変貌していたのである。

曲がった嘴、目の下まで裂けた口、ぎょろりと丸い二つの目。

頭も顔も褐色の羽毛に覆われており、背中からは差し渡し七尺（約二・一メートル）はあろうかという大きな翼が生えている。

「人でありながら鳥」「鳥でありながら人」という言葉を体現した姿に変わった怪人は、

目を見開いた二人の前で、口元をニタリと歪めて笑うと、背中の翼をはためかせ、一気に夜空へ飛び上がった。

翼が起こした風が土ぼこりや砂礫を巻き上げる。頼政たちが思わず顔を覆うのと同時に、空高く舞い上がった天狗は、鳶のような鳴き声を残して夜空の果てへ飛び去ってしまい、後には、唖然とした顔の二人が残された。

二人はしばし茫然としたまま立ち尽くし、ややあって、青ざめた顔を見合わせた。

取り落としていた松明を拾い上げながら泰親が言う。

「い、今のは……一体……」

「聞きたいのは拙者の方だ！　と言うか、泰親も見たのだな？　奴の姿が鷹か鷲の化け物に変わり、飛び去るのを見たのだな？　拙者の見間違いではないのだな？」

「はい、この目で確かに目撃いたしましたが……しかし、信じられません……！　平等院に出現した時の手口は説明できるものでしたが……今のは、一体全体、どう理解すればいいのか……」

「何と……！　泰親にも理屈が付けられんのか？」

「恥ずかしながら……。それに、奴の口にしていた『さる御方』……！　もしや、朱雀門跡の一件の調査を止めるよう指示が出たのは、調査がこの船岡山に及べば奴の隠れ家に行きあたると危惧した誰かの差配ではないでしょうか？　先にも申し上げましたが、上流貴族か皇族と接点がない限り、『雲隠六帖』の存在を知ることはできませんし、奴は短い時間でそれを盗み出してみせました。宝蔵の中の所蔵品の配置をあらかじめ知っていなければ、そんなことは不可能ですよね？」

「それは……確かにそうだが……」

頼政が語尾を濁して視線を逸らす。泰親の理屈は確かに通っているが、それが正しいとすると、貴族どころか、国の要職に就く存在があの怪人を操っていることになってしまう。信じたくない、と内心でつぶやく頼政の隣で、泰親はさらに言葉を重ねた。

「分からないことはまだあります。朱雀門跡の噂と天狗が無関係だったなら、器物の怪異の噂は一体どこから出たものなのか……」

困惑しきった顔で泰親が問うが、頼政にそれが分かるはずもない。主が飛び去った後の荒れ寺の前で、二人はあてもなくあたりを見回し、ぞっとその身を震わせた。

＊＊＊

その後、二人は一応古寺の中も調べてみたが、天狗の身元を示すようなものは何も残っていなかった。どうやら一時的に潜んでいただけで、ここが根城ではないようだ。二人は重たい足取りで帰路に就き、朱雀門跡に差し掛かったあたりで足を止めた。

荒廃した風景に相応しくない新しい牛車が一台、向こうからやってきたのである。牛車の周りには松明を手にした護衛が数名付き従っている。頼政たちが立ち止まると牛車もその場で停まり、ぎょろりとした目の青年貴族——高階通憲が降り立った。

「これはこれは、頼政様に泰親様！　この朱雀門跡で起こる怪事の一件はもう解決された はずと存じますが、まだ何か調べ忘れたことでも？」

「……まあ、そのようなところです。通憲様はなぜこちらへ」

「後学のため、付喪神とやらの宴の場を、実際にこの目で見たく思いましてな！　今宵は ここから船岡山まで足を運んでみようかと」

「なるほど、それは結構な——いや、結構ではないが、しかし……」

困った頼政が言葉を濁す。行ったところで無駄足になるとは思うが、もし天狗が隠れ家に戻ってきていたら武芸の心得のなさそうな通憲ではひとたまりもないだろう。かと言って、ただ「行くな」と言っても聞く相手ではない。であれば、ここは……。

頼政は少し思案した後、泰親に「仕方ない。話すぞ」と同意を求め、通憲へと向き直った。正面から見据えられた通憲が気圧されて後ずさる。

「ど、どうなさったのです？　船岡山で何かあったのですか……？」

「うむ。拙者ら、天狗と会い申した」

頼政はきっぱりと告げ、先ほど自分たちが見たものを正直に語った。

天狗の噂自体は通憲も知っていたようで、元々大きな目をさらに丸くして驚いていたが、付喪神は頼政の作り話で、器物の怪異の正体は分からずじまいなのだと聞くと、勝ち誇ったように鼻を鳴らした。

「結局、何も分かっていないのではありませんか！　何が付喪神ですか。何が五代目晴明ですか。安倍家の氏長者がそんなことでは、朝廷の権威は損なわれる一方ですぞ！」

「そう強く申されるな。泰親は泰親なりに精一杯やったのだ。なあ泰親……泰親？」

頼政は泰親に賛同を求めたが、その泰親は通憲の牛車を見つめたまま何も言わない。

そう言えば、通憲に事情を説明している間も、普段は饒舌なはずのこの少年は全く口を挟んでこなかった。訝しんだ頼政が理由を問うと、泰親はそれに答える代わりに、通憲を見上げて問いかけた。

「……不躾なことを伺いますが、こちらの牛車は最近新調されたものですね？　それに、そのお召し物も、先日お目に掛かった時とは違うものとお見受けしますが」

「それが何か？　私とて下級ながら宮中に出入りする身分なのです。みすぼらしい車や身なりでは、家名の格や品位が問われますでしょう」

「ごもっともです。貴族というのは何かと出費がかさむもの……。ところで通憲様、このあたり、妙に道が広いと思いませんか？　朱雀門跡は打ち捨てられて久しいはずなのに、道幅がしっかり確保されております」

そう言いながら泰親はあたりを歩き始めた。通憲は「何の話だ？」と言いたげに頼政を見たが、頼政にも泰親の意図は分からない。頼政が首を左右に振ると、通憲は苛立たしげに顔をしかめた。

「道が広いから何なのです？」

「お分かりになりませんか？　これは、市が立つ場所の特徴ですよ。ほら、よく見ると、何かを敷いたり並べたりした跡も見受けられます。左京の市中でも市は定期的に立っておりますので、お二人ともご存じですよね？」

「何？　それは知っておるし、確かに、定期市に用いられる場所はこのような感じではあるが……」

「そうです。こんな場所で市が開かれているなど聞いたことがない！　一体、どこの誰が誰に何を売っていると仰るのです？」

頼政の後を受けた通憲が地面を指差し言い放つ。と、通憲に睨まれた泰親は、困ったように肩をすくめ、「これはあくまで推測ですが」と挟んだ後に口を開いた。

「金に困った貴族が、自分の家財道具や調度品を商人たちに売っていたのでしょう」

若々しく、よく通る声がはっきりと響いた。

「今お話しした通り、貴族というのは何かと物入りが多い身分です。なのに近年、朝廷からの支給は減る一方で、かと言って使用人を極端に減らしたり、服や車の格を落としたりするわけにもいかない。体面を保つためにも元手は必須ですが、その収入源がない……。一方で、商人の中には、大金を手に入れ、古来の貴族のような生活を求めるものが増えています。需要と供給があれば市が立つのは自明の理」

「待て泰親。つまり、こういうことか？　当座の金が必要な貴族が、古さに価値を見出す豪商たちに、身の回りのものを売っている……と？」

「はい。おそらく市は決まった日の夜に立つのでしょう。実際に動くのは使用人だけで、日が落ちる頃に物品を運んで並べ、夜半に買い手が訪れて品定めや交渉を行い、売れたものも売れ残ったものも、朝には消えている……。日中の街中で堂々と市を立てない理由はお分かりですよね？　貴族には体面があるからです。当然、無関係な人が通りかかることもあるでしょうが、そういう時は商品は布か板で覆い、売り手も買い手も身を隠す。何せここは百年以上も打ち捨てられている区画、隠れる場所はいくらでもあります。……さて、この市の存在を知らない者が偶然これを見たならば、何を思い、どんな噂をするでしょう？」

「――あっ」

泰親に問いかけられた通憲が絶句する。頼政もまた、はっ、と息を呑んでいた。

夜半、町はずれの廃墟に並び、いつの間にか移動したり、出たり消えたりする無数の器物も、大勢の雑踏や話し声も、遠くから見た時だけ見える灯火も……。

「それなら確かに筋が通る……！」

「い、いや泰親様、お待ちを！　噂の原因は夜中の市だというのは分かります。しかし、なぜ貴族が商人相手に商売をしていると言い切れるのですか？」

「それもまた、そう考えると筋が通るからですよ。おそらくこの秘密の市のことを、上皇陛下や関白様はご存じなかったのでしょう。皇室や摂関家が当座の資金繰りに困ることはさすがにないでしょうからね。なので関白様らは素直に噂を受け止め、私に調査を命じられた。ところが、陰陽師による調査が始まったことを聞いて、殿上人のどなたかか、そのご家族が気付かれたのだと思います。朱雀門跡の器物の怪異の正体は、自分たちの『闇市』なのではないかと……」

「『闇市』とは何だ？」

「今、適当に作った言葉です。闇夜の市場ですから闇市というわけで……。ともかく、その方々はさぞ慌てたことでしょう。真相が公になれば、自分のみならず家にも……いや、それどころか朝廷にも泥を塗ることになりますから。かくして関白様に調査の中止が上申され、私のところに、適当な話で丸く収めるよう指示が来た、というわけです」

「なるほどなあ」

「し……信じられません！」

頼政が納得するのと同時に、通憲がいきなり声を荒らげた。信じられないというより信じたくないのだろう、通憲は「何の証拠があって！」と詰め寄ったが、泰親は動じる様子もなく、いたって冷静に切り返した。

「つかぬことを伺いますが、近頃、高階家のお屋敷から、古い調度品や道具が減ってはいませんか？　どこへやったかと氏長者殿に尋ねてみると、使わないから片付けたとか、別業に移したとか、そんなお答が返ってきませんでしたか？」

「えっ」

通憲が口ごもり、その顔がさっと青ざめる。思い当たるところがあったようだ。「この一件、明かした方がよろしいでしょうか？」と泰親が重ねて問うと、通憲は慌てて首を左右に振った。

「なりませぬ！　どれだけの貴族が顔を潰されることか……」

「では、やはり付喪神のせいにしておくということでよろしいですね？」

「うう……」

「通憲様？」

「わ……分かった！　分かり申したっ！」

ぐっと押し黙った後、開き直ったように通憲が叫んだ。その剣幕に驚く頼政の隣で、泰親は「ご理解いただけて恐縮です」と一礼したが、通憲は青白い顔のまま、抑えた声をぼそりと発した。

「『分かった』というのは、そのことではございません。無論、口外するつもりもありませんが――私が理解したのは、家名と体面がいかに人を縛るか、ということです」

「と仰いますと……？」

「はい。私はずっとこれまで、学問で身を立てようとして参りました。それも全ては家のため、一族のためだったのですが……今宵、考えを改めました。私は気付いたのです、家が重荷になるなら――名が自分を縛るなら――そんなものは捨てれば良いのだと！」

通憲の宣言が、打ち捨てられた廃墟に轟く。

「鬼気迫る」という表現がしっくりくるような表情と声に、頼政と泰親が何も言えないでいると、通憲は「失敬！」とだけ言って一礼し、牛車に乗って去っていった。頼政と泰親は、掛ける言葉を見つけられないまま黙って牛車を見送ったが、そこにカラッとした女性の声が響いた。

「ケチな奴だねー。せっかく車があるんだから、乗せてってやりゃいいのに」

そう言いながら廃墟の暗がりから出てきたのは、笈を背負った玉藻だった。「なぜそんなところから」と問われた玉藻は、通憲と鉢合わせすると面倒そうなので隠れて待っていたと語り、さらに「菖蒲と会ってきた」と告げて頼政を驚かせた。

「別件があるとか言っておったが、菖蒲殿のところに行っておったのか!?」

「そもそも、どうやって会ったのです？　菖蒲様は藤原家成様のお屋敷の住み込みの女官なのですよ」

「そこはほら、『幼い頃に生き別れた菖蒲の叔母でございます、明日には都を離れるので、どうかひと目だけでも菖蒲に会って話したいのです』って」

「……羅城門の鬼ではないか。斬られた腕を取り返しに来る鬼の物言いだろう、それは」

「大体、玉藻は菖蒲様の叔母という歳でもないでしょうに」

「うるさいご主人だなあ。年の離れた姉がいたんだよ！　いないけど。……いやね、菖蒲の逢引きの話が気になってたんだよ。どう考えても嘘っぽいけど、なんでそんな話を頼政様に伝えたんだろうって。二人っきりで問い詰めてみたら――泰親様、大正解」

そこで玉藻は満足げに泰親に笑いかけ、菖蒲から聞いた話を二人に語った。

泰親の推理した闇市は実在し、菖蒲の仕える屋敷の主である藤原家成もこの市に出品していた一人だったのだと、玉藻は言った。

正確には、若い当主である家成は把握しておらず、その祖父や古株の使用人がこっそり参加していたのだが、朱雀門跡の器物の化け物の噂と、泰親と頼政がその調査を始めたことを聞いた使用人の一人が慌てて伝えたため、家成も闇市の存在を知ってしまった。

恥が明るみに出ることを恐れた家成は、菖蒲が頼政と知り合っていたことを思い出し、調査を止めさせるべく、菖蒲に作り話を命じたのだった――。

と、そこまでを一息に語った後、玉藻は辛そうに顔を伏せた。

「お屋敷の当主に言われたからには従うしかなかった、頼政様には本当に申し訳ないことをしてしまった……って、菖蒲は言ってたよ」

「何と……！　では逢引きの事実はなかったのか！　菖蒲殿の思い人というのは」

「いないって。頼政様こそをお慕い申しております、とも言ってたよ」

「ほ――本当か？　本当なのか玉藻？」

「近い近い近い！　あのね、いくら私でも、こんなことで嘘は言いませんよ。まあ、文を書いてもらう時間は取れなかったから、証拠はこれしかないんだけど」

そう言って玉藻が胸元から取り出したのは、薄く細長い木簡だった。「頼政様ならこれで分かってくれるはず、ってさ」と言いながら玉藻が差し出した木簡には、歌が一首だけ記されていた。頼政がそれを読み上げる。

「『風吹けば沖つしら波たつた山、夜半にや君が一人越ゆらむ』……。『伊勢物語』の二十三段だな」

「見ただけで分かるもんなんだねえ。私は知らなかったんだけど、どういう歌なの？」

「一人で危険な場に赴く男の身の上を案じた歌だ。そして、思い合っていた男の心が離れてしまいそうになった時、女がその不安を素直に詠み、男の心を引き戻した歌だ……。『貴方がどう思っていようとも、私は貴方のことをこんなにも慕っているのです』という、強い思いが籠もった歌だ……！」

　相当急いで書いたのだろう、筆致は乱れてしまっていたが、その短い文字列は、何千字の手紙よりも雄弁に菖蒲の気持ちを伝えていた。感極まった頼政が目頭を押さえる。

「あ、ありがとう……。ありがとう玉藻！　かたじけない……！」

「ちょっと、泣くことはないでしょ？　しっかりしなさい五代目頼光！」

「す、すまぬ……！　恩に着る……！」

「はいはい、どういたしまして。ちゃんと返事書いてあげなよ？」

「うむ！」

　赤くなった目をごしごしと擦り、頼政がきっぱりとうなずく。その嬉しそうな顔を前に、泰親と玉藻は視線を交わし、どちらからともなく微笑んだ。

＊　＊　＊

かくして、朱雀門跡の怪異の噂にまつわる事件は落着したかと思われたが、その帰り道で玉藻がふと口を開いた。

「船岡山の灯火は天狗、朱雀門周辺の道具は闇市だとしてさ。『ほんとに器物が歩いてた』って話は結局何だったわけ？」

「そう言えばそんな噂もあったなあ。道具が出たり消えたりしたところから生まれたものではないのか？　なあ泰親」

「案外、本当に歩いていたのかもしれませんよ。何せ、百年を経た古道具は付喪神になるそうですから」

「ツクモガミ？　何それ？」

聞き慣れない言葉を玉藻が問い返す。泰親が説明すると、玉藻は心から呆れかえった顔を頼政に向けた。

「よその男と逢引きしてた女を庇うために、よくもまあそんな長い話を作ったもんね」

「菖蒲殿を庇ったことは悔やんでおらんぞ！　まあ、化け物を取り締まるべき立場なのに、結果的に怪異を増やしてしまったことについては、説明しようもないが……」

「ですが案外、頼政様の作り話は悪いものではないかもしれませんよ」

しょんぼりと肩を落とす頼政の言葉を受け、泰親が明るい声を発する。どういうこと、と玉藻が問うと、泰親は二人の顔を見上げて続けた。

「これまで化け物と言ったら、鬼神や動物の変化、あるいは人の怨霊など、天然自然に由来するものしかいませんでした。だから種類はそうそう増えなかったわけですが、もし、道具や器物のような人工物が化けるとなるとどうでしょう？　その数はとんでもないことになります。人が道具を使う限り、新しい化け物が生まれる可能性は永遠になくならないことになる……。頼政様は画期的な発明をされたのですよ」

「いや、しかしそれは良いことなのか？　不安を醸成するだけではないのか？」

「確かに、怪異は不安を誘うものです。ですが、誰であっても怪異を怪異と認定できる世では、化け物はただ危険なものではなくなっていくのではないか……娯楽になっていくのではないかとも、私は思っているのです。実際、玉藻が噂を聞かれた方の中には、器物の怪異のことを面白がっていた方も多かったわけでしょう」

「そうだけど。つまり、化け物は平和の象徴ってこと？」

「そこまで行くと飛躍しすぎですが……でもまあ、そうも言えなくもないでしょう。少なくとも、戦の真っ只中では化け物の話は出ませんせん。それどころではありませんから。化け物の話ができるのは、余裕がある証拠でもあるのでしょうね」

　そう話す泰親の声は明るく、表情もどこか華やいで見えた。

　正直、頼政には、自分のとっさの思い付きが画期的だとか、化け物が平和を示すといった話はピンとこなかった。だが、聡明で気苦労の多い年下の友人が楽しそうにしていることと自体は嬉しかったので、これで良かったのだろうな、と頼政は思った。

「器物の怪異」という概念は、平安時代末期から中世頃に生まれたと考えられている。器物の化けた妖怪は、都市文化の発展とともに拡散・定着し、やがて室町時代の「百鬼夜行絵巻」などを通じ、その数と種類を増やしていった。これと同じ時期に生まれたと思われる「付喪神」という名称と概念は、一旦は忘失されかかったものの、二十世紀末に再発見され、今では器物の妖怪全般を示す一般名詞として使われるようになっている。

また、高階通憲、あるいは藤原通憲は、この物語の時代からしばらく後に家を捨てて出家し、「信西（しんぜい）」と名を変えた。時の最高権力者・後白河天皇に接近した信西は、一時は政治的な実権を掌握するが、その権勢は長く続くことはなかった。

菖蒲、あるいは菖蒲御前という名で語られる女性は、源頼政の妻、あるいは側室として知られる伝説上の人物であり、その墓所とされる史跡は伊豆を始めとして全国に点在しているが、菖蒲の実在を裏付ける史料は発見されていない。二人の馴れ初めについては「鳥羽上皇に仕える女房だったが頼政が一目ぼれして口説いた」「鵺退治の褒美として頼政に与えられた」等、伝説によって異なるが、二人は仲睦まじく添い遂げたという部分については、どの伝説でも共通している。

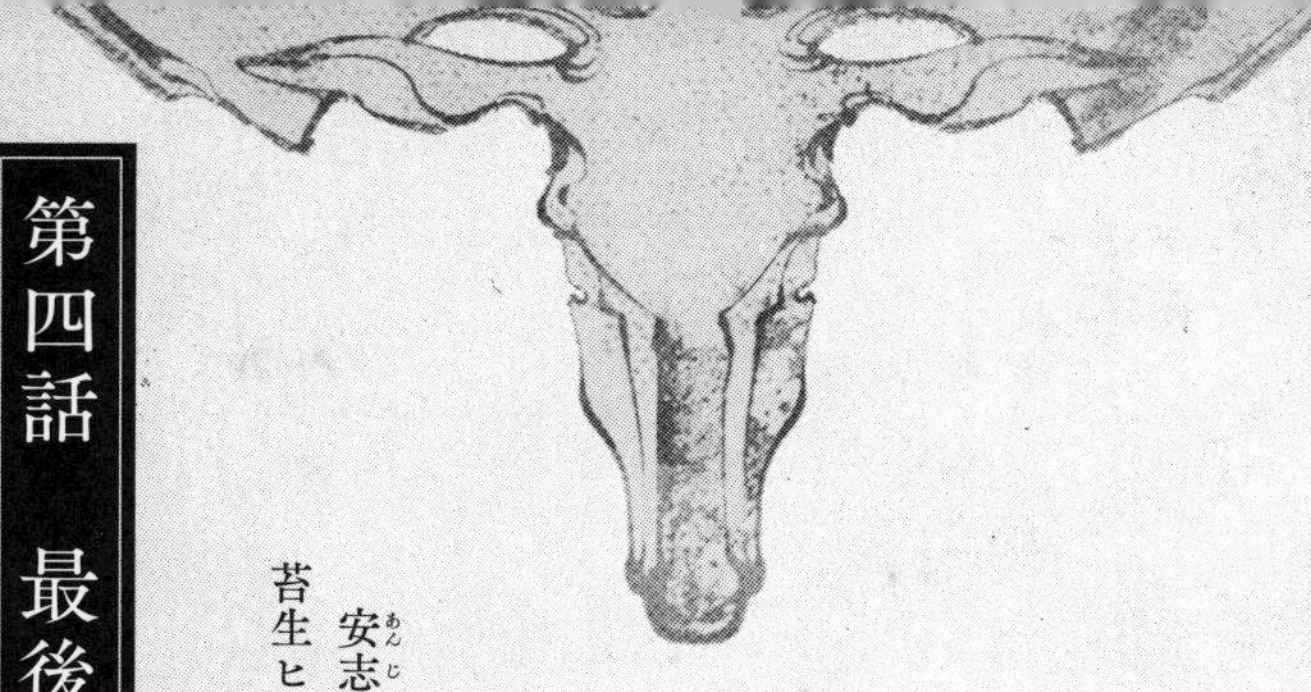

第四話　最後の山神

安志奥ニ、伊佐々王ト云高二丈餘ナル大□、二ノ角ニ七ノ草刈有テ、身ニハ苔生ヒ、眼ハ日光ニ異ナラズ、數千ノ□ヲ相從、人類ヲ喰ヒ食スル。

(「峯相記」より。引用に際して句読点を補い、一部を伏字とした)

ありえない、と頼政は思った。

たった今、霧の向こうに一瞬だけ見えた巨大な影は、身の丈一丈（約三メートル）ほどもあり、しかも二本の巨大な角を頭上に伸ばして、大きな腕を威嚇するように左右に広げていた。少なくとも頼政の目にはそう見えた。

あれは何だ。今のは何だ？

自問の声が頼政の胸中に響き、口が勝手に答をつぶやく。

「鬼……」

その言葉を口に出すのと同時に、頼政の総身からどっと汗が噴き出した。

＊＊＊

なぜ頼政が霧深い山中で鬼のような何かを目撃することになったのかというと、事の起こりは数日前に遡る。

夏の終わりに起こった付喪神の一件の後、頼政はまた宇治に戻っていた。

泰親は陰陽寮の仕事や天狗の調査があるため京に残っており、自称・泰親の式神である玉藻も、「ご主人」の手助けのため都に留まっていたが、頼政と泰親は定期的に文を交わしていたため、お互いの近況はそれなりに把握していた。

その後、京でも宇治でも特に大きな事件も起こらないまま二月ほどが過ぎ、そろそろ本格的に秋めいてきた頃、宇治の富家殿の頼政の部屋を泰親が訪ねてきたのだった。

泰親は、付喪神事件の真相を口外しないことを条件に平等院の宝蔵の立ち入り調査を認めさせ、たった今宝蔵の中を見てきたのだと語って、頼政を驚かせた。

「もっとも、天狗が盗んだ『雲隠六帖』のことは何も分からずじまいでした。宝蔵の中に、収蔵品の詳細な記録がないかと期待していたのですが……。でも、こんなものを見つけましたので、頼政様にご覧いただきたく思い、借り受けてきたのです」

そう言って泰親が差し出したのは、一尺半ほどの長さの木箱であった。

箱書きには「葉二（はふたつ）」とあり、それを見た頼政はまた驚いた。

「『葉二』といえば、かの源博雅（みなもとのひろまさ）公が、朱雀門の鬼から受け取ったという……？」

「はい。平安京がまだ華やかで朱雀門も健在だった頃、笛の名手にして稀代の作曲家でもあった源博雅様が、朱雀門で鬼と合奏した際に授かったという伝説の笛です。赤と青の二枚の葉が彫られているところから、『葉二』の名が付いたとか」

頼政の言葉を泰親がすかさず補足する。

名笛「葉二」の伝説は、最終的に平等院の宝蔵に収められたという顛末とあわせて貴族社会で広く知られていたようで、鎌倉時代中期に成立した説話集「十訓抄（じっきんしょう）」を始め、「江（ごう）

談抄」「糸竹口伝」等、多数の書物にそのことが記されている。

　泰親は「まあ、朱雀門の鬼や博雅様の話は後付けで、笛がまず先にあったものかと私は思いますが」と付け足しながら、木箱の蓋を開けた。中に入っていた笛を見て頼政は思わず眉をひそめた。

「……太いな」

　率直な感想が自然と漏れる。木箱に収められていた葉二は、形状こそ一般的な竜笛とよく似ていたが、見るからに太く、そして長かった。

「鬼は人より体が大きいから笛も大きいということか……？　しかしこれでは、音もまるで違ってくるだろう」

「標準的な竜笛よりも遥かに低く太くなるでしょうね。頼政様、吹いてみますか？」

「恐れ多いことを申すな」

　泰親の提案を頼政は即座に否定し、念を押すように首を左右に振った。

「最初にこの奇妙な笛が存在し、そこに鬼の伝説が付随した」という泰親の仮説を否定するつもりもないが、かと言って名人や鬼神にまつわる伝説を無視できるほど現実的な性格にはなれないのが源頼政という人間であった。

　頼政は「結構なものを拝見した」と泰親と葉二に深く頭を下げ、その上で残念そうに苦笑した。

「時間があればじっくり鑑賞したかったし、泰親とも話したいのだがな……。実は、急ぎで播磨に行くことになってしもうてな」

「播磨ですか？　摂津なら分かりますが、なぜ播磨へ？」

笛を片付けながら泰親が訝しむ。播磨国（現・兵庫県南西部）は、頼政の属する摂津源氏の本拠地たる摂津国（現・大阪府北中部および兵庫県南東部）の隣国である。荘園や私領の多い土地だが、頼政にゆかりはないはずだ。理由を問われた頼政は、それがなあ、と前置きし、困惑気味に口を開いた。

「どうも、鬼が出るらしいのだ」

「……鬼？　鬼というと、あの鬼ですか？　いわゆる酒呑童子のような、人を食う巨軀の怪人が……？」

「それよ」

不可解な顔でうなずき、頼政は、播磨から届いたという文を取り出した。

手紙は、藤原家が代々所領している領地、いわゆる「殿下渡領」である安志という土地から届いたものであった。宛先はこの屋敷の主にして前関白の藤原忠実で、山里の奥で良質な鉱脈が見つかったので、鍛冶屋たちが村を作って開拓を始めたところ、山に入った者が次々殺されたのだという。

わずかに息があった者が「鬼を見た」と言い残して死んだため、皆、鬼を恐れて誰も山に入ろうとしなくなり、このままではせっかくの鉱脈を捨てるしかなく、ついては、酒呑童子退治の英雄の末裔である頼政様のお力を是非お借りしたく、云々。

焦りの窺える手紙を一読し、泰親は「なるほど」と肩をすくめた。

「それで忠実様から播磨へ行けと命が下ったわけですか」

「そんなところだ。前関白様のお言葉では逆らうわけにもいかぬし、無辜の民が苦しめられているなら何とかしたいが」

「そもそも鬼が本当に出るわけがないとも思う」

「それもまた、そんなところだ」

泰親に言葉を先読みされた頼政が苦笑いで同意する。頼政も泰親も、伝説に語られる鬼の正体は「人間ではない」という汚名を着せられた人たちだったと知っているので話は早い。頼政は、あたりに誰もいないことを確認した上で、肩を丸めて気弱な声をぼそりと漏らした。

「正直、山賊か獣の仕業ではないかと思うが、だとしても拙者が行ったところで何ができるものかと不安でなあ。お主は知っておろうが、拙者は頼光公とは似ても似つかぬ凡人だ。力も知識も足りておらぬし……」

「そんなことはないと思いますけれど……私で良ければご一緒しましょうか？　鬼退治はともかくとして、調べ物のお手伝いくらいはできるかと存じますが」

「いいのか？　それは助かるが……しかしお主は忙しい身であろう。実を申せば、お主に同行を頼もうか迷っておったのだ。だが、宇治でフラフラしているような拙者と違って、お主は内裏で勅命を受ける陰陽師。陰陽寮に勤めるお主を拙者の都合で振り回すのも悪いと思うと、声も掛けられず、文も送れず」

「相談してくだされればよかったのに……。頼政様と私の仲ではないですか。無理でしたらそう言いますし、大体、播磨行きくらい何とでもなります」

「そうなのか？」

「ええ。天狗の調査は玉藻が熱心にやってくれています。どこからでも噂を聞き集めてきてくれるので、私が聞いて回るよりよほど実入りがありますから、しばらくは任せておいてもいいでしょう。それに、化け物だとか鬼神だとかの噂がある度に引っ張り出される身としては、実際に鬼が出たなら、この目で確かめておくことには意義がある――という名目でいかがです？」

泰親がそう提案すると、頼政は大きく息を吞み、「恩に着る！」と頭を下げた。

その大袈裟な反応に泰親は呆れ、同時に、この人のこういう性格こそを自分は好ましく感じているのだな……と改めて思った。


かくして頼政と泰親は、文を持ってきた者の案内で播磨へと向かった。

先日の紀州行きとは違う公的な出張とあって、やや堅苦しい道中ではあったが、暑くも寒くもない季節に街道を馬で行くのはなかなか快適だった。ピャオオウ……と山から聞こえる鳴き声に、馬上の頼政が嬉しそうに顔を上げる。

「鹿が鳴いておるなあ。『奥山に、紅葉踏み分け鳴く鹿の』――」

「『声聞くときぞ、秋は悲しき』……。猿丸(さるまる)太夫殿の歌ですね」

頼政が口ずさんだ歌を、その隣で馬に乗る泰親が受ける。うむ、と頼政がうなずいた。

「歌の世界では鹿の声は秋の情緒の象徴だが、実際に聞くとよく分かる。まさしく『秋は悲しき』と思わせる声だと思わぬか？」

「あの声の高さが、健気で哀れな印象を抱かせるのでしょうね。陰陽師としては、鹿と言えば骨という印象が強いですが……。太占(ふとまに)には鹿の骨が欠かせませんから。そもそも鹿は古来、人と深く関わってきた獣で、皮や肉や内臓のみならず、骨や角にも使い道があり……」

いつものように流暢に解説する泰親だが、その小柄な体は左右に忙しく揺れていた。本人は「乗馬は貴族のたしなみなので問題ありません」と強弁していたが、やはり武士である頼政に比べると馬には不慣れなようだ。

これで播磨まで持つだろうかと頼政はふと不安になり、泰親が慣れない馬に乗ってでも自分に同行してくれたことに、改めて感謝の念を抱いた。

その後、頼政が菖蒲との手紙の交流がいかに楽しいかをのろけて泰親に呆れられたり、玉藻のことばかり話す泰親が「そっちこそのろけているように聞こえるぞ」と言われて赤くなったりしながら、二人は順調に馬を進め、数日後には無事に目的地へと到着した。

安志の里は、播磨国の国府のある日女道(ひめじ)から山へ七里（約二十八キロメートル）ほど分け入った先にあり、鬼に苦しめられているという鍛冶屋の村は、山を切り開いて作られたばかりの……と言うより、今まさに山を切り開いて開拓中の、小さな共同体であった。

住人は子女を含めて百人に届かず、作りかけの家や地均し中の空き地も目立つ。頼政たちは、「都の貴族様をお迎えできるような施設が他にありませんので」という理由で、いかにも急ごしらえな感のある寺のお堂に案内され、この村を含めた一帯を管理しているという男に出迎えられた。

年の頃は三十代半ばで、背丈は頼政よりやや低い。がっしりした体つきや髭を伸ばした厳めしい顔立ちは、いかにも土着の武士である。「藤原保輔と申します」という名乗りを聞き、泰親は珍しそうに目を細めた。

「藤原に『保』の一字ということは、藤原保昌公の？」

「左様！　源頼光公、頼光四天王のお歴々とともに大江山で酒呑童子を討伐した、かの藤原保昌公の血を引いております。と言っても、分家の分家でございますがな。いやしかし、此度の一件、わし一人ではどうにも手を打ち兼ねておったのですが、まさか五代目頼光公こと頼政様に加え、都に名高い指神子様までお越しくださるとは！」

保輔が大きな声で感激し、それを聞いた泰親はほんの少しだけ眉をぴくりと動かした。不本意な綽名が播磨の山中にまで浸透していることに辟易しているようだ。

それに気付いた頼政は内心で泰親に同情し、事件のことを尋ねたが、保輔の語った内容は文に書かれていたものとほぼ同じだった。難しい顔をした泰親が言う。

「現地調査に行く前に、情報がもう少し欲しいですね。この村に、鬼を実際に目撃した方はおられないのですか？　できれば直接話を聞きたいのですが」

「うーむ……。皆、その場で殺されたか、すぐに息絶えておりますのでなあ……。いや、待てよ。鉢丸（はちまる）がおったか」

「鉢丸とは」

「先日殺された鍛冶屋の息子です。あいつの父親は鍛冶屋としても一流でしたが、砂鉄の鉱脈を探すのも得意でしてな。息子を連れて山に入り、鉱脈を探していたところを襲われたそうで……。おい、誰か鉢丸を呼んでこい！　鍛冶場におるはずだ」

保輔が近くに控えていた家来に声を掛け、かしこまった家来が立ち上がって堂から出ていく。程なくして連れてこられたのは、泰親と同じくらいの年齢の少年だった。

背は泰親より頭一つ分高く、顔立ちはいかにも素朴で、ぼさぼさの髪を後ろで縛っている。今の今まで鍛冶場で働いていたのだろう、炭で汚れた着物姿の少年はひどく緊張していたが、保輔が「こちらの方々は鬼退治に来てくださったのだ」と教えると、はっと目の色を変えた。

「で、では、お武家様方は、お父の敵（かたき）を討ってくださるのですか！　ありがてえ……！　ありがとうございます！」

「何？　いや、まだ敵を討てると決まったわけではなくて……」

額を床に擦りつけて平伏する鉢丸の剣幕に頼政が困惑する。泰親が「そのためにも、まずは相手のことを知る必要があります。辛いかもしれませんが、貴方の見たものを教えてくれますか？」と落ち着いた声で促すと、鉢丸はこくりとうなずき、話し始めた。

　鉱脈を探しに山に入った鉢丸とその父が襲われたのは、半月ほど前だった。場所はこの村からそう遠くない、山中にある滝壺の近く。鉢丸が水を汲みに滝壺まで降りた時、上で休憩していた父親の悲鳴が聞こえたかと思うと、父が滝に落ちてきたのだという。

「鬼が出ることはもうみんな知っとりましたから、お父とおらは、鋼板を組んだ胴丸を着ておったんです。ですが、鬼には効きませんで……お父は、体を穴だらけにされて死んでおりました」

「何と惨い……いや、待て！　鬼は、鋼の板の鎧を貫いたと言うのか？」

「そうです、お武家様。お父の体と胴丸には、指を広げてそのまま突き刺したような太い穴が幾つも空いとりました……！　鬼は、手の爪でお父を突き刺して持ち上げて、滝壺に投げ落としたに違いないです」

「ふ、ふうむ……。どう思う、泰親？　これはどうも山賊でも獣でもなさそうな」

「ひとまず最後まで聞きましょう、頼政様。それで、鉢丸様はどうなさったのです？」

「おらはとっさに隠れました。滝壺のあたりは大きな岩がゴロゴロしておりますから、その一つに身を隠しまして……。息を殺して上を見たら、霧の向こうに影が見えました」

「霧が出ていたのですか？」

「はい、陰陽師様。あの山は霧が濃いのでございます。葉を落とさない木も多いので、年中見通しが悪く……ですがおらは、霧の中に、鬼の影を確かに見ました！　背丈は一丈ほどもあり、大きな手をこう、ぐわっと広げておりまして……！」

　そう言いながら鉢丸は上体を起こし、指を開いた両手を左右に伸ばした。

「びくびくしながら見ておりますと、鬼はおらに気付かなかったようで、すぐに見えなくなりました。大きな声で鳴きながら山奥へ……」

「声とは、どのような声でしょう」

「ヴォオオオウ、ヴォオオオウ……という、低く重たい声でございます。風が洞穴を吹き抜けるような、古いふいごのような、おっかねえ声でございました」

「同じ声を聞いた者は他にも何人もおるのですが、皆、一様に、あのような声はこれまで聞いたことがないと申しております」

　鉢丸の解説を保輔が補足する。泰親は「なるほど」と相槌を打ち、保輔に向き直って問いかけた。

「これまで殺された方々は、皆、胴体に穴が開いていたのでしょうか？」

「そうとは限りません。踏み殺された者もいれば、岩肌やら大木やらに叩きつけられて殺された者もおりますでな」

「なるほど……。呪いのようなものでなく、純粋な力でもって殺しているというわけですね。鉢丸様以外に鬼を目撃した方は？」

「はっきり目にした者は誰もおらんのです……。息を引き取る寸前に、鬼の姿を口にした者は何人かおりましたが、そやつらが言うには、『四本腕の大男だ』とか『いくつも頭のある、角を生やした大蛇だ』とか、言うことがどうもバラバラでしてな。死に際のうわ言のようなものでしょうし、どこまで信じていいやら」

　困り切った顔の保輔が、大きな肩を落として溜息を吐く。困る気持ちは分かると頼政は思った。目撃証言が一致しないとなると、何を追いかけて退治していいのかすら定まらない。だが泰親は対照的に「ふむ……」と興味深げな声を発した。「思い当たることがあるのか？」と頼政に問われ、泰親がこくりと首肯する。

「四本腕の大男と言えば、双面四手四足の怪人にして飛騨国の大反逆者・両面宿儺、多頭の蛇なら、須佐之男命が出雲の斐伊川で退治なされた八岐大蛇、角ある蛇は、常陸国に群れで押し寄せたという夜刀神……。いずれも神代に現れた古き鬼神です」

「おお、さすが指神子様は物知りであられる！　……しかし、神代といえば何百年もの大昔。そんな時代に出たものが、今になって出るものでありましょうか」

「それを言うなら鬼も同じですよ」

　泰親が切り返すと、保輔は「確かに」と唸って黙ってしまった。短い沈黙の後、鉢丸が怯えた顔で口を開く。

「あ、あの……恐れながら申し上げます。あれは間違いなく鬼です！　霧越しではありますが、おらは見ました、確かにこの目で！　あいつがお父を――」

「落ち着け鉢丸。頼政様らの御前であるぞ」

「お気遣いなく。それで、これは一つの提案なのですが——ひとまず、山に入るのを止めることはできないのですか？」

鉢丸を叱りつけた保輔に会釈を返した上で、泰親がしれっと問いかける。と、それを聞いた保輔は一瞬きょとんと目を見開き、慌てて首を左右に振った。

「とんでもない！　そもそも、新たな鍛冶場の開拓を命じられたのは、摂関家のご本流なのですぞ？　これからの世で戦が増えるのはもはや必定。となれば都とお家を守るため、より多くの鎧兜が必要になります。良質な鉱脈を有するこの山を見過ごすことはできませんし、そのためには、鬼を必ず退治せねばならんのです！」

保輔が野太い声で言い放ち、鉢丸が「おらも、鍛冶屋のはしくれとしてお願いいたします」と頭を下げる。さらに保輔にも「お願い申す」と平伏され、頼政は言葉に詰まった。

保輔の使命感は立派なもので、今後戦が増えるという見立ても恐らく間違ってはいまい。だが、頼政の中には、為政者は戦にならないようにこそ手を尽くすべきであり、戦を前提として物事を進めるのは既に何かに敗北しているのではないか……という思いが強かった。

しかし、それをここで口に出したところで何がどうなるわけでもない。言うべき言葉を決めきれないまま頼政が黙り込んでいると、泰親は隣に座る大柄な友人の気持ちを察したのか、頼政を代弁するかのように口を開いた。

「分かりました。どうぞ私どもにお任せください」

＊＊＊

堂での面会を済ませた後、日が落ちるまでの間、頼政たちは保輔と鉢丸の案内で村の中を見て回った。

開拓中の村ではあるが鍛冶場は既に稼働しており、道具を作ってもらうために滞在している職人も数名いるとのことだった。村の共用の仕事場の棚には、鋸や鎌、それに鎧兜など、いくつもの金属製品が手本として並んでおり、鉢丸はその前で足を止めた。

「ここにある兜や鎧は、お父が作ったものでございます。お父、新しい型の兜を作りたがっておったんですが……」

「新しい型とな。これも充分、立派な出来に見えるが」

そう言いながら頼政は、鉢丸の父が作ったという星兜を手に取って眺めた。

星兜はこの時代に最も一般的だった兜で、鉄板を留める鋲(びょう)をあえて大きく飛び出させたところに特徴がある。ありがとうごぜえます、と鉢丸が頭を下げる。

「ですが、お父は、兜はただ軽くて丈夫なだけではいけねえ、見た目も大事だと申しておりまして、色々考えておったのです。たとえば、角を生やすとか」

「それはわしも聞きました。勇ましく強そうな角を兜に付けたいのだと言うておりましてな。わしも楽しみにしておったのですが、作るどころか、形さえ決めないうちに、鬼の手に掛かってしまい……無念だったでしょうなあ」

「悔しかったろうと思います……。でも、お父の志は、おらが必ず継いでみせます！」

保輔の言葉を受けた鉢丸が力強く宣言する。息子が親の遺志を継ぐと聞かされれば応援したくなるのが人情だ。頼政は思わず涙目になったが、一方の泰親は、鎧兜に興味がないのか、親子の情への関心が薄いのか、いたって冷めた表情であった。「兜に角ですか」と平淡な声でつぶやく泰親に、保輔が「左様！」と強くうなずく。

「都の陰陽師様ならどのような形状が良いと思われます？　いかにも強そうな意匠がよろしいのですが――」

「本当に強い獣は角を持ちませんよ」

泰親の抑えた声が作業場に響いた。訝しんだ顔の保輔や鉢丸、それに頼政が見据える先で、博識で冷静な少年は肩をすくめて続ける。

「少し考えれば分かることでしょう。伝説の中の鬼神や化け物はともかく、角を持つ生き物は、牛も鹿も羚（かもしか）も、果ては甲虫（かぶとむし）に至るまで、皆、草を食み、あるいは木の汁を吸うような大人しいものばかりです。角とは元来、戦うための爪や牙を持たない生き物が、自分を強く見せるために生やすもの……。見かけ倒しと思われたいのならともかく、真の強者であろうとするのなら、私はあまりおすすめしませんね」

淡々とした物言いに、作業場の空気がひやりと冷える。顔をしかめる保輔と鉢丸を見て頼政は気まずくなったが、当の泰親は顔色一つ変えることなく「それより」と話題を切り替えた。

「山に出るという鬼のことですが、このあたりには昔からそういう話があったのですか？　鬼でなくても構いませんが、『山に入ると何かに襲われる』というような言い伝えがあれば伺いたいのですが、いかがでしょうか、鉢丸様」

「え？　おらですか？　そんな話は聞いたことはございませんが……と言いますか、おらたちは、ここにずっと住んでいたわけでもありませんので……。昨年までは、別の山の鍛冶場におりましたし」

「鍛冶屋たちは鉱脈と燃料を求めて移住を繰り返しますからなあ。実際、このあたりの開拓が始まったのも一年前からなので、昔のことを知る者はおりませんでしょう」

鉢丸の言葉を保輔が受けて解説する。それを聞いた泰親は「そうですか……」と残念そうにうなずいた。

その後、泰親と頼政は駄目元で村を回って聞き歩いてみたが、保輔の言った通り、この土地の昔の様子を知る者はそもそも存在しないようだった。だが、村の入り口近くで「以前にも鬼が出たという話を聞いたことはないか」と鍛冶屋の一人に聞いていた時、ふいに泰親たちの後ろから、しわがれた声がぼそりと響いた。

「……鬼ではねえ」

低く微かなその声に泰親と頼政が振り返ると、そこにいたのは、六十がらみの老人だった。粗末な着物に毛皮で仕立てた袖なしの上衣を重ね、帯には革袋を下げている。

「このお山には、山神様がいらっしゃるで……。山神様には、決して歯向かっちゃなんんねえ……」

泰親たちに語りかけているとも、独り言をつぶやいているともつかないような語り口で、老人がぼそぼそと言葉を重ねる。

興味を覚えた泰親はぴくりと眉を動かしたが、鍛冶屋たちが露骨に顔をしかめると、老人は足早に歩き去ってしまった。その後ろ姿を保輔がじろりと睨んで言う。

「まったく、礼儀を知らんやつじゃ。これだから山里の連中は……。泰親様、おかしなものがお騒がせいたしました」

「お気遣いなく。それより、今のご老人は？」

「あれはこの村の者ではありません。ここより少し下ったところに小さな山里がございましてな、そこに住んでおる猟師です。罠を仕掛けて獣を獲っておりまして、時折、ああやって肉や毛皮を売りに来るのですが、どうも礼儀知らずで困ったものです」

「ほう。その山里は昔からそこにあるのですか？　いつ頃開かれた土地なのです？」

「え？　いや、わしに聞かれましても……。こちらは殿下渡領で、向こうは国府の管轄ですからな。ほとんど交流はありませんので、わしも詳しいことは存じませんで、はい」

「……なるほど」

保輔の答に短い相槌を打ち、泰親は老人が立ち去った方角を見た。頼政も同じ方向に目をやったが、老いた猟師は年の割には健脚なようで、後ろ姿はもう見えなかった。

＊
＊
＊

　翌朝、頼政は、保輔やその家来たちとともに鬼が出た現場へ足を運ぶことになった。

「これまで被害に遭ったのは、少人数で行動しておった村人ばかり。鎧を着込んだ武士が十人いれば、まず襲われることはないでしょう。何より、現場の様子を実際に確かめないと、対策の立てようもございません。ついては、頼政様にぜひご同行を願いたいのです。五代目頼光殿がおられれば百人力ですからな！」

　保輔がそう強く懇願し、それに頼政が押し負けたのである。泰親は、昨日の猟師の言葉が気になっているようで、あの老人の里で古い言い伝えや記録を調べたいので、と言って村に残った。

　鍛冶屋たちから提供された鎧に身を固めた頼政が村を発つ時、泰親は見送りに立ち、ひどく心配そうな顔を頼政へと向けた。

「私はご一緒できませんが、どうかお気を付けて」

「そう案ずるな。今回はあくまで巡察だ。この地に慣れた保輔殿のご一党も一緒なのだし、お主が書いてくれた安全祈願の呪符もある」

「書いた自分が言うのも何ですが、呪符など単なる気休めですよ」

「そういうことを言うでない。と言うか、普段冷静なお主にそこまで心配そうな顔をされては、こっちも不安になってくるではないか。そういうのは拙者の領分であろう」

「これは失敬」

頼政が笑うと泰親も苦笑を返したが、その表情には不安がしっかり滲んでおり、頼政は申し訳なさとともにありがたさを感じた。

そんなやり取りを経て、頼政たちは夜明けとともに出発した。

鬼が出るという山は、鉢丸の言った通りに、枝を広げた広葉樹が生い茂っている上に霧も出ており、見通しが恐ろしく悪かった。下草や落ち葉も多いため、足跡や痕跡を探しようもない。鎧をガチャガチャ鳴らして歩きながら、頼政は不安げにあたりを見回した。

「日も昇っているというのに、この視界の悪さとは……」

「確かにこれは、聞きしに勝りますなあ。いっそ、鬼のやつが向こうから来てくれれば話は早いのですがな」

「何を言われます、保輔殿？」

「驚かれることはありますまい。村の鍛冶屋どもと我らでは、覚悟も装備も違います。今回は巡察ではありますが、あわよくば返り討ちにしてやろうと、わしも他の者たちもそう思うておりますぞ？　なあ！」

保輔が呼びかけると、周囲を歩いていた家来たちが「おおう！」と威勢のいい声をあげた。皆、一様に血気に逸っているようで、抜いた刀を威勢よく突き上げるものもいる。

「鬼退治の手柄は拙者がいただきますぞ」「それは譲れぬな」などと楽しげに語らう地元の武士たちの勢いに頼政は気圧され、どうも合わぬな、と思った。

どうしても戦うしかない状況があるのは分かっているが、刀を抜く機会は少ないに越したことはなかろうに……。

豪快に笑う保輔たちに苦笑いを返しつつ、頼政は心の中でつぶやいた。

史実においても、源頼政はなるべく戦いを避けようとする武将だったと見られている。治承元年（一一七七年）、比叡山の僧兵が強訴のために都に押し寄せた際、御所の警護に駆り出された老年の頼政は「私の軍勢は弱いので、ここを押し通っても貴方がたの正しさや強さを証明することにはならないでしょう」と自虐的に語り、見事、戦いを回避したという。

どうか、なるべく戦いになりませんように。できれば鬼が自然に出なくなってくれれば一番いいのだが……。

虫のいいことを願いつつ、頼政は保輔一党とともに昼なお暗い山中を黙々と進んだ。そして、鉢丸の父が襲撃されたという滝壺の音が聞こえてきた頃、唐突に、ヴォオオオ……という太い声が、霧の奥から響き渡った。

出おったなっ、と保輔が叫ぶ。

「武器を取れ！　この機を逃してはならぬ！」

保輔の檄に従って家来たちが得物を構える。だが、頼政が腰の刀を抜こうとした矢先、一同の後方から、大きなもの同士がぶつかる音と、「ぎゃっ」という短い悲鳴が轟いた。

「今のは――」

「弥太郎(やたろう)？　どうした、何があった！」

一番後ろに控えていた家来の名を保輔が呼ぶが返事はなく、弥太郎という名の武士の姿も見当たらない。一同が慌ててあたりを探すと、滝壺を見下ろすように伸びた大樹の下に、変わり果てた姿の武士が一人、ごろんと横たわっていた。

「な……」

「弥太郎……！」

絶句する頼政の傍らで、保輔が部下の名を呼んで青ざめる。

足下に転がる武士の口からは、まだ血が溢れていたが、顔にはまるで生気がなく、手遅れなのは一目瞭然であった。身を守るはずの鎧は、大槌で叩き潰されたようにへしゃげている。凄まじい力で殴られたか、あるいは踏みつけられたらしい。

「鎧を纏った武士を一瞬で……!?　これが、鬼の力ということでござろうか……」

「何を気弱なことを申されますか頼政様！　五代目頼光公ともあろうお方が、そんなことでは……！　者ども、鬼を探せ！　奴はまだ近くにいるはずだ！」

「おう！」

「言われずとも！」

「お、落ち着きなされませ保輔殿、それに皆の衆！　頭に血が上っては……」

頼政は慌てて一同をなだめたが、その言葉が届く気配はまるでなかった。血の匂いに刺激されたかのように、保輔以下の一党の敵意と殺意が一気に膨れ上がっていく。鬼を探すべく散った家来を見回し、保輔がぎらぎらと光る刀を振り上げて吼える。

「ぬかるな！　必ずこの場で鬼を仕留めるのだ！　奴の首を――」

「ぎゃあああああああああっ！」

保輔の指示を遮るように、霧と木々の向こうから短い悲鳴が響いた。

「こいつは――本当に、お、鬼……」

呻くような誰かの声に、どかっ、という殴打音が被さり、声の主を黙らせる。

また誰かがやられたようだ。

それを察した保輔と家来たちは、おのれ、と叫びながら声の方向へと走り出し――そしてまた、誰かの断末魔の声が響いた。

霧に隠れ、木々の間を自在に移動できる鬼にとって、興奮して我を失った武士を一人ずつ始末していくことは、さして困難でもなかったようで、十人いたはずの藤原保輔一党は、一人、二人とその数を減らしていった。

そして、置いていかれた頼政がようやく追いついた時にはもう、最後に残った一人――保輔が、事切れようとしているところであった。

「や、保輔殿！　お気を確かに……！」

「あ――」

頼政の必死の呼びかけも聞こえているのかいないのか、保輔は短いうめき声だけを残して息絶えた。

一党の長だけあって一際立派な保輔の鎧には、無数の杭で突き刺したように穴が幾つも空いている。鉢丸の話と同じだ……と慄いた頼政が、思わず膝を突いて手を合わせた、その時だった。

ヴォオオオオオオオウ……！　というあの声が、また頼政の耳に届いた。

しかも今回はさっきより近い。はっとなった頼政は顔を上げ——そして、その場で固まった。

異様な形の大きな影が、霧の奥を横切ったのだ。

ありえない、と頼政は思った。

たった今、霧の向こうに一瞬だけ見えた巨大な影は、身の丈一丈（約三メートル）ほどもあり、しかも二本の巨大な角を頭上に伸ばして、大きな腕を威嚇するように左右に広げていた。少なくとも頼政の目にはそう見えた。

あれは何だ。今のは何だ？

自問の声が頼政の胸中に響き、口が勝手に答をつぶやく。

「鬼……」

その言葉を口に出すのと同時に、頼政の総身からどっと汗が噴き出した。

無論、視界は依然として悪いのだから、何かを見間違えた可能性はある。だが、だとしたら、自分は一体何を見間違えたというのだ？　ここに転がっている十人の武士は誰に殺されたというのだ……？

濃密な霧と、つい先ほどまで生きていた侍たちの流した血の匂いが漂う中で、頼政は震え、怯え、腰の刀を抜いた。……いや、抜こうとした。

——鬼ではねえ。

——このお山には、山神様がいらっしゃるで……。

——山神様には、決して歯向かっちゃなんねえ……。

昨日聞いた老人の声が脳裏に蘇り、頼政は反射的に刀の柄を握った手を止めていた。

襲われた武士たちはいずれも武器を手にしており、しかも戦意に満ちていた。

彼らが殺された理由が、あれに歯向かおうとしたからだとすれば、自分はここで刀を抜いていいのだろうか……？

頼政が脂汗を流しながら煩悶していると、霧の向こうから大きな声がまた聞こえた。

ヴォオオオウ、ヴォオオオウ……という、先ほども聞いたあの声……低く太いがよく通る奇妙な声に、頼政の体がびくりと震える。

あの鬼、あるいは山神は、まだ近くにいるようだ。

人とも獣ともつかないその鳴き声は堂々としていて力強く、頼政はふと、「畏怖(いふ)」とはこういう時にこそ使う言葉なのだろうと理解した。

だが、相手が鬼であろうが神であろうが、襲ってくるなら迎え撃つしかない。

刀の柄を握りしめたまま頼政は腹を括ったが、なぜか鬼はそれきり姿を見せることはなかった。

「すまぬ！　なんと詫びればいいものか……！」

その日の夕方、頼政は鍛冶屋の村の寺の堂で、深々と頭を下げていた。

保輔らが襲われてからしばらく後、南中した太陽が傾き始めた頃、頼政は鬼は去ったようだと判断し、単身での下山を決意した。

警戒しながら山を下り、どうにか村に帰りついた頼政は、村の者たちを集めて何があったのかを聞かせ、役に立てなかったことを謝った。

鉢丸を始めとした村人たちは、まさか武装した武士の集団があっさり全滅させられるとは思っていなかったようで、一様に驚き、青ざめ、そして頼政を無言で見据えた。

なぜお前だけ助かったのだ。なぜ保輔たちを守れなかったのだ。鬼退治の英雄の末裔というから期待したのに、とんだ期待外れではないか……。

無数の声なき声が、村人たちの視線に乗って頼政に次々と突き刺さり、その心身を責め苛んでいく。いたたまれない気持ちを抱えたまま頼政が大きな体を縮めていると、気まずく重たい沈黙を破るように、鉢丸が叫んだ。

「――おらが行きます！」

「鉢丸？」

＊＊＊

「お武家様にお任せしたから罰が当たったんです……！　お父の敵はおらが討つ！」

「は、鉢丸……！　よう言うた！」

「それでこそ鍛冶屋の子じゃ！　お前はこの鍛冶場の誇りじゃあ！」

目を血走らせた鉢丸の宣言に、年かさの鍛冶屋たちが感銘の声をあげる。驚いた頼政は、大きく手を振って割り込んだ。

「待て待て！　お主ら、けしかけてどうする！　鉢丸も落ち着かんか！　確かにその心意気は立派だが、今の話を聞いておっただろう？　鎧兜で身を固めた保輔殿らも、為す術もなかったのだぞ？」

「お言葉を返すようでございますが、おらは鍛冶屋のせがれです！　鎧兜や刀のことは、お武家様より知っております……！　しっかり調整さえすれば、一撃で死ぬことはありません！　おらは、刺し違えてでも鬼のやつを——」

「やめておきなさい」

身を震わせながら声を荒らげる鉢丸だったが、そこに冷静な一言が割り込んだ。

若々しさを感じさせる伸びやかな声に、その場の全員が揃って振り向く。一同が見つめた先、堂の入り口に立っていたのは、狩衣姿の小柄な少年、泰親だった。

遅くなりました、と一礼して入室する泰親に、鉢丸が正座したまま食って掛かる。

「なぜ止めなさるのです、陰陽師様!?」

「確かに相手が鬼なら、優れた武装があれば勝てるかもしれません。ですが、相手が神だとしたらいかがです？」

「か……神？　神様？」

泰親の問いかけが意外だったのだろう、鉢丸が目を丸くして言葉を失う。泰親はそんな鉢丸を一瞥すると、頼政に歩み寄って隣に座った。

「……何があったのかは、村の方から伺いました」

短い一声がぼそりと響く。口に出して頼政を労ったり無事を喜んだりしないのが泰親なりの気遣いだということは、頼政にも理解できた。今ここでそんなことを言っても、村人たちを刺激するだけだからだ。頼政は無言で相槌を打ち、泰親へと向き直った。

「それで、お主の方はどうであった？　今、神がどうとか言うておったが……下の里では何か手掛かりが得られたのか？」

「ええ。まず、この鍛冶屋の村の評判が大変に悪いということがよく分かりました」

「……何？」

「燃料として木を切りまくるので山は荒れ、大雨が降るとすぐ洪水になりますし、砂鉄を取ると言っては川を汚す。摂関家のご領地なので面と向かって文句は言えないものの、皆様、相当溜め込んでおられるようで……。散々愚痴を聞かされました」

「そ、そうか」

「……お言葉ですが、それは仕方ねえことです。鍛冶場と言うのは、そういうもんです。第一、武具をどんどん作れ、そのために新しい鍛冶場を開拓せよと命じておられるのは、都のお公家様やお武家様ではありませんか」

　その場の意見を代表するように口を開いた年長の鍛冶屋が、じろりと泰親を睨みつける。気まずくなった頼政は「おい」と隣の泰親を小突いたが、泰親は全く動じることもなく、軽く肩をすくめてみせた。

「私はただ、周囲の村と――こと、昔から住んでおられる方々との付き合いは大事にしておくべきではないかと、そう提案しているだけです。もし下の里と普段から交流しておられれば、皆様が『鬼』と呼んでいるもののことも少しは分かっていたはずでしょうに」

「何だと？　では下の里にはやはり――」

「『伊佐々王（いさなおう）』と言うそうです」

　頼政が問いかけるのと同時に、泰親が聞き慣れない名を口にした。

「この山に伝わる古き神の名です。曰く、伊佐々王は山の奥深くに棲む神で、木の葉の色が変わる頃には人里近くまで下りてこられることもある。曰く、山から聞こえる太く低い声は伊佐々王のものだから、聞こえたらすぐ山を下りねばならない。曰く、伊佐々王は荒ぶる恐ろしい神なので、決して歯向かってはならない……。言うまでもありませんが、これらの説明は、皆様を脅かしている鬼の特徴と一致します」

「保輔殿らを襲ったのもその伊佐々王というわけか……。いや、しかし、それは何なのだ？　『王』というからには人なのか？」

「そこまでは分かりません。実際に見た方は一人もおられませんでしたから」

泰親がそう言って首を左右に振ると、堂に詰めかけていた鍛冶屋たちは一様に青ざめ、お互いに顔を見合わせた。先ほども発言した年長の鍛冶屋が、苛立った声を発する。

「鬼ではなく何とかいう神だとして……だったら、どうすると仰るんです？」

「ええ。これも下の里で聞いたのですが、伊佐々王とは交渉が可能なのだとか。なので、呼び出して話し合ってみるつもりです。もっと山奥に行っていただけないか、と」

「話し合う？」

あまりに予想外の提案に、頼政は思わず大きな声を出していた。はいと、泰親がうなずくのを見て、頼政が眉根を寄せる。

「それができれば最善ではあるが……伊佐々王はいつどこに来るのか分からんのだぞ」

「そこは私に考えがあります。おそらくこの手で呼び出せるはず。呼び出し役は言い出した私が担当するとして、できれば交渉役としてもう一人同行してくださると助かるのですが……」

「なら、おらが――」

「無論、拙者に任せてもらう」

慌てて手を挙げた鉢丸の声を、すかさず頼政が遮った。え、と唸る鉢丸を、頼政は真っ向からまっすぐ見据え、口を開いた。

「これは拙者の役目だ。……だが、交渉とは言え、相手は荒ぶる山の神。最低限の備えは必要であろう。ついては、鉢丸。お主に拙者の鎧兜を任せたい」

精一杯の威厳を込めた頼政の声が、日暮れ時の堂に響く。鉢丸は何も言わずにぽかんとしていたが、頼政が「よいな？」と念を押すと、我に返って頭を下げた。

「か、かしこまりました……！　光栄なお役目を、ありがとうございます……！」

「……任せたぞ。それで泰親、伊佐々王をどうやって呼び出すのだ」

ひとまず鉢丸を止められたことに安堵しつつ頼政が尋ねると、泰親は、それに答える代わりに鍛冶屋たちへと向き直った。

「この村には、道具を求めて滞在している職人も多いと聞いています。その中に、笛を作れる者はおりませんか？」

「笛？　まあ、探せば一人くらいはおるでしょうが……」

「しかし、なんでまた笛を？」

「あの音ですよ」

鍛冶屋たちの問いかけに泰親が即答する。さらに泰親は一同を見回し、よく通る声でこう続けた。

「皆様の中には、伊佐々王の姿を見たことはなくても、声を聞かれた方はおられますよね？　その記憶を参考に、伊佐々王の声を再現できる笛を作ってもらいたいのです」

＊　＊　＊

その日の夜、滞在中の寝所としてあてがわれている寺の一室で、頼政は泰親に感謝を述べた。「あの時、お主が割って入ってくれて助かった。拙者だけでは鉢丸を止められなかったと思う」と頼政は語り、腕を組んで自嘲した。

「まあ、拙者も武士である以上、鉢丸を褒めるべきではあったのだろうがな」

「そういう気持ちにはなれなかった……と。頼政様らしいと思いますよ、私は。それより分からないのは伊佐々王です」

寝具の上に正座をした泰親が話題を変える。「何だと思います？」と問われ、頼政は力なく首を横に振った。灯台の上の灯明皿が投げかける光の中で、背の高い影が揺れる。

「声も聞いたし、霧越しとは言え姿は見たが、未だに何なのかさっぱり分からぬ。実体を持っているのは間違いないようで、となれば人か獣だと考えたいところだが」

「あの大きさで、しかもあんなことが可能な人や獣がいるとは思えない」

「お主はいつも先を読むなあ。その通りだ。……正直なところ、拙者は古き山の神だと聞いて大いに腑に落ちたのだが、泰親はどう思っておるのだ？　本当に神だと？」

それなりに長い付き合いなので、泰親が神も鬼も実在しないと考えていることを頼政はよく知っている。問いかけられた泰親は、私も分かりません、と言いたげに首を振った上で、「でも」と続けた。

「だからこそ知りたいのです。古き神、あるいは鬼が実在するのか。もし神でも鬼でもないとしたら、それは一体何なのか……。不謹慎と承知してはいますが、私は今、とてもわくわくしてしまっているのですよ」

そう語る泰親の双眸は、灯明皿の小さな光を精一杯照り返し、きらきらと輝いていた。猫を思わせる鋭く大きな瞳を前に、頼政は、泰親が呼び出し役を買って出た本当の理由を理解した。

この村を脅かす鬼をどうにかしたいという動機がないわけではなくとも、知らないものを自分の目で見たいという好奇心こそが、この少年の根本的な行動原理なのだろう。「笛が出来上がるのが楽しみです」と語る泰親を前に、頼政はそんなことを思った。

＊　＊　＊

幸い、腕のいい職人が村に滞在していたらしく、笛は翌々日の夜には完成した。

「鬼……伊佐々王の声を聞いた者に確認させました。おらも保証します。この笛から出る音は、あいつの声と瓜二つです」

鉢丸がそう言って差し出した異形の笛を見て、泰親と頼政は揃って言葉を失った。

「『葉二』……？」

目を丸くした頼政が口にしたように、鉢丸が持ってきた笛は、先日、泰親が平等院の宝蔵で見つけたあの伝説の笛と、驚くほどよく似ていた。見た目を整える時間がなかったのだろう、外観こそごつごつと荒削りだが、太さや長さは葉二と――鬼から授けられたと伝わる名笛と——ほとんど同じである。

「泰親、これは一体どういうことだ？　葉二は本当に鬼の笛だったということか？　いや、伊佐々王は鬼ではなくて神であるとするならば、葉二はつまり神の笛……？」

太い笛を受け取った頼政は大いに訝しんだが、さすがに泰親にもその答えは分からないようで、明晰な少年陰陽師はただ無言で肩をすくめるばかりであった。

笛を手にした日の翌朝、頼政と泰親は二人で山へ向かった。

先を行く頼政は鉢丸たちに調整させた大鎧と星兜に身を固め、山中でも使える小ぶりの弓と矢筒を背負い、腰には太刀という完全防備の出で立ちだったが、後に続く泰親はいつも通りの狩衣である。

「何があってもお主だけは逃がすからな！」

「何を気弱なことを。頼政様にも帰っていただかないと困ります。友人の少ない身としては、貴重な知己を失いたくはありません」

霧深い森の中、積もった落ち葉を踏み締めて歩く頼政に、笛を手にした泰親が言い返す。なお、泰親が普段着なのは「自慢ではないが私は非力です。重たい鎧を着て山を登るのはとても無理です」と本人が明言したからである。軽装の泰親は、ガチャガチャと鳴る頼政の大鎧を見て、感心とも呆れとも付かない声を発した。

「しかし、よくそんなものを着て動けますね……」

「いや、これはなかなか快適だぞ？　腰を囲む草摺は脚を開きやすいように分割されておるし、兜から下がる𩊱も顔の左右の吹返も、首を上下左右に動かしても邪魔にならん。馬上から弓を射やすくするために調整した新型とのことだったが、なるほど、よく考えられておる」

そう言って頼政は、手袋を着けた手で、兜の額から張り出した眉庇を軽く叩いた。

この時代、騎馬で弓を射る戦法が盛んになったことを受け、新しい形の防具が求められつつあった。従来は官給が主流だった武装が、各々が自前で調達する方式に切り替わったこともあり、各地で様々な工夫が凝らされるようになっていく。

最初は軽口を叩いていた二人だが、先日保輔らが襲われた現場に近づくにつれ、自然と口数は減っていった。やがて滝の音が聞こえてくると、頼政は足を止め、あたりをぐるりと見回した。

今のところ伊佐々王の気配はないが、例によって霧が濃いので確かなところは分からない。頼政は弓を手に取って矢を番え、泰親にぼそりと告げた。

「このあたりでいいだろう。やってくれ」

「かしこまりました」

うなずいた泰親が異形の笛を口に当てる。静かに息を吹き込むと、ヴォオオオウ……という重低音が、森の中に響き渡った。

先日聞いた声とよく似た音に、反射的に頼政の背筋に悪寒が走る。泰親はそのまましばらく笛を吹き鳴らし、そして、息継ぎのために笛から口を離した、その時。

——ヴォオオオウ、ヴォオオオオオオオオオオウ……！

笛に呼応するように、森の奥から太い声が轟いた。

「応えた……！」と泰親が息を呑み、頼政はすかさずその前に立った。

二人が見つめた森の奥で、ざく、ざく、と落ち葉を踏み締める足音が響き、音は少しずつ大きく、近くなっていく。

どうやら今日は強襲してくる気はないようだが、気を抜くなよ、頼政。

そう自分に語りかけながら頼政が見据えた霧の中に、やがて、巨大な影が現れた。

頼政をはるかにしのぐ背の高さ、頭上に伸びる二本角、左右に広げた二本の巨腕。

その異様に泰親は大きく目を見張り、震える声を自然と漏らした。

「伊佐々王……！　まさか、本当に、こんな姿のものが実在するとは——いや違う！」

何かに気付いた泰親が自分の言葉を否定する。

それと同時に、霧の中から伊佐々王が——そう呼ばれていたものが——ぬうっ、とその姿を現し、訝るように足を止めた。

初めて目の当たりにする伊佐々王の巨体を前に、二人は同時に息を呑んだ。

「こ、これは……」

「……鹿……？」

弓を構えたまま頼政がぼそりとつぶやく。

その言葉通り、二人の眼前に立つのは正しく一頭の鹿……それも、異様に大きく、そして異形の牡鹿であった。

茶褐色の毛並こそ見知った鹿と似ているが、肩の高さは頼政の背を越えており、角を含めた体高は一丈あまり。その頭は大人の男性の頭部よりも一回り以上大きく、毛皮に覆われた首の太さは子どもの胴体ほどもある。

何より特徴的なのは、その角の大きさと形であった。一般的な鹿の角は枝のように細いものだが、この鹿の角は分厚かった。角は計四本あり、前方の一対は扇状で真上に向かって伸びているのに対し、後方の一対は平たく長く、その先端には無数の突起が並んでいる。まるで、厚い板に鬼の腕を描き、その線に沿って切り抜いたような形状の角を目の当たりにして、泰親が震える声を発した。

「な、なるほど……！　この角を霧越しに目撃したなら、確かに、手を広げた鬼に見えますね……。四本腕の大男や、多頭で有角の蛇と見間違えるのも納得です」

「ならば、鉢丸の父上は、この角で突かれたということか？」

「おそらく。牡の鹿は戦う時、角を相手に向けて突き立てます。ご覧ください、腕のような角だけでなく、真上に伸びた二本の角の先端にも突起が並んでいます。あれで突かれたのでしょう。この大きさなら、鎧を纏った武者を踏み殺すことも容易でしょうし……」

恐怖心と知的好奇心がせめぎ合っているのだろう、泰親が口早に言葉を重ねていく。その解説をどこか遠くに聞きながら、頼政は目の前の鹿の異様に見入っていた。

鹿であるのは間違いないが、自分の知っている鹿とは何もかもが違う。頼政は思わず「こんな鹿がいるのか？」と尋ねていたが、泰親はそれに答えることはできなかった。

ここで二人が相対した鹿が何かは明言できるものではないが、この国にはかつて大型の鹿が生息していた。

そのうちの一種の名を、ヤベオオツノジカという。

およそ十三万年前から一万年前、日本全土に生息していたヤベオオツノジカは、体長および角を含めた体高が三メートルに達する大型の種で、ナウマンゾウと並んで、日本の第四紀（約二六〇万年前から現在までを含む時代）を代表する大型哺乳類として知られている。扇状の本体の縁に無数の指状の突起がずらりと並んだ形の角は、その形状から「掌状角」と呼ばれ、向き合った相手に威圧感を与えるのみならず、闘争時にも大いに威力を発揮したという。

縄文時代草創期以降の地層から化石が出土しないことから、ヤベオオツノジカはその時代に絶滅したとされているが、紀元後も人の手が入らない山林は多く残っていたこと、また、生物が化石になる確率の低さを考えると、古代種の巨大な鹿がその後もひっそりと生き残っていた可能性は否定できない。

それを示す証拠はないものの、奈良県田原本町から出土した弥生時代中期後半（紀元前一世紀頃〜紀元後一世紀頃）の大型の壺には、武装した人間と巨大な角の鹿が、柵を挟んで向かい合うように描かれているものがある。この線刻画は、田畑を荒らす鹿と人との対

立構造を示すものとして知られているが、ここに描かれた鹿は、不思議なことに、人間の
倍近くの大きさで表現されている。

「ヴォオオウ……」

巨大な鹿――伊佐々王は、立ち止まったまま一声鳴き、訝しむように、あるいは何かを探すように、耳をぴくぴくと動かした。

見上げるほどのその巨体を前にして、頼政は自然と弓矢を下げていた。

見るからに分厚い毛皮には、小型の弓では通じまいと判断したからでもあるが、頼政は、ただ伊佐々王の威容に圧倒されていた。

「な、何という大きさ……。まるで神ではないか……！」

「鹿ですよ、これは。もっとも、その二つは元来近しいものですが……」

泰親がぼそりと小声を漏らす。とりあえず伊佐々王には、自分たちを襲うつもりはないようで、であれば今は刺激を避けるべきだろう。そう考えた泰親は、笛をしっかり握ったまま、頼政だけに届くように小声を重ねた。

「鹿、それに猪は、『シシ』と呼ばれることもありますが、このシシとは本来は神の意。仏道では、人は生前の行い次第で動物に生まれ変わると教えますけれど、転生する候補の中に鹿と猪は入っていません。鹿と猪――シシは、輪廻の外にいる存在なのです。また、『日本書紀』の景行紀にある信濃坂の山神や、仁徳紀の吉備川の水神のように、神が鹿の姿で現れる話は多く残っています。日本武尊が遭遇した足柄の坂の神も、日光山の弓の

名手の前に現れた日光権現も、その姿は鹿でした」

「す、すると、この鹿は――それに類する山の神だと……？」

「いいえ」

肩越しに振り返った頼政が見つめた先で、泰親は首をきっぱり左右に振った。

「今お話ししたのは、あくまで伝説、神話の類……。目の前のこれは、いくら神と崇められていようとも、紛うことなき生き物でしょう。このような鹿がいるという話は私も聞いたことがありませんから、もうほとんど同族がいない、古き鹿なのだと思います。平等院の宝蔵の名笛『葉二』も、おそらくは伊佐々王の同族の声を模したものかと」

「山の神と目された鹿と鳴き交わすために作られた笛、ということか……。では、伊佐々王がお主の笛を聞いて現れたのは」

「……仲間だと思ったのでしょうね。今、襲ってこないのも、いるはずの同族の姿が見当たらなくて戸惑っているからだと思います」

いたたまれない声で泰親が言い、それを聞いた頼政の胸はぐっと痛んだ。

鹿は本来群れを作る生き物なのに、伊佐々王がたった一体で生きてきたのだとすれば、それはどれほど辛く寂しいことかと、想像してしまったのである。

……何を考えている頼政！　相手は大勢を手に掛けた危険な獣だぞ！

頼政は鹿に共感していく自分を心のうちで叱りつけ、伊佐々王と相対したまま、背後の泰親に問いかけた。

「それで――この後どうすれば良い？　相手が鹿では言葉の交わしようもない。お主が話を聞いた里の者たちは、かつて、どう交渉していたのだ？」

「そこまでは伝わっていなかったのですが……せいぜい、笛で鳴き交わすか、餌を与えるくらいしかやりようがないと思います。どうします？　もう一度吹いてみますか？」

「そうだな。その音で誘導できれば、人里離れた山の奥へ連れていけるかもしれぬ」

頼政がそう提案すると、泰親は「ですね」とうなずき、握っていた笛を口に当てた。

伊佐々王は未だ動く気配はなく、黒真珠のような目で人間たちを見下ろしている。

だが、泰親が笛に息を吹き込み、あの低音が再び響いた瞬間、伊佐々王は突然激昂し、その巨体を震わせた。

ヴォオオオオオッ！　という凄まじい怒声が、泰親の笛の音をかき消す。

思わず演奏を止めた泰親の前で、伊佐々王は大樹のような角を振り上げて再度嘶き、頭を低くして身構えた。

鬼神の腕のような巨大な角が頼政たちをまっすぐ狙い、直径一尺（約三十センチメートル）近い蹄が、がっ、がっと何度も土を抉る。しまった、と泰親がつぶやいた。

「仲間の声を騙っていたのが人間だと気付いて怒ったようですね……！」

「そ、そのようだな……！　すまぬ、拙者が浅はかであった……！　どうすれば――」

「もはや、戦うしかありません！　大きいとは言え相手は鹿、霧の中から不意打ちされればかわしようもありませんが、正面からの一騎打ちなら頼政様に分があるはず！」

「何？　それはそうかもしれんが……し、しかし――」

刀の柄に手を当てたまま、頼政が語尾を濁して逡巡する。頼政が迷っていることに気付いた泰親は、思わず「頼政様！」と声を荒らげていた。

ここで手をこまねいていては、自分も――いや、この際自分は置いておくとしても――頼政が命を落とすことになる。相手は武装した武者を一撃で突き殺す怪物なのだ。

「しっかりしてください！　相手は鹿です、獣です！　鬼でも神でもありません！」

「それは分かっておる！　分かっておるが……！」

右手で柄を、左手で鞘を摑んだまま、頼政は歯噛みした。

泰親の言うように、目の前にいるのはただの怒れる鹿なのかもしれない。

だが、現実的な泰親と違って、信心深い性格の頼政にしてみれば、神とは即ち、扱いようによっては怒って人に災いを為す、畏怖すべき古き存在のことである。

そして、伊佐々王が、神や鬼として語られ、崇められてきた巨大な鹿の一族の、その生き残りなのだとしたら――。

「それはもう……ほとんど、神ではないのか……？」

「何を――！　いえ、もしそうだとしてもです！　人は古来、在地の神を滅ぼして版図を広げてきたのですよ？　八岐大蛇も両面宿儺も夜刀神も排除された古き神！　人は決して、神をただ崇めてきたわけではないのです！」

「そんなことくらいは知っておる……！　だが……しかし、だからといって、それに倣わねばならぬ法はあるまい!?」

「……頼政様？」

「そうだ、拙者は頼政だ！　神話や伝説の英雄でも頼光公でもない、今生きている一個の人間――源頼政だ！　だから――くそ、ならば――すまぬっ、泰親！」

引き絞ったような声で叫ぶなり、頼政は腰に下げていた太刀を鞘ごと投げ捨て、兜を取って落ち葉の上に膝を突いた。

意外な行動に泰親が面食らったのは言うまでもないが、伊佐々王もまた驚いたようで、角を前方に向けたまま、ブオウ、と唸って頼政を見た。

大人の二倍近い巨体に見下ろされた頼政が、手を合わせて頭を下げ、「伊佐々王殿！」と眼前の大鹿の名を口にする。

「言葉が通じるとは思いませぬが、それでもお伝えいたします！　拙者、源頼政の名に懸けて、この山は神域といたします！　必ずそうするよう村の者に伝えますので、どうか――どうかこの場は、お引き取りいただけませんでしょうか……？」

「頼政様、一体何を――！　鹿に言葉が通じるはずがないでしょう！」

「分かっておる！　だが拙者はこうしたいのだ！」

深く頭を下げたまま、頼政が開き直ったように言い放つ。それを聞いた泰親の脳裏に、いつだったかの頼政の言葉が蘇った。

――「男女のなかをもやはらげ、猛きもののふの心をもなぐさむるは、歌なり」。

――まだまだ未熟な身ですが、いずれは、言葉の力で鬼神の心をも動かせるようになりたいと、拙者、そう思っております。

それが頼政の信念であると泰親はよく知っていた。そういう考え方の持ち主だからこそ、自分はこの大柄な友人を好ましく思っているのだが――しかしこのままでは、二人とも踏み殺されてお終いだ。

ひれ伏した頼政の後方で立ちつくしたまま、泰親は必死に打開策を講じたが、その時、伊佐々王が予想外の行動に出た。

短く一声鳴いたかと思うと、スッと頭を上げたのである。

同時に、その巨体に漲っていた敵意や殺意がふっと薄れて霧消していく。

驚いた頼政がぽかんと丸く口を開け、まさか、と震える声を漏らした。

「ま、まさか……分かっていただけたのか……？」

「……おそらくは、動物の習性によるものでしょう。頼政様が武器を捨てて体を丸めてみせたことで、目の前の人間は縄張りを荒らす敵ではないと判断したんです。鹿は草食の獣ですから、理由がない限り他者を襲うことはありません。思えば、保輔様たちが襲われた際、頼政様だけが助かったのも、武器を手にしていなかったからかと」

「そ、そうか……。だが、何であれ、戦わずに済むならそれが重畳……！　どうか、どうか山へお戻りくださいませ……！」

涙目になって歓喜した頼政が、再度伊佐々王を伏し拝む。泰親もまた、頼政に突き動かされるように、自然と首を垂れていた。

それを見た伊佐々王は、もうここに用はないと判断したのか、あるいは――泰親にとっては信じられない話だが――頼政の意図を理解したのか、ゆっくりと後ろを向いた。

……いや。後ろを向こうとしたその時、ふいに伊佐々王の様子が変わった。

「ヴォオオオオオオオオオオオオオオオウ！」

昼なお暗い森の中に、再度轟く大鹿の怒声。

泰親の手にしていた笛をまっすぐ見据えた伊佐々王は、蹄で地面を数回叩いたかと思うと、角をかざして突進した。

一丈近い巨体が突っ込んでくる迫力に、泰親の呼吸が静止する。

「な――」

「伊佐々王殿っ！」

恐怖で固まってしまった泰親だったが、そこに頼政がすかさず割り込んでいた。

「泰親、お主は下がれ！　どうなさったのです？　お鎮まりください、伊佐々王殿！」

投げ捨てていた兜を拾い上げた頼政が、とっさにそれを前方に突き出すと、怒り狂った伊佐々王は、唸って兜に齧りついた。石臼のように平たい歯が、球形の鉄兜にミシミシと食い込む。

歪んだ兜をくわえたまま、伊佐々王はさらに怒り、首を大きく振り回した。鬼神の腕のように長い角が、逃げようとしていた泰親の狩衣を引っ掛けて持ち上げ、小柄な体があっけなく宙に舞う。

「あ――」

「泰親！」

頼政の悲痛な声が響く中、投げ出された泰親は巨木に背中を強く打ち付け、その場にごろんと転がった。

「う、くっ……」

強い痛みが全身に広がり、泰親の意識が薄らいでいく。

閉じていく瞼の隙間から泰親が最後に見たのは、絶叫しながら刀を拾って鞘を抜く頼政の背中だった。

泰親が目を覚ました時、目の前には大きな鹿の首が転がっていた。

茶褐色の毛並は血まみれで、四本の角のうち一本は折れている。

兜に歯が食い込んで外れなかったのか、口には歪んだ兜が挟まったままだ。ぐわっと歯を剝き出しにしたその形相の凄まじさに、泰親の全身がぞっと冷えた。

「な、何と凄絶な……そうだ、頼政様！」

「――案ずるな。拙者は無事だ」

乾いた声がぼそりと響く。その声に泰親は安堵しながら立ち上がって振り返り、そして、再び息を呑んだ。

よほどの激戦だったのだろう。新品だったはずの頼政の鎧は穴だらけで、肩を守る大袖や腰回りの草摺は失われており、その全身は血で真っ赤に染まっていた。

青ざめ、絶句する泰親の前で、頼政は力なく「安心せよ、ほとんど返り血だ」と苦笑し、伊佐々王の首へと目を向けた。「まるで」と抑えた声が響く。

「伊佐々王殿は、倒されるために向かってこられたようであった。どれだけ手傷を負わせ、太刀と引き換えに角を叩き折ってもなお、決して引こうとはされなんだ……。一度は通じ合えたと思ったのだが、なぜ向かってこられたのか……。泰親、お主はどう思う？」

「……分かりません。今回の一件で私が理解したのは、結局我々には、獣のことは分からない、ということくらいです。同族の声を真似た私への怒りが堪えきれなかったのか、あるいは……」

「あるいは？」

「……殺してほしかったのか」

「何だと……？　なぜ、そんな――」

「仲間と思っていた声の主が人間の笛だったことで絶望したのかもしれません。そして、仲間がもうこの世のどこにもいないなら、いっそ、この場で最期を迎えたいと……」

「……泰親にしては珍しい考えだな」

「私もそう思います。ただ、さっき、私に向かってきた時の伊佐々王は……いえ、伊佐々王様は、私を狙えば頼政様は手を抜かないことを、ご存じだったようにも見えました」

乱れた衣を整えながら泰親がぼそぼそと言葉を重ねる。頼政はそれに何も答えず、伊佐々王の首に向かって手を合わせ、目を閉じた。

すまぬ、と微かな声が響く。伊佐々王の死を心から悼み、自らの手で命を奪ったことを謝り続ける頼政の背中を見て、やはりこの人は優しすぎるのだな……と泰親は思い、そんな友人に刀を抜かせてしまったことに心を痛め、自らも黙禱(もくとう)した。

鉢丸たち村の鍛冶屋がその場にやってきたのは、それから少し経った頃だった。

泰親は気を失っていたので知らなかったが、伊佐々王の断末魔は村に聞こえるほどの大声だったそうで、それを聞いた鉢丸たちは、頼政たちもやられてしまったのではないかと心配になり、恐る恐る様子を見に来たのだった。

兜に齧りついたままの巨大な鹿の生首を見た鍛冶屋たちは、一様に戦慄した。

伊佐々王の首を持って帰りたいという意見もあったが、これに対しては頼政が強く反論し、頼政の気持ちを酌(く)んだ泰親も「祟りがあるかもしれないから、ここで弔うべきです」と進言したので、山に帰すこととなった。

また、鍛冶屋たちは頼政の勇猛さを口々に讃え、頼政様に合わせた鎧兜一式を宇治に送ると約束した。中でも鉢丸の感激はすさまじく、親の仇を取ってくれた頼政に涙を流して感謝を告げたが、頼政は「……ああ」と答えるだけだった。鉢丸は怪訝そうに首を傾げ、改めて伊佐々王の首を見下ろした。

「それにしても、とんでもない鹿ですね……。おらたちの作った兜を食い破っちまうなんて……。あ！」

ふいに鉢丸が目を見開いた。「どうしたのです？」と泰親が問うと、鍛冶屋の少年は興奮した様子で答えた。

「兜の新しい意匠を思いついたんです！　こんな風に、角を広げた怪物が頭のてっぺんに噛みついている兜を作れば、見た目も怖いし強そうだし、これは絶対流行りますよ！　名前は何にしようか……。頼政様、いい名前はありませんか？」

「……そうだな。ならば、鹿の神——鹿神（しがみ）というのはどうであろう」

「しがみ……いい名前ですね！　おら、お父を継いで立派な鍛冶師になって、強そうな兜をいっぱい作りますから！」

勢い込んだ鉢丸が拳を握りしめて宣言し、その言葉に鍛冶屋たちが呼応する。「これで鬼はいなくなった」「砂鉄も薪も取り放題だ！」と鍛冶屋たちが笑い合う光景から、頼政は思わず目を逸らし、じきに切り開かれるであろう霧深い森に目を向けた。

——本当に強い獣は角を持ちませんよ。

先日、泰親が口にした言葉と、この地への道中で口ずさんだ歌が、頼政の心に蘇る。

「奥山に紅葉踏み分け鳴く鹿の、声聞くときぞ秋は悲しき……か」

ぼそりと歌を口に出した頼政は、なるほど秋は悲しいものだな、と思った。

平安時代まではシンプルだった日本の兜だが、鎌倉時代以降になると、歯をむいて噛みつく猛獣を模した意匠、通称「獅噛（しがみ）」や、鹿の角を模したといわれる大きな鍬形（くわがた）などが眉庇に取り付けられるようになった。これらの装飾は時代を重ねるごとに、より派手により大きなものへと変化していく。

また、十四世紀に記された播磨国の地誌「峯相記（みねあいき）」には、かつてこの土地に伊佐々王という巨大な鹿が出たことが記されている。伊佐々王は安志（現・姫路市安富町（ひめじしやすとみちょう））の奥に棲んでいた身の丈二丈（約六メートル）あまりの鹿の王であり、その二つの角はそれぞれ七つに分かれ、体には苔が生え、目の光は日光のようで、数千の鹿を従えて人を食うなど暴虐を働いたため退治されたという。

この伝説の舞台となった中国山地には、伊佐々王の他にも異形の大鹿の伝説が幾つも残っている。中国山地は製鉄に必要な砂鉄と大量の木材を備えた土地であるため、平安時代末期以降に鉄の需要が伸びると、切り開かれる地域も広がった。中国山地に残る異形の鹿たちの伝説は、製鉄のために森を追われた鹿が人里に害をもたらした事例から生まれたものだとも考えられている。

第五話　天狗の星燃える時

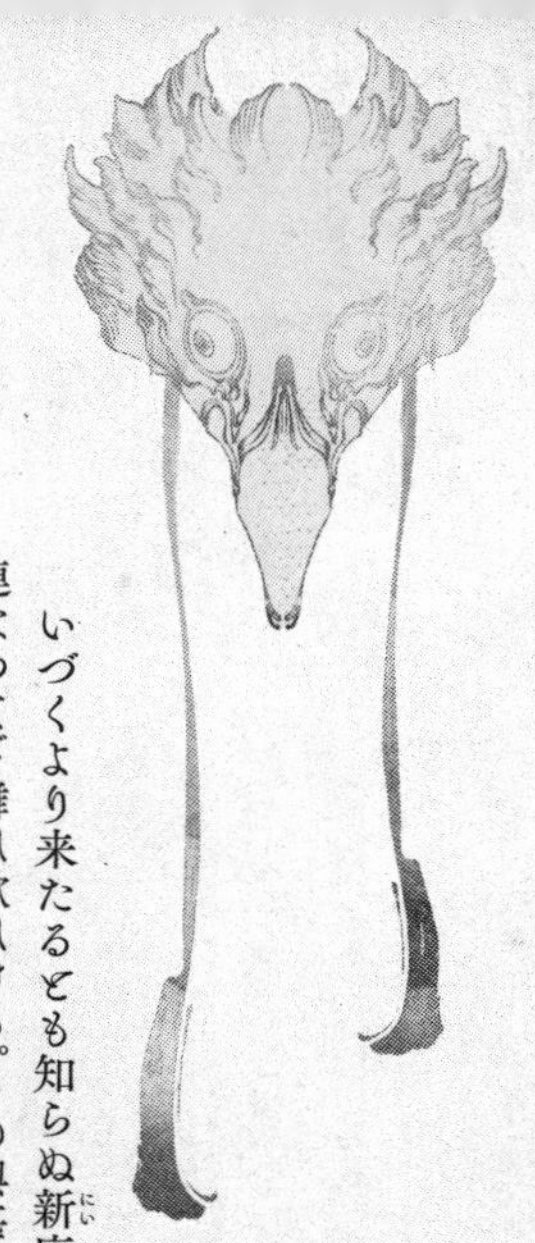

いづくより来たるとも知らぬ新座、本座の田楽十余人、忽然として座席に連なつてぞ舞ひ歌ひける。その興甚だ尋常に勝れたり。暫くあつて、拍子を替へて囃す声を聞けば、「天王寺の妖霊星を見ばや」などとぞ囃しける。或る官女、この声を聞いて、余りの面白さに、障子の破れよりこれを見たりければ、新座、本座の田楽と見えつる者、一人も人にてはなかりけり。或いは嘴勾りて鳶の如くなるもあり、或いは身に翅あつて頭は山伏の如くなるもあり。ただ異類異形の怪物どもが、姿を人に変じたるにてぞありける。(中略)燈を明らかに挑げさせて、遊宴の座席を見るに、天狗の集まりけるよと覚えて、踏み汚したる畳の上に、鳥獣の足跡多し。

(「太平記　第五巻　相模入道田楽を好む事」より)

秋の伊佐々王の一件の後、宇治に戻っていた頼政のところに、現関白である藤原忠通からの文が届いたのは、年が明けて間もなくの頃のことだった。

関白からの呼び出しは付喪神の時以来だが、今回は私邸ではなく御所の清涼殿の日御座へ参内せよとのことで、例によって用件は書かれていなかった。日御座といえば帝との謁見の間であり、殿上人以外は足を踏み入れられない聖域だ。

どうやらまた何か事件が――しかも前回より厄介で大きな事件が――起こったらしい。

不安を覚えながら京まで馬を走らせた頼政が指定された時刻に日御座へ入ると、正面に下がった御簾の手前に関白の忠通が、さらに手前には泰親が座っており、御簾の向こうには年若い男性の影が透けて見えていた。上皇である。

緊張しながら挨拶をする頼政に、関白は泰親の隣に座るように言った。頼政は深く頭を下げてから腰を下ろし、隣の泰親に小声で尋ねた。

「泰親も呼ばれておったとはな。何があったのだ？」

「私もまだ伺っていないのですよ」

抑えた声で泰親が返す。そんな二人を前にして、忠通は後方の上皇の方を一度振り返った後、姿勢を正して口を開いた。

「……率直にお伝えします。数日前、私の閨に天狗が出ました」

関白のその簡素な報告に、泰親と頼政が面食らったのは言うまでもない。

先の付喪神の時以来、天狗は事件を起こすどころか人前に姿を現すこともなく、内裏や陰陽寮では「何らかの目的を果たしたのではないか」「もう出てこないのでは？」という意見も強くなっていた。調査を命じられた泰親としても、決して忘れていたわけではないが、年末年始は陰陽師が関わる儀式が多かったため、後回しにしてしまっていた。

その隙を突かれたのかと泰親は悔やんだ。青ざめた頼政が身を乗り出して問う。

「か、関白様の――摂関家のご寝所に奴が出たと仰るのですか？　見張りや門番は何をしていたのです？」

「……屋敷の者は一様に、何も見ていないと言っております」

忠通は眉根を寄せてそう答え、「しかし、私は確かに見ました」と不安げな声で続けた。

数日前の夜、嫌な気配がして目が覚めると、灯台の光が届くギリギリのところに、鳥の面で顔を隠した僧衣の男が立っていたのだと忠通は話した。

「『愛宕山の大天狗』と名乗ったそやつは、『さる御方の命によって参上した』『もうすぐ京を大なる災厄が襲う』と告げ……そして、鳶と人が混ざったような姿に変わって、背中の翼を羽ばたかせて飛び去ったのです。信じていただけないかもしれませんが……」

いつも冷静な忠通だが、自分の記憶が信用できないのだろう、その口調は普段と比べて自信に欠けていた。泰親がきっぱりとした声で切り返す。

「関白様のお言葉を疑う道理がありましょうか。それに、奴が姿を変えて飛び去るところは、私と頼政様も確かに見ております。しかし、『愛宕山』というのは初耳ですね」

「確かに。愛宕山と言えば、修験者の修行の場と聞くが……」

「炎と雷の神、迦具土神を祀る、古くからの霊山ですからね。また、愛宕山はこの平安京にとっての神門に位置する山でもあります。艮の方角が鬼門とされるように、乾の方角は即ち神門。天狗はおそらく、自分が神か、あるいはそれに類する存在だと自称しているのでしょう」

頼政の漏らした問いに泰親が流暢な解説を返す。忠通が「なるほど」と得心すると、泰親はそちらに向き直り、整えられた眉を軽くひそめた。

「しかし、そのようなことがあったなら、なぜ即日お伝えいただけなかったのです？」

「恥ずかしながら、ただの夢だと思っていたのですよ。奴を見たと言っているのは、屋敷で私一人だけでしたから……」

「おそれながら申し上げますが、古来、夢は吉凶を告げるもの。怪しき夢を見たならば卜占でその意味を問うべきということは、関白様ならよくご存じかと思いますが」

「だからこそ秘していたのです。仮にも関白の地位にある者が、人とも鳥ともつかぬ化け物に都の災厄を予知されるなど、明らかに凶事の兆しです。そして、不吉な予言というものは、当たろうが外れようが、世に不安を招くもの……。故に、この一件は私の胸に留めておくつもりでしたが――」

そこで一旦言葉を区切り、忠通は後方の御簾に視線をやった。「申せ」と上皇が短く告げ、うなずいた忠通が神妙な声で言葉を重ねる。

「――昨夜、天狗が上皇陛下のご寝所にも現れました」

「禁中(きんちゅう)にまで……!?」

「何という不遜な……！　いや、関白様のお屋敷に忍び込めるなら、内裏に自在に出入りできても不思議ではないが――それで、奴は何を」

「私の時と同じです。名乗り、災厄が近いと告げて、異形の姿に変化して去ったそうです。しかも、私が直接確かめたところ、ここ最近、殿上人のうち何人か……少なくとも二十人近くの寝所に、天狗は現れていたのです」

「何と……！」

息を呑んだ頼政は、思わず隣の泰親を見た。泰親もさすがにこの事態は予想していなかったのだろう、元々白い肌がさらに蒼白になっている。「上皇陛下のお言葉をお伝えします」と忠通が言う。

「もはや一刻の猶予もありません。私や陛下を含めた何人もが見ている以上、奴の存在とその所業は夢でもなければ幻でもない。禁中に怪しき者の侵入を許したことが広く知られれば、朝廷の権威は地に落ちます。検非違使にも内密に調査を命じましたが、幻術を使う相手は検非違使には荷が重いでしょう。ならばこそ、貴方がたに再度命じます。五代目晴明と頼光の名に懸けて、即刻奴を捕らえ、処断なさい！『さる御方』とは何者で、奴は何を目論んでいるのか、それを明らかにするまでは、あらゆる職務よりこの件を優先するように……！」

上皇だけでなく忠通もかなり焦っているのだろう、口早な指示が謁見の間に響く。泰親は「かしこまりました」と頭を下げ、頼政も深々と一礼したものの、その胸の内では失望の声がかすかに響いていた。

天狗は都全体の災厄を予告しているのだから、王としては都の人々の安全こそをまず案じるべきではないのか。結局は自分たちの権威が優先なのか……。

そんな風にも思ってしまった頼政だったが、素直に口に出せるわけもない。二人は未だに天狗を捕まえられていないことを詫び、出来得る限り早くこの一件を解決することを確約させられた後、揃って退出した。

「……とんだことになりましたね、頼政様」

「確かに。まさか禁中の寝所に堂々と入り込むとはなあ」

清涼殿の外へと通じる回廊で、頼政は泰親の言葉に同意し、ぶるっと体を震わせた。

貴族式の建築様式は武家式のそれと比べて壁が少ないため、冬場は冷たい風がもろに吹き込んでくる。宮殿のあちこちには炭櫃（すびつ）が置かれ、炭が赤々と燃えてはいるものの、明らかに寒気に圧し負けている。

「冬の都はやはり冷えるなあ。お主は寒くないのか？」

「慣れていますから。それなりに厚着もしておりますしね」

体を縮めた頼政に見下ろされ、泰親が平然とした顔で言う。頼政が感心していると、ゴオン、とどこかで鐘が鳴った。

内裏に時を告げる鐘の音である。堂々と響く大きな音に、頼政がふと顔を上げる。

「この鐘は確か、陰陽寮にあるのだったな。平安京遷都の際に鋳造されたもので、それはもう大きいと聞いたが」

「そうか、頼政様はご覧になったことがないのですね。幅が二丈（約六メートル）、高さが二丈半（約七・五メートル）ですから、かなり大きな鐘ですよ。それを撞く撞木でさえ、直径が三尺（約九十センチメートル）もありますから……。あの釣鐘と鐘楼こそ、まさしく陰陽寮の象徴です」

どこか自慢げに泰親が言う。陰陽道の本義は、占術や化け物退治ではなく、天体観測や暦の制定にこそあると泰親が考えていることは、頼政もよく知っている。時を告げるために鐘を撞くこと、そのために時刻を計ることは、泰親にとって数少ない誇れる仕事なのだろうと頼政は理解した。

「そのように立派な鐘なら、お主の仕事ぶりとあわせて、ぜひ一度拝見したいものだが……しかし、今はそれどころではないな。まずは天狗だ」

「ですね」

泰親が短く首肯する。真剣な面持ちに切り替わった泰親は、歩きながら城壁の向こうに目をやり、「この街のどこかに奴がいるわけですから」と言葉を重ねた。

「貴人の閨に侵入しただけで、まだ何も事を起こしてはいないようですが……それがかえって不気味です。どうも嫌な予感がします」

　眉をひそめて泰親が言う。頼政は「同感だ」とうなずき、その予感が当たってくれないように祈った。

＊　＊　＊

「加速度的に広がってるねえ、天狗の噂」

　頼政たちが内裏に呼ばれた日から十日ほど後の昼下がり、泰親の屋敷にほど近い、一条戻橋の下にて。頼政と泰親を呼びつけた玉藻はうんざりした顔でそう報告し、「泰親様たちもご存じでしょうけど」と言い足した。頼政が無言で首を縦に振る。

　関白に対策を命じられたあの日以来、天狗は活動範囲を広げ、殿上人以外の寝所にも現れるようになっていた。正確に言うならば「現れた」という噂が広まり始めていた。

　夜半どこからともなく出現し、愛宕山の天狗だと名乗った上で、近いうちの災厄を予言し、鳥のような姿に変わって飛び去る。一連の行動様式こそ関白や上皇の時と同じだが、僧侶や神官あるいは商家、さらにはそう身分の高くない貴族や女官まで、天狗に遭遇したという人の身分は幅広い……という噂であり、その噂の拡大に合わせて、不安が京の町に広がっていた。

「そう顔が広くもない拙者ですら、噂を知っておるくらいだからなあ。源氏の屋敷でも、あれは鬼か土蜘蛛の生き残りか、はたまた平将門殿か藤原純友殿のような反逆者の残党か、などという話で持ちきりだ」

「でしょー。ここまで一気に広まっちゃうともう、噂の出どころも追いようがないんだよね……。夢で見ただけの奴とか、話を作ってる奴も結構いるとは思うものの、真偽の区別も付けようがないし……。自称優秀な式神としては不本意だけど、ちょっとお手上げです。ごめん、ご主人」

「無理もありません。それに、玉藻はいつもよくやってくれていますよ。どうしてそんなに頑張ってくれるんだと驚くほどです」

「おー、ありがたいこと言ってくれるじゃん。まあ、狐は恩を返すからね？」

泰親が落ち着いた表情で玉藻を労い、それを聞いた玉藻が嬉しそうににやつく。

相変わらずこの二人は仲良くやっているようだ。頼政は思わず笑みを浮かべ、そしてぶるっと体を震わせた。冬場の橋の下は空気は冷たいし日当たりも悪いので、当然ながら底冷えがきつい。

「しかし玉藻、なぜこんなところに呼び出したのだ……？」

「こんなところって何。一条戻橋の下は、安倍晴明公が式神を隠した由緒正しい場所でしょうが。ちゃんと前例を踏まえてるんだからね？」

「最近、玉藻とはここで会っているのですよ。ここは私の屋敷に近いですし、人も来ない上、川の音が邪魔してくれるので、誰かに盗み聞きされる心配もありません」

「そういうこと。逢引きには最適なんだよ、ここ」

玉藻が馴れ馴れしく泰親の肩に手を回し、小柄な体を引き寄せる。泰親は「またそういう人聞きの悪いことを」と露骨に呆れたが、玉藻の手を振り払うでもなく、頼政を見上げて話を戻した。

「それで天狗の件ですが、頼政様はここ最近何を？」

「宇治でやっていたように市内を巡察しているが、まあ、特に何が得られたわけでもない。お主の方はどうだ？　実際に天狗に会った方に会って話を聞くと言っておったが」

「継続中です。こういう事件では、当人の証言が何より大きな手掛かりになりますからね。ただ、殿上人は面会の手続きがいちいち面倒な上、実際にお会いして話を聞いても、皆様の語られる天狗の姿がかなり食い違っておりまして……。叩き起こされて脅されたわけですから、正確に記憶できないのも無理はないですが、どこまで信用していいものか」

泰親が大きく肩をすくめて溜息を落とす。げんなりした顔の泰親に、玉藻は「お疲れ様」とぞんざいに同情し、思い出したように頼政を見た。

「そうそう、忘れるとこだった。菖蒲様から頼政様あての文を預かってたんだ」

そう言うと玉藻は、橋の土台に立てかけてあった愛用の笈に手を伸ばした。

付喪神の一件以来、菖蒲はこの始終市内をフラフラしている白拍子と顔なじみになっており、頼政が京に滞在している間は取り持ってもらうことも増えていたので、玉藻が菖蒲の手紙を持ってくることに驚きはない。頼政は「いつも助かる」と礼を言って文を受け取り、丁寧に折り畳まれた懐紙を開いた。玉藻が横からそれを覗き込む。

「今日は何？　また飽きずに歌の話？」

「だから平然と人の手紙を見ようとするでない！　まあ、今更見られて困る相手でもないが……む。今回は、歌や物語のことではないようだ。近々、若菜摘みで東山に出向くので、その時に直接お会いしたいと」

「直接？　おお、やったね頼政様！　一歩進展だ！」

「『おめでとうございます』と言うべきでしょうか……？」

玉藻が大袈裟に盛り上がり、それに釣られた泰親がおずおずと続く。頼政は思わず顔を赤らめ、その上で首を左右に振った。

「あいにくだが、そういう浮ついた話ではなさそうだ。できれば泰親と玉藻も一緒に、とも書いてあるのでな」

「え。何で私たちが。……何を見せられるの？　いちゃつくところを見ろってことなら、私、ご主人残して帰るからね」

「自称式神が主を置いて帰らないでくださいよ」

玉藻に前に押し出された泰親が顔をしかめて溜息を落とす。呆れた顔の泰親は「しかし何のご用でしょう」と頼政を見たが、それは頼政にも分からなかった。

＊＊＊

宮中の年中行事の一つである「若菜摘み」は、新春に野原で常緑の小松や若菜などを採って食べるというもので、百人一首の一つ、「君がため春の野に出でて若菜つむ我が衣手に雪はふりつつ」の題材ともなっている。

頼政たち三人が、指定された日時に東山の野原の小さな東屋を訪れると、市女笠を被った菖蒲が一人で待っていた。菖蒲はまず丁寧に年始の挨拶を述べ、今日は屋敷総出の若菜摘みで、皆は先に帰ったが自分だけは残してもらった、高平太も元気で頼政に会いたがっている……とにこやかに説明した後、声をひそめて本題に入った。

「……実は先日、私のお勤めしております藤原家成様のお屋敷に、近江（おうみ）より、石山寺のお坊様が訪ねてこられたのです。藤原家だけでなく高平太様のお父上とも懇意にされている方なのですが、ここしばらく、山で修行をなさっておられたそうで……」

「ということは、最近の世間の出来事にはあまり明るくない？」

「そうなのです、頼政様。高平太様がもののけに憑かれていたと聞いて、とても驚いておられました。お坊様は、もののけ調伏の儀式のことを知りたいと仰せで、それで、儀式の場に居合わせていた私が呼ばれたのですが……天狗のことをお話ししますと、お坊様のお顔が真っ青になって……」

そこで一旦言葉を区切ると、菖蒲は戸惑った顔で一同を見回し、こう続けた。

「時に、皆様、日羅僧正のお名前はご存じですね？」

「日羅？　どこかで聞いたことがある気がするが、どなたであったか。泰親、お主は」

「覚えていますよ。東寺のご僧正で、当代きってのもののけ調伏の名手と評判を取ったお方ですよね。しばらく前に病でお亡くなりで、だからこそ高平太様の件は私のところに回ってきたわけです」

「ああ、それを聞いて思い出した。相棒の寄坐を亡くされていて、それ以降は調伏は引き受けておられなかったという方か。しかし菖蒲殿、日羅僧正がどうかされたのですか？」

「……はい。石山寺のお坊様が仰るには、どうも、日羅様が亡くなられた原因は、ただの病ではなかったそうなのです。ある朝、日羅様が起きてこられないので、お寺の方が様子を見に行かれたところ、日羅様は真っ青な顔で苦しんでおられて……『天狗が来た』と言ってお亡くなりになったのだとか」

「──何ですって？」

泰親の驚く声が小さな東屋に響き渡った。神妙な顔の菖蒲が続ける。

「おそらく毒を飲まされたのだろうとのことでした。しかも、日羅様は、『雲隠六帖の在処を知られた』とも言い残されたそうで……」

「『雲隠六帖』……!?」

頼政が大きく息を呑んで眉をひそめる。「源氏物語」の愛読者として、そして、あの夜の平等院の事件に立ち会った身としても、その名前は忘れようもない。読んだ者が必ず出家してしまうので平等院の宝蔵に封印されたと伝わる「源氏物語」の幻の巻であり、天狗が堂々と持ち去った巻子の名でもある。

「しかし、なぜその日羅僧正が天狗と『雲隠六帖』の名を……？　いや、そもそも、拙者は、天狗は平等院でのもののけ調伏の夜、初めて現れたものだと思っておりましたが……奴はその前から活動しており、しかも人の命を奪っていたということか？　泰親は知っておったか？」

「全て初耳ですよ。……まあ、隠されていた理由は分からなくもないですが」

「もののけ調伏の名人が何だかよく分からない曲者に殺されたなんて、寺と宗派にとっては醜聞でしかないもんね。てか菖蒲様、それ、私たちに話していいの？　後でお屋敷の旦那に怒られたりしない？」

「お気遣いありがとうございます、玉藻様……。ですがご安心ください。家成様も最近の天狗の噂は気にかけておられますし、泰親様と頼政様が事に当たっておられることもご存じです。お寺の体面を思うと堂々と報告することもできないので、私から伝えるように、と仰せで……」

「なるほど。そのお心遣いはありがたいが——泰親、玉藻、どう思う？」

とりあえず菖蒲が罰せられたり叱られたりすることはなさそうだ。頼政はひとまず安心し、しかめた顔を泰親や玉藻に向けた。一気に手掛かりが増えたようには思うのだが、何がどう繋がってくるのか見えてこない。泰親が玉藻と視線を交わして口を開く。

「そうですね……。石山寺は『源氏物語』の執筆地と伝わる寺院で、その総本山は東寺ですから、東寺の僧正であった日羅様が、幻の巻たる『雲隠六帖』について何かを知っていた可能性はあるでしょう。天狗が日羅僧正を襲ったのは、『雲隠六帖』の情報……おそらく、その正確な在処を吐かせるためだったのではないでしょうか」

「で、平等院の宝蔵にあるってことが分かったから、それをまんまと盗み出した——と。話は繋がるっちゃ繋がるけどさ、じゃあ『雲隠六帖』って何なの？　さすがに単なる物語じゃないよね？」

泰親の後を受けた玉藻が頼政と菖蒲に顔を向ける。「源氏物語」のことならお前らだろ、と言いたげな視線で見つめられ、頼政は困った。

「拙者らに聞かれてもなあ。やはり、紫式部殿がそんなものを書いたとは思えんし……。前にも言ったが、『雲隠』は本文が存在しないからこそ意味がある章であろう？」

「わ、私も、頼政様に同感です……。第一、物語の受け取り方は、読み手によって変わるもの……。どれほどの文才があろうと、読んだ者を必ず出家させてしまう文章など、書けるはずはないと思います」

「確かに。……でも、その方法を指南した文章であればどうでしょう？　まだ存在する可能性があるのでは？」

菖蒲の言葉を受けた泰親が、誰に尋ねるともなく問いかける。どういうことだと頼政が問うより先に、泰親は一同を見回して続けた。

「天狗がいつから活動していたのかは、今のところはまだ分かりません。しかし、奴が化けたり飛んだりという超常的な力を発揮するようになったのは『雲隠六帖』を手に入れてからですよね」

「つまり、『雲隠六帖』は、何かの指南書だか秘伝書だったたってことか」

「玉藻の言う通りだと私は思います。そして、伝説に語られる『雲隠六帖』は、読み手に強制的に出家を促す書物……。これは即ち、対象とした人物に特定の言動を――おそらくは寺院にとって望ましい行動を――引き起こす方法が記されていたことを示しているのでは？　そして、その書物の存在が、ある程度までは知られていたとしたら？　『他者の行動を操ることのできる書物が石山寺にあるらしいぞ』という噂だけが立っていたとしたら、寺としてはどう思うでしょう」

「そりゃ否定するでしょ。仏道は人を救うものって触れ込みなのに、そんな胡散臭い秘伝書なんか持ってたら評判がガタ落ちだ」

「ですよね。でも、既に広まってしまった噂はそう簡単には消せません。今の天狗の噂と同じです。消せないならば――上書きするしかない」

「……『上書き』？」

「そうです、頼政様。『そんな書物はない』と存在を否定するのではなく、『その書物は自分たちではなく、別の誰かが作ったものだ』という噂を流してしまえば、自分たちの悪名は消える。そして、ここで責任を押し付けられたのが――」

「『源氏物語』……！　紫式部殿ということか！」

頼政は大きく目を見張り、菖蒲と顔を見合わせた。

泰親の推理は大半が想像に基づく荒唐無稽なものではあったが、筋は確かに通っていると頼政は思った。

「源氏物語」は執筆当時から貴族階級に広く読まれ、高く評価されてきた物語であるが、同時に、寺院から否定され続けてきた作品でもあった。

平安時代の仏教界では、仏道の流布を目的としない創作は罪悪であり、文学とは悪質な狂言綺語に過ぎないという考え方が強く、特に「源氏物語」は、内容は全て虚偽な上、描かれているのが男女の仲の話題ばかりだとして、強い非難の的になっていた。十二世紀に仏僧・澄憲によって書かれた「源氏一品経」では、「源氏物語」は人を迷わせる悪しき存在であり、紫式部も読者も地獄に落ちると言い切られている。

寺院が「源氏物語」を反仏道的作品と位置付けていたことは広く知られていたようで、「更級日記」の作者兼語り手である菅原孝標女は、熱望していた「源氏物語」をようやく手に入れて読んだ日の夜、夢に僧侶が出てきて「そんなものより法華経を読め」と叱られたことを記している。この傾向は平安時代以降も続き、鎌倉時代の「大鏡」では、紫式部は地獄に落ちて永遠に苦しんでいるとされた。

さらに時代が下ると評価は一転し、「『源氏物語』は実は仏道を踏まえている」という見方も現れ、紫式部が観音になったりもするのだが、本作の舞台である平安時代末期では、仏教界における「源氏物語」と紫式部の評価はまだ、極めて低いものであった。

「なるほど……」と渋面で頼政が言う。

「人の心を惑わせるような危険なものを書きそうなのは紫式部殿、ということか。愛読者としては受け入れがたいが……」

「で、ですが、そう考えられるお坊様がおられることは、分かります……」

「ご賛同ありがとうございます、頼政様、菖蒲様」

複雑な顔の頼政たちを前に、泰親が軽く頭を下げる。推理が受け入れられたことに安堵したのだろう、その表情は満足そうだったが、そこに玉藻が割り込んだ。

「なんか、謎が解けた！　みたいな空気になってるけどさ。天狗の目的も素性も居場所も手口も、結局、何にも分かってないよね？」

「そ、それは確かに……。でも私、ほっとしています」

そう言って微笑んだのは菖蒲だった。訝った玉藻にそう思う理由を問われた菖蒲は、どこか申し訳なさそうに、それでいて嬉しそうに苦笑した。

「だって、泰親様のお考えの通りなら、紫式部様は、誰かの行動を左右してしまうような危険なものは書いておられないのですよね……？　私は、それが嬉しいのです。物語から受け取った感想や感激は、読み手が各々の心の中で自由に抱くべきもの……。強制的に言動を操るような物語などあってはいけないし、あるべきではないと私は思うのです。頼政様もそう思われませんか？」

「確かに……！　いや、全くもって一字一句同感でござる！　さすが菖蒲殿」

菖蒲に見上げられた頼政は一瞬はっとなり、直後、強く同意した。

菖蒲の言う通りという思いと、そういう考え方ができる人だからこそ自分は菖蒲に惹かれているのだという思いが胸の中で一気に膨らみ、菖蒲から目が離せない。菖蒲もまた、顔を赤らめながらも頼政を見つめ続けており、その距離は少しずつ縮まっていく。そんな二人を前にして、玉藻はちょいちょいと泰親を突いた。

「なんか、この前冗談で言ってた通りの展開になってない？　ご主人、後は任せた」

「だからなぜ私を置いて帰ろうとするのです」

＊　＊　＊

その日の夜の丑三つ時（午前二時頃）、一条通の源氏の屋敷の寝所にて。

ふと寝苦しさを感じて目を覚ました頼政は、暗い視界の端に、ゆらゆらと灯りが揺らめいていることに気が付いた。

不思議に思って上体を起こすと、見覚えのない灯明皿が床の上に置かれており、その小さな炎の向こう側に、男が一人、頼政を見下ろすように立っていた。

黒い僧衣を身に纏い、顔を隠すのは木彫りの鳥の面。

その姿を見るなり、頼政のまどろんでいた意識は一気に覚醒した。

「貴様！　天――」

「落ち着け、源頼政。素手で俺とやり合うつもりか」

反射的に立ち上がって身構えた頼政を、天狗が低い声でぼそりと諫める。

その言葉通り、いつも枕元に置いていている護身用の刀も、壁に掛けてあったはずの槍も、武具の類はどこにも見当たらなかった。寝ている間に隠されたようだ。頼政は己の迂闊さに歯噛みし、半歩下がって間合いを取った。

天狗は頼政を見つめながらも、尖った石をこれ見よがしに弄んでいる。この天狗が印地の――本人の言葉を借りれば「天狗礫」の――達人であることは、船岡山の廃堂で思い知らされている。頼政も素手の武術を多少たしなんではいるものの、得物も鎧もない状態ではさすがに分が悪い。

「……この屋敷にいるのが、拙者一人だけだと思っておるのか？」

「声を出して人を呼ぶつもりか？　やめておけ、無駄な死人が増えるだけだ。俺は誰も殺したくはない」

「日羅僧正を手に掛けたお主がそう言うか」

頼政がぼそりと問いかけると、天狗の面の奥の目がスッと細くなるのが分かった。

「ほう。あのことを知っていたか。……ああ、確かにあの坊主を俺は殺した。だが、あれ以来、人を手に掛けたことはないし、今後も手に掛けるつもりはないぞ？」

「それを信じろと……？　大体、貴様、なぜここへ？」

「何を驚くことがある？　百鬼夜行が決まった日にしか出られなかった時代は終わった。今や、あらゆる夜が、我ら人でないものの領域よ。どこに現れても不思議はあるまい」

「そんなことは聞いておらん！　なぜ拙者のところに来たかと問うておるのだ！　京に迫った災厄の予言か？」

「普段ならそうだと答えるところだが――」

そこで短い沈黙を挟み、天狗は「今宵は、違う」と首を横に振った。

彫りの深い烏の面の奥から暗い目が頼政をじっと見据え、抑えた声が寝所に響く。

「俺は、お前を誘いに来たんだ。源頼政」

「……何？」

予想外の言葉に、頼政は思わず問い返していた。怪訝な顔になる頼政の前で、天狗は小石を弄びながら言う。

「断っておくが、『さる御方』は関係ない。これはあくまで俺の独断で、こんな風に誘ったのも今回が初めてだ。とは言え、そう驚くこともないだろう？　お前の思想は元よりこちらに近いもの。無論、お前が罪に問われぬ手立ては教えてやる。どうだ？」

「なっ――ば、馬鹿を言うな！　代々朝廷に仕え、近衛を拝命してきた源氏の武士の志が、お主のような不埒な輩と同じなわけがあるものか！」

「ほう！　ならばお前は、皇族や摂関家は常に正しく、絶対に守らねばならないと思っているのか？　何を犠牲にしてでも守るべきだと？」

「それは――」

頼政の答がふいに途切れ、直後、はっ、と息を呑む音が暗がりに響いた。

――なぜ今、自分は、「そうだ！」と即答できなかったのだ。

狼狽し冷や汗を流す頼政を見て、天狗が「迷ったな？」と言い放つ。

「迷うのが当然だ。今の朝廷と都は完全に行き詰まっている！　法皇だ上皇だと、同族間の権力争いのために、人も時間も才能も、全てが無駄に費やされ、地方でも都の中でも不満はくすぶり続けているのに、生まれながら上に立っている連中は、それを見ようとすらしていない！　平安京の栄華よもう一度と叶わぬ夢を見続ける者、問題から目を背け、前例の踏襲を続けることが現実的なのだと思い込む者――。そんな愚昧ばかりがのさばっていては、変わるものも変わらない！」

「く……口を慎め！　言うに事欠いて何ということを……！　貴様らが朝廷の転覆を目論んでいるのなら、拙者は断じて――」

「朱雀門跡を見ただろう？」

「――何？」

「倒壊したまま放置されている、都の王城の正門……！　あれこそ、今のこの国の姿そのものだ！　右京の荒廃はいずれ左京にまで及ぶぞ。そうなった時、内裏の機能はどうなると思う？　曲がりなりにも成立していた中央集権体制が瓦解した時、この国は一体どうなると思う？　各地の荘園領主たちは武装し、自衛のためと称して侵略を始め、この国は乱世と変わることだろう！　お前はそんな世を望んでいるのか？」

「ち、違う！」

「違わないんだ源頼政！　朝廷に仕えるということは結局はそういうことなんだ！　それともお前は、死ぬまで朝廷に尽くし続けるつもりなのか？　自分たちの保身しか考えていないあの連中のため、目を閉ざし、耳を塞ぎ、身を粉にして働き続けるつもりなのか？　隙あらば勝ちを狙うのが武人ではないのか？　今のうちに手を打てば少しはマシな世にできるのに、なぜ手をこまねいている？」

「黙れ！　黙れ……！」

声を振り絞って言い返しながら、頼政は押し負けていることを実感していた。

絶対に認めるわけにはいかないが、天狗の論理に共鳴してしまっている自分が確かにいる。その煩悶を見抜いたかのように天狗はうなずき、面の眼窩を指差した。

「――俺は、かつては人であったが、今は見ての通りの天狗。天狗のこの目は猛禽の目、空の高みから獲物を見つける鷹の目だ。今、俺の目には、お前の中の不満が見えているぞ？　強くくすぶる怒りが、今の立場に甘んじていたくはないという戸惑いが――」

「黙れと言っているだろう！　お主、『かつては人であった』と申したな？　ならばお主は何者なのだ？　一体、どこの誰なのだ――！」

「――お前も知っているはずの者だ」

天狗がはっきりとそう告げた時、床の上の灯明皿の炎が揺らいだ。いつの間にか灯明皿の中の油は尽きかけており、それを見た天狗は「頃合いか」と対話を打ち切った。

「色よい返事を待っているぞ」

「待て！　逃がすと思うか！」

「お前こそ、捕らえられると思うのか？　船岡山でも俺を逃がしたことを忘れたか？」

天狗の不敵な問いかけに、組み付こうとしていた頼政の足が止まる。あの時見たものは忘れようにも忘れられるわけがない。と、その隙を突くかのように、天狗は以前にも見せた奇妙な印を組んだ。

「忘れたのなら思い出せ、再びその目に焼き付けよ！　これが――天狗の本性よ！」

堂々とした宣言とともに、天狗の姿が鳥と人が混ざった異形に変わった。

背中の羽が大きく羽ばたき、その体が浮き上がる。立ちすくむ頼政の眼前で、天狗は庭に通じる障子戸を突き破り、真っ暗な冬空へと飛び去った。

＊　＊　＊

天狗が去った後、頼政はまんじりともできないまま朝を待ち、夜明けとともに陰陽寮へ馬を走らせた。まず泰親にこそ知らせるべきだと考えたからである。

朝廷に仕える役人の中でも、時刻を司る職務である陰陽師の朝は早い。既に陰陽寮に出勤していた泰親は、息を切らして現れた頼政を見て驚き、話を聞いてさらに驚いた。

「天狗に勧誘されたという話は、私も初めて聞きましたね……」

　鐘を撞く時刻以外はひと気がないから、という理由でやってきた鐘楼の一角で、正装の泰親はひどく訝しんだ。

　二人の頭上には、先日泰親が誇らしげに語っていた巨大な鐘が吊り下がっている。平安京遷都の際に鋳造されたというだけあって古びており、なるほど凄まじい迫力だと頼政は思ったが、今は鐘に見とれている場合ではない。

「面妖なことに、屋敷の者は誰も気付いておらず、拙者が起こすまで眠りこけていた」

「それが奴の毎回の手です。私が話を聞いた方々も、皆、そう証言しておられました。何か手掛かりなどは残っていませんでしたか？」

「……すまん。奴が飛び去った後、探し回ってはみたのだが」

　頼政は力なく肩を落としたが、泰親はその答を予測していたのだろう、「そうですか」とだけうなずき、腕を組んで眉根を寄せた。

「しかし、分かりませんね……。天狗は誰かに仕えている風ではありますが、調べた限りでは、実際に動いているのは奴一人。何らかの計画があるのなら実働要員を増やしたいと考えるのは自然ですけれど、なぜそこで頼政様なのか。断られるのは目に見えているでしょうに」

「え？　そ、そうだな……」

　泰親の言葉に同意する頼政だったが、その声はどこか上擦っていた。

昨夜、天狗に勧誘された時、即座に断れず、天狗の指摘に納得してしまった自分もいたことを、頼政は泰親に話せずにいた。

勧誘されたのが自分ではなくこの利発な少年だったなら、天狗にも毅然と反論し、相手の手がかりも摑んでいただろうに……。

「……拙者は何をやっているのだろうな」

「頼政様？　いきなりどうされました？」

「え？　ああ、すまん。何の話だったかな」

「天狗が『お前も知っているはずの者だ』と名乗ったのが分からない、という話です。こっちを混乱させるための嘘という可能性もありますが、わざわざそんなことを言う理由もまた分からない」

「同感だ。しかも、考え出すと誰もかれも疑わしく思えてしまい……」

そう言いながら頼政は、鐘楼に続く石段に腰を掛けてあくびをした。昨夜、天狗に起こされてから一睡もしていないので、眠気が今更来たようだ。

石段に座り込んだまま目元を擦る頼政を、泰親は鐘の下に立ったまま物珍しげに見下ろし、その視線に気付いた頼政は顔を上げて眉をひそめた。

「どうした？　拙者の頭か冠に何か付いているか？」

「いえ、頼政様のお顔をこの高さから拝見することはほとんどないので、珍しくて」

しげしげと頼政の頭を見ながら泰親が言う。好奇心が旺盛なこの少年は、どんな状況でも見慣れないものがあれば観察してしまう癖があるらしい。頼政は「別に面白いものではないぞ」と苦笑したが、その時、泰親がはっと息を呑んだ。

泰親の細い指が頼政の冠と後頭部を摑んで固定し、猫のような瞳が頼政の側頭部にぐっと寄る。「いきなり何だ？」と戸惑う頼政を至近距離から凝視しながら、泰親は目の前の友人の名を呼んだ。

「頼政様！　昨夜、天狗と遭遇してから、顔を洗われましたか？」

「な、何？　いや、今朝方洗ったが……」

「くっ……！　なら服は着替えましたか？」

「当然であろう。夜着で陰陽寮に来られるか？」

「確かに……。ならば、髪は洗いましたか？」

「髪？　いや、軽く櫛を入れただけだが……」

もしかして身だしなみが悪いと怒られているのだろうか。泰親の意図が読めず困惑する頼政だったが、泰親はさらに謎めいた行動に出た。

「よし！」と叫ぶなり、頼政の側頭部の髪に指を突っ込んでかき回したのである。頼政は思わず「ひゃあ！」と甲高い声で叫んだが、泰親はそれには応じず指を髪から抜き、その指先をまじまじと凝視した後、ぺろりと指先を舐めた。頼政がぎょっと目を見開く。

「や、泰親……？　お主、一体どうした？　疲れておるのか？　それともどこか悪いのか？　であれば玉藻に薬でも」

「お静かに！　この香り、それにこの味は——待てよ、これは確かにどこかで……だとすると……つまり、ああ、そうか——！」

ふいに泰親が目を見開き、叫んだ。どうやら何かに気付いたらしいが、頼政にはさっぱりだ。だが頼政が「何が『そうか』なのだ」と聞くより早く、泰親はキッと頼政を見据えて口を開いていた。

「頼政様！　先の伊佐々王の件の後、播磨の鍛冶屋たちが、頼政様に合わせた鎧兜一式を送ると言っていましたね？　届きましたか？　その中に面具はありましたか？」

「今度は何の話だ……？　それはまあ、とっくに届いておるし、一式であるから当然面具も入っておったが、しかしそれがどうしたのだ」

おずおずと腰を上げながら頼政が泰親に問いかける。困惑しきった視線を向けられた泰親は、自分が興奮していたことにようやく気付いたのだろう、「失礼しました」と赤面して呼吸を整え、その上で、不敵な表情で口を開いた。

「一つ、計略があるのです」

＊＊＊

頼政の寝所を天狗が訪れ、泰親が陰陽寮の鐘楼で叫んでから数日後の夜。

平安京のどこかに設けられた地下室に、ギイ、と板が軋む音が響いた。

地下室の広さはおおよそ二丈（約六メートル）四方。天井の高さは一丈（約三メートル）ほどで、板張りの天井には空気窓の他に小さな引き戸があり、その引き戸の脇からは床に下りるための梯子が延びている。

暗い室内には、水瓶や油瓶、古びた炭櫃や桶、大小の木箱や工具などがごちゃごちゃと並び、あるいは積み上げられており、壁際のぼろぼろの几帳の手前では何らかの干物の山が酸味のある異臭を放っていた。灯台の脇に敷かれた莚には、幾つかのすり鉢や自家製の秤が置かれている。

薬師か呪術師の作業場のようにも見えるその地下室の天井の引き戸が今、音を立てながら開き、小さな松明を掲げた人影が現れた。

黒衣を纏った人影は、手慣れた様子で戸を閉めてから梯子を下り、松明の火を灯台の灯明皿の灯芯へ移す。そして黒衣の人物が松明の火を炭櫃に突っ込んで消した、その時。

「待っていましたよ、天狗。今宵はどなたの闇をお訪ねになっていたのです？」

少年らしい伸びやかな声が地下室に響いた。

その声に、黒衣の人影——天狗が弾かれたように振り返り、木彫りの鳥の面の奥の目を、声のした方向へと向ける。灯台の上の灯明皿が丸く投げかける光の中、粗末な板壁の前に立っていたのは、水色の狩衣姿の少年であった。

年の頃は十五、六。飾り気のない烏帽子を被り、双眸と鋭い眼差しは猫を思わせ、手にした扇の親骨には五芒星がくっきりと刻まれている。

伝説的な大陰陽師・安倍晴明の五代目にして、安倍家の若き氏長者である安倍泰親は、驚く天狗を真っ向から見返した上で、地下室をぐるりと見回した。

「やはり、ここが貴方の隠れ家だったわけですね。……ああ、そう身構えないでください。私は、貴方と話をしに来たのです」

「話だと……？」

「ええ。検非違使を引き連れてくることもできたのに、それをしなかった理由を考えてみてください。それに、貴方の方からも、私に聞きたいことがあるのでは？」

冷静で不敵な態度を崩すことなく、泰親が天狗に問いかける。と、礫を今にも投げつけようとしていた天狗は、泰親の言葉に納得したのか、あるいはこの部屋で事を起こしたくなかったのか、こくりとうなずいて手を下ろした。

「分かった。話には応じよう。だが、その前に――出てこい、源頼政。どうせそこにいるんだろう？」

臨戦態勢を解いた天狗が振り返りもせずに言い放つ。その呼びかけに応じる声はなかったが、泰親が「頼政様、出てきてください」と声を掛けると、几帳の後ろから大柄な武者がぬっと姿を現した。

鎧兜に身を固めているだけでなく、目の下から下顎を鋼の頰当で、首回りを喉輪で覆ったその姿を見て、天狗は冷やかすように肩をすくめた。

「これはまた……。鳥一羽相手に、随分厳めしいことだな」

「何とでも言え。これでお主の礫は通じぬぞ」

腰に下げた太刀を示し、頼政が泰親の前に歩み出る。天狗は「なるほど、確かに」とそっけなくうなずき、天井の木戸に視線を向けた。

「話は構わないが場所を変えたい。ここには、見られたくないものもあるのでな」

「平安京を大火で包むための手順書のことですか？」

「――見たのか」

天狗がキッと泰親を睨む。敵意を察知した頼政は反射的に腰の刀に手を当てたが、泰親は全く動じることもなく、天狗の問いに答えることもなく、仕方ないですね、とうなずいてみせた。

「場所を移るのは構いませんが、近場でお願いします。私たちは飛べないので」

三人は、頼政、天狗、泰親という順で梯子を上り、木戸をくぐった。

地下室を出た先は、暗く狭く湿った縁の下で、さらにそこから這い出した先は、ひと気のない廃寺の境内であった。

船岡山の裏手にひっそり佇む古びた廃寺、「虚危院」である。

月明かりの照らす境内で、天狗は錆び付いた篝火の台に松明を置き、頼政に「そう警戒するな。飛んで逃げるつもりはない」と呆れてみせた上で、泰親へと向き直った。

「それで、なぜここだと分かった？　一度は調べたはずだろう？」

「ええ。あの時は貴方に繋がる手掛かりは何も出ず、だから一時的に住み着いていただけと判断してしまっていましたが……今になって思えば、この寺は明らかに変でした」

そう言うと泰親は、階段を上った先にそびえる高床式の古寺を見上げた。

「今でこそ、ほとんどの寺院がこのような高床式ですが、かつては床を上げずに土間に直接須弥壇を置く形式が主流でした。寺院が高い床を設けるようになったのはせいぜい七、八十年前のこと。この虚危院は、二十八宿の北方を意味する名前からして、平安遷都の頃、つまり三百年以上前、都を守護するために建立されたものと考えられます。ですね？」

「だろうな。俺も詳しい由来は知らんが」

「当てにならないご回答をどうも。今も続いている寺院なら、どこかで改築された可能性もありますが、ここは放棄されて久しい廃寺で、なのに立派な高床式……。前回は壁の目張りに気を取られて観察がおろそかになっていましたけれど、平安遷都の際に建立された寺としては、形式がそもそもおかしかったことに気付いたのです。これはもしかして何かを隠しているのではないかと――」

「なるほどな。よく分かった」

泰親の流暢な解説を天狗がふいに遮った。なぜか安心したような口ぶりの天狗は、「もう充分だ」と泰親に告げ、指を絡めて印を結んだ。三度目となる奇妙な印に、頼政がすかさず身構える。

「貴様――また変化するつもりか！」

「落ち着いてください頼政様。相手が賊や獣ならお任せしますが、化け物なら陰陽師の出番です」

「しかし――」

「大丈夫ですよ。……それに、私だって、たまには貴方を庇いたい」

そう言いながら泰親は頼政を押し止め、懐から呪符を取り出した。文字とも図形とも付かない物々しい紋様が描かれた呪符を突きつけられ、天狗が失望した声を漏らす。

「陰陽師だと？　呪符だと……？　そんなものが俺に効くとでも思っているのか？」

「随分なご自信ですね。やってみないと分からないのでは？」

「くだらん！　どれだけもっともらしく飾り立てようと、陰陽術など所詮、貴族共の安心のために組み上げられた虚構に過ぎん！　今、そのことを思い知らせてくれる……！」

「私たちを手に掛けるおつもりですか？」

「安心しろ、命までは取りはしない。お前たちは貴重な生き証人だからな。――さあ、見よ、そして恐れよ……！　俺の嘴と爪で、一生涯消えぬ傷を刻んでやろう！」

印を組んだ天狗の雄叫びが夜更けの境内に響き渡る。

次の瞬間、泰親の眼前で、今の今まで鳥の面を被っていた怪人は、人と鳥とが入り混じった姿へと変貌していた。

口元は鳶を思わせる曲がった嘴となり、袖から伸びる両手はごつごつとした鱗に覆われ、五本の指の先からは尖った爪が伸びている。

鳥と人とが交じった異様な姿に、泰親の背筋がぞくりと冷えた。

同時に、天狗は背中の羽をはばたかせて一気に泰親との距離を詰め、勝ち誇るように一声鳴いた。

「はっ、ご自慢の呪符はどうした？　お前の負けだ、陰陽師！」

高らかな宣言が境内に轟く。そして、肉を摑んで引き裂くことに特化した形状の嘴と爪が、泰親の首と胸元にざくりと突き刺さ――。

「――起きぬか！　しっかりしろ、泰親！」

耳に届いたその声に、泰親の意識は覚醒した。

はっ、と深く息を吸った泰親は、鎧兜を纏った偉丈夫（いじょうふ）が自分を抱き留めていることに気が付いた。鼻から下を頬当で覆った頼政が、不安な顔で泰親を見下ろす。

「大丈夫か？　拙者が分かるか、泰親？」

「ええ、おかげさまで……。それより頼政様、今、私はどうなっていました？」

頼政に立たせてもらいながら泰親が問う。頼政は、自分でも信じられない、と言いたげに頭を振り、抑えた声をぼそりと発した。

「天狗が気合を発した途端、お主は呪符を取り落とし、意識を失ったのだ。拙者が抱き留めなければ、地面に転がっていただろう……。お主には、何が見えていたのだ？」

「それはもう、予告された通りの光景です。天狗があの鳥人の姿に変わり、爪と嘴で私を引き裂こうとするという……。頼政様には、見えなかったのですね？」

「——ああ。全て、お主の言った通りであった」

「ありがとうございます。これで実証できました」

そう言いながら泰親は鋭い視線を前方へ向け、天狗を——鉤爪状の刃物を手にした僧衣の怪人を——まっすぐ見据えた。天狗の顔は面で覆われているので表情は見えないが、その体は小刻みに震えており、動揺しているのが明らかだった。

「ば、馬鹿な……。どういうことだ、安倍泰親……！」

「無論、晴明公秘伝の陰陽術です……と言いたいところですが、そんな摩訶不思議な術などこの世に存在しないことは、貴方も良く知っているはず。まず一つ、頼政様が昏倒しなかった理由ですが、言ってしまえば単純な手です。頰当の内側に、鼻と口を覆うように、目の細かい薄布を張ってあるのですよ」

「布……？」

「ええ。特殊な香を吸わせて一時的に昏睡させ、指定した内容の夢を……そう、あたかも、目の前の仮面の男が鳥の化け物に変貌したかのような夢を見させる。それが貴方の術の種なのでしょう？　我々が香で衣に香りを付けるように、貴方の僧衣には、特製の無臭の香が仕込まれているのでしょう？　だったら対策は簡単です。吸わなければいい！」

「あ——」

天狗が絶句し、手にしていた刃物を取り落とす。その反応が期待通りだったのだろう、泰親は満足そうにうなずき、一方、頼政は「信じられん……」とつぶやいていた。天狗を見据えたまま泰親はさらに続ける。

「貴方は私と頼政様の前で最初に変化してみせた際、これからどのような姿に変わるかを詳細に解説し、今は『嘴と爪で傷を刻む』と具体的に予告した。あれは夢の内容を指定していたのですね。貴方の術に掛かった者は、短い間だけ昏睡し、指定された内容の夢を見た後に目が覚める。自分が昏睡したことも、夢を見ていたことにも気付かないまま……。実に優れた技術です」

「なぜ……気付いた……？」

「きっかけは皆様から集めた証言でした。貴方に闇に侵入されたという方々に直接会って、見聞きした内容を事細かに聞いてみたところ、天狗の姿が食い違っていました。ある方は全身が羽毛で覆われていたと仰いましたし、ある方は首から上だけが鳥だったと言う。その他、服は着ていたか、手首は人の肌だったか、足先は、履き物は、翼の色や形状は……？　聞けば聞くほど、天狗の姿は多種多様でした。複数の個体が存在していたと強引に解釈できなくもないですが、同じ時刻、同じ場所に居合わせた方たちでも証言が食い違うとなると、これはもう明らかに異様で、幻を見ていたと理解するよりない――というわけです。この齟齬はおそらく、貴方の意図したものではありませんよね？」

「ぬ……！」

「……お主の術は、人なら誰でも持っている力――想像力を利用したものだったのだな、天狗よ。実在しないものや見たことのないものでも、聞いたり文章で読んだりすると、人は、その姿を思い浮かべずにはいられない……」

　歯噛みした天狗に向かって頼政が言う。

　十年に一度だけ現れる女の顔の大海蛇、朱雀門跡を闊歩する器物の怪異、霧の中から現れる鬼神……。人がありえないはずのものを自然と思い浮かべ、時に見てしまうことは、ここしばらくの間に関わった事件を通じてよく知っている。だが、その性質をこんな風に悪用する技術が実在することを、頼政は未だに信じきれていなかった。

　黙り込んだ頼政に続いて泰親が再び口を開く。

「各々の想像力に起因した夢を見せる以上、複数の人間に完全に同じものは見せられず、また、昏睡状態を引き起こす香を吸わないものがいたなら、状況を客観的に観察されてしまう……。それが貴方の術の弱点だと、私はそう考えました。なので」

「――あ！　まさか、貴様、あえて俺の術に掛かったと言うのか？　自分の体で試し、それを頼政に観察させたと……？」

「比較と観察は全ての基本だと、かの清姫様も言っておられましたからね」

　しれっとうなずく泰親である。「拙者は反対したのだがな」と頼政は聞こえよがしにつぶやいたが、泰親はあえてそれを聞き流して話を続けた。

「実を言うと、術のからくりはしばらく前から見当が付いていたのです。ただ、それを共有できませんでした。貴方の術の怖いところは、『術を掛けられた当人が、そのことに気付けない』という点にあります。私が推理を披露した相手が、当人も気付かないまま貴方にべらべら話していたらすぐに手を打たれてしまいますし、何なら私自身も信用できない。となれば、なるべく早く貴方を押さえるしかなかったわけですが、居場所を絞り込む手掛かりがなく……。八方塞がりかと思っていましたけれど、貴方と頼政様のおかげでここを突き止められました。そういう意味では感謝しています」

「……どういう意味だ」

「貴方が頼政様の寝所を訪ねた翌朝、頼政様はそのことを真っ先に私に知らせてくださいました。その時、頼政様の御髪に、ほんのわずかですが灰色の粉が付いていたのです。何の匂いもしませんでしたが、舌に乗せるとかすかな酸味があった……。あの色と味には覚えがありました。そう、この寺にびっしり生えているその茸です」

そう言うと泰親は天狗の後方、虚危院の縁の下を指差した。

縁の下の湿った土には、潰れたような形状の灰褐色の茸がそこら中に生えている。泰親の言葉を聞いた天狗は「馬鹿な」と絶句し、面の奥の目を見開いた。

「そんな方法でこの場所を特定したと……？」

「最近、調薬にも手を出していましてね。珍しい茸だと思ったので採集しておいたのが功を奏したわけですが……しかし、正直、失望しました。私は一時、貴方が、本当に変化しているのではないかと思っていたのですよ？　何しろこの目で、しかも頼政様と一緒に目撃したのですから。なのに、ただ茸で眠らせて幻覚を見せているだけだったなんて！　夢を見ていると気付かせないのは大したものだとは思いますが、それでもやはり夢は夢。所詮は幻にすぎません。実にがっかりです」

　本当に失望しているのだろう、泰親が大きく頭を振って肩をすくめ、溜息を吐く。天狗は何も言い返せず、ただ悔しげに歯噛みした。

　この時代、一部の茸が人の精神や言動に作用することは既に広く知られていた。本作とほぼ同時代に編纂された「今昔物語集」には、マイタケと呼ばれる茸を食べた尼僧たちが大笑いして寺から出てくるという話が収録されている。なお、ここで言うマイタケとは、現在のワライタケかオオワライタケのことだと考えられている。

「もっとも」と泰親がさらに続ける。

「採取しておいた茸を干していぶしたり、粉にして吸ったりしてみても、ただ一時的に朦朧とするだけでした。何かしらの成分を混ぜて加工していますね？」

「お前、自分の体で試したのか……？」

「他に誰の体で試すというのです？　その加工法自体や使い方は優れたものですが、でも、それも貴方が見つけたものではありませんよね。おそらくは貴方が宝蔵から奪った『雲隠六帖』に、その調合法が――」

「もういい！　黙れ！」

　ふいに響いた一声が、泰親の語りを遮った。面の中の双眸が、眉をひそめる泰親と、その傍らの頼政をじろりと見据え、苛立った声が境内に轟く。

「黙って聞いていればべらべらと……。俺は天狗だ！　人でもあり鳥でもある、空を自在に飛翔する化け物だ！」

そう叫ぶなり、天狗は僧衣の袖から何かの粉を摑み出して振り撒いた。だが、泰親が左手の袖で鼻と口を押さえ、扇を広げて強く仰ぐと、粉はあっけなく散った。「無駄ですよ」と泰親が乾いた口調で告げる。

「効果の強い粉末なのでしょうが、対処法は同じです。吸わなければそれでいい……。結局それしか手がないのなら、貴方はもう負けたということですよ」

「だま――」

「いいえ、言わせていただきます！　貴方には私たちの口を封じる手段はもうありません！　私たちを始末しても、私たちが朝までに戻らなければ検非違使別当の藤原実能様に手紙を届け、ここを焼き払ってもらうよう、有能な式神に頼んであります。無論、手紙にはこの場所や貴方の手口が詳細に記されている。詰んだのですよ、貴方は！」

「黙れと言っている、人間風情が！」

いつの間にか手にしていた尖った小石を、天狗が怒りに任せて投げる。泰親の眉間を狙ってまっすぐ飛んだその石はしかし、すかさず割って入った頼政の鎧に弾かれた。

カン、と高い音が虚しく響く。

焦った天狗は必死に礫を投げ続けるが、鎧に身を固めた頼政には全く効かない。頼政は泰親を庇いながら、「哀れな……」と心の中でつぶやいていた。以前この場で相対した時はとんでもない強敵と思えたのに、今目の前にいるのは、ただの焦った無力な男だ。

「もう止めよ、天狗。お主の素性も分かっているのだ……！」

「な――何？」

「……お主は、その存在すら秘されていた『雲隠六帖』を、迷いなく平等院の宝蔵から盗み出した」

「つまり天狗の正体は、『雲隠六帖』が実在し、それに幻を見せる術が記されていると確信していた人物です。そしてもう一つの条件が、日羅僧正に恨みを抱いていたこと」

と、その名を泰親が口にした途端、天狗の様子が一変した。立ち尽くしたまま「日羅……」とつぶやくその声の迫力は凄まじく、頼政は思わずぶるっと震えたが、泰親は淡々と言葉を重ねた。

「貴方は意外と誠実でした。頼政様に告げた『お前も知っているはずの者』というのは、決して嘘ではなかったわけですからね。……そう。私も頼政様も、直接の面識こそありませんが、貴方のことを知っていた」

「貴様、俺を誰だと――」

「寄坐ですよね？　もののけ調伏の名手として知られた日羅僧正に重用され、心身に異常をきたして亡くなったという若い僧侶、それが貴方の正体です。違いますか？」

泰親がきっぱりと言い放つと、天狗は、はっ、と大きく息を呑み、そしてぴたりと静止した。

その反応だけで充分だ、と頼政は思った。

泰親の推理を聞いた時はまさかと思ったが、どうやら間違いないようだ。

「……お主のことは調べさせてもらった。悲田院育ちの孤児だったお主は、日羅僧正に引き取られて『太郎坊』と名付けられ、寄坐として振る舞う術を仕込まれたのだな」

「日羅僧正の調伏が評判を取ったのは、もののけに憑依された寄坐の変貌ぶりゆえだったとか。日羅僧正は、儀式に用いる香に、例の茸を使っていたのでしょう。迫力が出るのも当然です。茸を利用した昏睡と幻覚の誘発が、調伏の儀式のために考案された技術だったのか、別の用途のための技術を応用したのかまでは存じませんが、ともかく日羅僧正は、貴方が今、用いている技術を常用されていたはずです。……貴方はさぞ辛かったことでしょう。もののけを実際に目撃し、それに取り憑かれては退治される……。そんな芝居を――貴方にとっては実体験を――繰り返す中で、貴方の心身は蝕まれ――」

「――ある日、体が動かなくなった」

泰親の解説に割り込むように、天狗がぼそりと声を発した。

押し黙った頼政と泰親が見守る中、天狗は松明を放り込んだ篝火に歩み寄り、そうだ、と深くうなずいた。

「日羅の香は実に大したものだった……。何の匂いもしないのに、あれを吸い込みさえすれば、『今そこにもののけがいる』と言われただけでもののけが見え、『お前にもののけが憑いた』と言われると、本当に何かが俺の体に入り込んできた！　だが、俺の体は次第に香に慣れ、吸わされる量も増えていき……ある日、体が動かなくなった。白目を剝いて固まった俺を、僧正や寺の連中は死んだと思い込み、そこの船岡山に捨てたんだ」

「……だが、貴方はまだ生きていた」

「そうだ。そうだ！　屍と墓標だらけの荒れ山の上で、俺は真っ暗な空をただ見上げ——その時、空を大きな流星が横切った！　天狗だ……！　と俺は思った」

「天狗が流星の異名だということをご存じだったのですね」

「貴族や皇族の怨霊に憑かれたように振る舞うために、知識は詰め込まれていたからな……。尾を引いて飛んでいく星を見ながら、俺は願った。あれが落ちてくればいいのに。都に落ちて全部燃えてしまえばいいのに……と。そう祈っているうちに、気付けば体は動くようになっており——」

「かくして、貴方は天狗として活動を開始した」

「その通りだ。『妖霊星（ようれぼし）』の加護を受けた俺は、人の身を捨て、魔性に——天狗に成ったのだ！」

　泰親の言葉を受けた天狗が堂々と胸を張る。聞き慣れない星の名に、頼政が「妖霊星？」と首を傾げると、泰親は「自分自身の信仰を作り出したんでしょう」と抑えた声でつぶやき、顔を伏せた。

　いたたまれない気持ちになる二人とは対照的に、天狗は誇らしげに、あるいは開き直ったように、自身の為してきたことを語った。

　流星のようにまっすぐに空を飛ぶ存在——鳥を模した仮面を作って顔を隠した天狗が

真っ先に襲ったのは、自分自身を使い捨てた日羅だった。

復讐のため、そしてあの香の調合法を手に入れるため戻ってきた天狗に日羅は怯え、香の調合法が「雲隠六帖」の名で呼ばれた巻子に記されていること、それが平等院の宝蔵のどこに収められたのかまで事細かに白状させられた後、毒殺された。

その後、天狗は、宝蔵から「雲隠六帖」を盗み出しつつ、自分の名を貴族と高僧たちに知らしめ、さらに日羅が密かに茸を栽培していたこの廃寺を見つけて根城とし、充分な量の香が確保できるのを待って、本格的に活動を開始したのであった。

全く悪びれない独白を聞いた頼政は、「おおむね、お主の推理通りだったな」と泰親を見やり、その上で天狗に向き直った。

「ならば、お主の言っていた『さる御方』とは……」

「もう気付いているのだろう？　そんな奴は初めから存在しない。政争に慣れている連中は、黒幕の存在を示唆してやると、勝手に疑心暗鬼に陥るからな」

「やはりそうであったか……。しかし……なぜこのようなことを？」

悲痛な声で頼政が問う。

頼政は既に、目の前の仮面の男に深く同情し始めていた。その所業は決して許されるものではないが、もののけに取り憑かれたと思い込んだ貴族たちを、ただ形の上で安心させるためだけに心身を摩り減らし、使い捨てられた男のことを、頼政はどうしても憎み切ることができなかった。

頼政に比べると泰親はまだ冷静だったが、やはり複雑な気持ちではあるようで、その面持ちはどこか沈痛に見えた。

「地下で平安京の絵図を見ました。どんな風向きの日に、どこで火を放てば都を焼き尽くせるかが書き込まれた、あの絵図を……。あれが貴方の最終目的なのですか？　なぜあのようなことを目論むのです？」

「国の転覆や乗っ取りと言えば安心か？　だが、あいにく俺には、そんな野心はない」

「ない……？」

「そうだ！　あるわけがない！　あの日願った流れ星は――天狗は――都に落ちてくれなかった！　ならば、天狗となった俺が自分で燃やすしかないだろう？　それだけだ」

「お主、何を言っているのか分かっておるのか？　都を焼けば、そこに住まう何万人もの家や命が失われるのだぞ？　お主のように不運な目に遭う者が増えるだけだぞ！　それを敢行するというのなら――やはり、お主は止めねばならぬ……！」

「そう思うか！　ならば頼政、なぜあの時俺を否定しなかった？」

「な――」

「お前も俺と同じく、こんな都も国も一度滅ぶべきだと、心の中でそう思っているのだろう？　だから迷ったのだ！　だから揺らいだのだ！　そうだろう源頼政！」

天狗が矢継ぎ早に投げかける鋭い問いに、頼政の呼吸が一瞬止まる。口ごもり、目を逸らしてしまった頼政を、隣に並んだ泰親がちらりと見やった。

「——頼政様。今のお話は」

「すまぬ。真だ……。先日、天狗に勧誘された時、拙者は即座に断ることができず……そして、それをお主に告げることもできていなかった……。自分の弱さを、迷いを、お主に知られることを恥じたのだ！　何と情けない……！」

顔を伏せた頼政が自分を責める。だが、その告白を聞いた泰親は、頼政を蔑むでもなく、呆れるでもなく、ただ抑えた声で「迷って当然ですよ」とつぶやいた。

面食らった頼政はその言葉の意味を問おうとしたが、そこに天狗の声が割り込んだ。

「源頼政。今一度乞う！　俺に力を貸せ！」

「何……？」

「俺と組めと言っているんだ！　都を、国を正したいと思うなら、取るべき道は一つのはず！　あの夜お前が迷い、今も迷っているのは、俺こそ正しいということを、お前の心が既に知っているからではないのか？」

「ち……違う！　拙者は——」

「ならばなぜ迷う？　ならばなぜ俺を斬らない？」

頼政を味方にしたいというのはおそらく本心なのだろう、前のめりになった天狗が必死に言葉を紡いでいく。だが、頼政の心がぐらりと揺らぎそうになったその時、黙っていた泰親が口を開いた。

「——頼政様。たとえ、どんな道を選ばれようと、それは貴方がお決めになること。私が口を挟んでいい道理はありません。ですから、今から申し上げるのは、私の身勝手な願望……。言ってしまえば、我儘です」

そう言って自嘲しながら、泰親は頼政に向き直った。猫を思わせる鋭く大きな双眸が鎧兜に包まれた長身を見上げ、真摯な声が夜更けの廃寺の境内に響く。

「私とて、今の朝廷に問題がないと思っているわけではありません。王朝という仕組み自体がどうにもならないところまで来てしまっていることも、薄々理解しています。ですが、何百年と続いてきた仕組みが一気に瓦解すれば、不要な混乱がやってくるのは目に見えている……。私は、国の仕組みが変わるにしても、なるべく静かな推移を望みます。そして、できれば、そこに貴方も巻き込まれてほしいし、一緒に足搔いてほしいと、私は切に願います」

普段の流暢な早口とは違い、一語一語を嚙み締めるようにゆっくりと泰親は語り、最後に「貴方の友人として」と言い足した。

照れくさそうなその物言いに、頼政は思わず微笑し、そして一呼吸置いてから深く頭を下げた。

「――ありがたい。拙者は本当に、いい友を持った……！」

頼政が短い感謝の言葉を口にする。それを聞いた泰親ははっと顔を輝かせ、天狗が「源頼政！」と叫んだ。

「貴様！　自分に嘘を吐くのか？」

「違う！　確かに拙者の中にも、今の都など全部崩れ去ってしまえばいいという思いはある……。だが、泰親に諭されて気付いたのだ。そんな思いに流されたくない拙者も、拙者の中には確かにいると！　この都には泰親がいる、玉藻もいる、それに菖蒲殿もいる……！　内裏に愛想を尽かしているのも拙者なら、愛しい人たちが住まう町を守りたいと思うのもまた拙者！　迷っているのが拙者という人間なのだ！」

「開き直るつもりか……？」

「そうだ！　優柔不断で大いに結構！　だが、決めたこともある……！　天狗、いや、太郎坊！　拙者がお主に与することだけは絶対にない！　お主はここで捕らえ、その身を検非違使に引き渡す！」

泰親を庇うように歩み出ながら、頼政は力強く宣言した。

さらに頼政が「無論、関白様や上皇様には、お主の事情を余すところなく伝え、出来る限りのご配慮を乞う」と言い足すと、天狗は一瞬押し黙り、ややあって、ぺたんとその場に座り込んだ。

「……俺の負けだ」

両脚を地面に投げ出した天狗は、仮面越しに二人を見上げて言い放ち、「俺にも、相棒がいれば良かった」と付け足した。それを聞いた頼政と泰親は、思わず視線を交わし、どちらからともなく笑みを浮かべた。

「どうやらこれで一件落着のようだな、泰親」

「そうですね。玉藻に持たせた文も無駄に——」

と、泰親がそう相槌を打とうとした、その時だった。

「泰親様！　頼政様！」

よく通る女性の声が暗闇の中から響き渡ったかと思うと、裸馬にまたがった白拍子が都へ通じる道の奥から現れた。玉藻である。

境内に走り込んできた馬の上で、汗だくの玉藻は手綱を引いて馬を止め、ぽかんとしている泰親たちに向かって叫んだ。

「何ぼーっとしてるの二人とも！　内裏が大火事だよ！　陰陽寮が丸焼けだって！」

息を切らした玉藻のその報告に、頼政と泰親は同時に南西の内裏の方角に目をやった。

ここからだと船岡山が邪魔だが、その山の輪郭を示すように地平が赤く染まっている。山の向こうで——平安京で——火の手が上がっているとしか思えないその光景に、頼政たちは絶句し、同時に、座り込んでいた天狗が歓喜した。

「やった……！　燃え移った、い、燃え移った……！」

高らかな宣言とともに天狗が勢いよく立ち上がる。

「燃え移った」とはどういう意味だ。都を燃やそうと目論んでいた天狗はここにいるのに、なぜ内裏が燃えている……？　困惑する頼政たちの前で、天狗は篝火に刺してあった松明を取り、廃寺の階段を駆け上がって叫んだ。

「俺の勝ちだ！　天狗の勝ちだ！　俺の同志がやってくれた……！」

「そうさ！　まさか源頼政、お前、『俺が誘ったのはお前が初めて』という言葉を信じていたのか？　さてはお前、自分だけが選ばれたと思って優越感を覚えていたな？」

「貴様……！」

「落ち着いてくださ い頼政様！　天狗、貴方は、一体何人を勧誘したのです？　そのうち何人が貴方に同調したのです……？」

「そんなもの覚えているはずがない！　計画を教えてくれと言ってきた奴もいる、俺ならこうすると提案してきた奴もいる……！　貴族も坊主も神官も、男も女も年寄りも！　この都はな、潜在的な天狗だらけの町なんだ！」

よほど嬉しいのだろう、天狗が松明を振り回してゲラゲラと笑う。その姿を見上げながら、頼政はぞくりと悪寒を覚えた。

天狗の計略もだが、目の前の怪人の言葉を否定できないことが怖かった。

関白のやり方に苛立っていた検非違使別当の藤原実能や、泰親に対して強い敵意を抱く高階通憲など、現状の体制に不満を持つ者は貴族の中にも少なからず存在することを、頼政はよく知っている。

いや、上から下まで、現状に不満を持たない者など、おそらく存在しないのだ。

無論、大多数の人々は、そんな不満を押し殺しながら生きている。

だが天狗にそれを刺激され、そして自分の犯行だと気付かせない方法まで教えられたなら……どれだけの人間が自制を続けられることだろう……？

「貴様、何ということを——！」

怒声を上げた頼政が腰の刀を抜き放つ。だが天狗は、素手だというのに怯える気配はまるでなく、松明を逆手に持ち直した。

「天狗の炎はもう、この世にしかと焼き付けた！　大天狗太郎坊、あの世の高みより、都が滅ぶ様を見せてもらうぞ！」

そう言うなり、天狗は燃え盛る松明から太く尖った枝を摑み出し、炎の揺らめくその先端を、自分の胸へと突き立てた。

胸板から血が噴き出し、黒い僧衣が燃え上がる。

しまったっ、と大きく叫ぶ頼政。

泰親が顔をしかめ、玉藻が息を吞む。

三人が見据えた先で、炎に包まれた天狗は大笑しながら階段を転げ落ち、境内に大の字になって転がった。

「見える……！　妖霊星が見えるぞ！　ほら、もう、今、そこに、都に、落ちて——」

感極まった声が荒れ果てた廃寺に響き渡り、それきり天狗の声は途絶えた。

最後まで素顔を明かさず死んでいった天狗の亡骸を前にして、頼政は抜いたばかりの刀を地面に突き立て、くそっ、と唸る事しかできなかった。

大治二年（一一二七年）二月某日に大内裏を襲った火災は、都を守護する施設であったはずの陰陽寮をも巻きこんで広がった。

平安京遷都の時に造られ、陰陽寮の象徴であった巨大な釣鐘はこの時に焼損し、人々はその損失を激しく嘆いたという。

これと前後するように都で広く語られ始めたのが、「天狗」という名の魔物だった。従来は流星や山の精霊のものだった天狗の名は、仏法を憎み、兵乱を愛し、幻で人々を誑かす鳥型の魔物を意味するようになり、王朝時代を代表する魔物が鬼やもののけであったように、天狗は中世を代表する怪異としてその地位を確立していった。

戦乱を好む魔物である天狗たちは、武士の時代になるとなお存在感を強めた。「太平記」によれば、当時の執権であった北条高時の宴席に天狗が交じり、「妖霊星を見たいものだ」と謡って踊ったという。妖霊星とは天下が乱れる時に現れる星であり、この天狗の発言は鎌倉幕府滅亡を予言したものとされている。

そんな天狗たちの代表格とされたのが、炎を操る愛宕山の大天狗・太郎坊であった。

本作の時代から半世紀後、安元三年（一一七七年）の四月二十八日の夜、平安京を大規模な火災が襲った。左京から発生した炎は狙いすましたように風に乗って広がり、洛中の三分の一の面積と、大内裏の主要な建造物を焼き尽くした。正殿を失った朝廷の権威は完全に失墜し、平安時代を通じて最大の被害を出したこの大火を、人々は「太郎坊天狗の仕業だ」と恐れ、誰言うともなく「太郎焼亡」と呼んだという。

＊＊＊

内裏と陰陽寮を襲った火災は、丸一日燃え続けた後、ふいに降り出した雪のおかげでようやく収まった。だが、この火事が天狗に同調した何者かの仕業なのか、あるいは偶然起こった事故なのかは、結局分からずじまいだった。

そして火災から数日後のある晴れた日、頼政と泰親は、玉藻とともに、再び虚危院を訪れていた。「雲隠六帖」の捜索のためである。

天狗の起こした一連の事件とその顚末について、泰親は既に関白への報告を済ませていたが、天狗が用いた術の種と「雲隠六帖」のことは伏せていた。

「瞬時に意識を奪うだけでなく、望んだままの幻覚を見せる……。確かに素晴らしい技術ですが、これはあまりに危険すぎます。その存在が知られたら間違いなく悪用される」

というのがその理由で、これには頼政や玉藻も同意していた。

三人は、焼け焦げたまま境内に転がっていた天狗の遺体を船岡山に埋葬した後、廃寺を探索し、やがて地下室で見覚えのある巻子を発見した。

うっすらと雪の残った境内で、頼政は「雲隠六帖」を持つ泰親に、もったいなさそうに問いかけた。

「……やはり、燃やしてしまうのか？」

「見ないまま焼くのが最善だということは、頼政様も賛同してくださったではありませんか。私も一目見てみたい気持ちを必死に抑えているのですよ」

「分かった分かった。もう言わぬ」

「見たいって気持ちは隠さないのが泰親様らしいねえ。じゃ、焼きますか」

焚火を起こしていた玉藻が泰親に向かって手を差し出す。泰親が巻子を手渡すと、玉藻はそれを火中に放り込む……と思いきや、なぜかしっかり握りしめ、泰親たちからすっと距離を取った。

「玉藻？　何を――」

「ごめんね、泰親様」

泰親の問いかけに玉藻の謝罪の声が被さる。外術使いの白拍子は、目を瞬く泰親と、その隣にぽかんと立つ頼政を焚火の煙越しに見やり、どこか寂しそうに自嘲した。

「ちょっと前、どうしてそんな頑張ってくれるんだって泰親様が聞いたでしょ。あの時は恩返しだとか言ったけどさ」

「……本当の狙いは『雲隠六帖』だったということですか」

「またそうやって先読みするー。……でもまあ、うん。そういうこと。天狗がこれを手に入れてから化けるようになったって知った時、私はすぐに、『雲隠六帖』が幻術の手引書だって気付いて――それで、『見たい』『欲しい』って思ったんだよね。どんな光景でも見せられる技術なんて、外術師にとっては喉から手が出るほど欲しいものだから。商売の種としても、生きていく上で身を守る手段としてもね」

　そう語る玉藻の口調は明るくあっけらかんとしたもので、顔にも笑みが浮かんでいたが、そこには泰親を騙して利用したことへの罪悪感がはっきりと滲んでしまっていた。少なくとも頼政にはそう見えた。「ごめん」と玉藻が肩をすくめて続ける。

「式神やってるのは楽しかったけど……でもさ、やっぱり私は貴方たちとは住む世界が違うんだよ。じゃあね」

「待て玉藻！」

　ひらひらと手を振る玉藻に向かって、頼政は思わず叫んでいた。

　ここで呼び止めるのは自分ではなく泰親であるべきだと分かってはいたものの、泰親はただじっと玉藻を見たまま口を開こうとしないのだから仕方ない。泰親の横顔をちらりと見た後、頼政は玉藻に向き直り「待て」と繰り返して呼びかけた。

「お主、このまま去るつもりか？」

「悪い？　言っちゃ何だけど、私は仕事はちゃんとやったよ。お二人への恩はきっちりお釣りを付けて返したつもりだし、もう貸し借りは残ってないよね？」

「それは――いや、そういうことではなくて……！」

「じゃあ何？　力ずくで止めるっての？　そりゃ力じゃ敵わないけど、私だって、九尾の狐の名を着せられた外術師だ。そう簡単にはやられないよ？」

　握り締めた巻子を胸に押し当てながら、玉藻が挑発的に微笑む。その露悪的な口ぶりに頼政の胸がぐっと痛んだその時、泰親が口を開いた。

「――悪用しないと誓ってください。あと、みだりに他人に術を教えないことも」

普段は饒舌な少年とは思えない、短い言葉が静かに響く。その申し出が意外だったのだろう、玉藻はきょとんと目を見開き、少し間を置いてからおずおずと尋ねた。

「え。それだけ……？　もし『分かった』って言ったら……？」

「私は何も見なかったことにします。頼政様がどうご判断されるかは分かりませんが」

「いや、泰親がそうすると言うなら、拙者も合わせるが」

「感謝いたします」

頬を掻いた頼政に泰親が軽く頭を下げる。緊張感のないやりとりに玉藻は怪訝な顔になり、目を丸くして問いかけた。

「え。え？　まさか二人とも、本気で私を信じて逃がすわけ……？　逃げ切る手段とか色々考えてたのに……。いいの、頼政様？」

「まあ、知らぬ相手なら止めるだろうが、玉藻だからなあ。優しくてお人好しなお主のことだから、悪用はできまい」

頼政がそう言うと玉藻はかあっと顔を赤らめて口ごもり、泰親に視線を向けて「泰親様は……？」と小声で聞いた。

「一言約束しただけの相手を逃がしちゃっていいと思ってるの？」

「だって、貴方は嘘を言わないのでしょう？」

泰親が寂しそうな微笑を湛えて問い返す。泰親のその言葉に、頼政は、玉藻が事あるごとに口にしていた言葉をふと思い出した。

――信じなさいよ。私は嘘は言わないって。

玉藻も同じことを思い出したのだろう、そうだったね、と肩をすくめ、そして、見慣れた明るい笑みをきっぱりと浮かべた。

「……どう、泰親様？　せっかくだから一緒に来ない？」

「大変に魅力的な申し出ですが、先日、友人を『一緒に巻き込まれてください』と引き留めた手前もありますので。いつか気が向いたらご一緒させてください」

「食えない少年だこと。隣のお武家様も元気でね。菖蒲様にもよろしく！」

「あ、ああ……！　お主こそ、体には気を付けるのだぞ？　もし何か拙者に力になれることがあれば、いつでも文を――」

「大丈夫だって。ほんと甘いなあ、頼政様は……。じゃ、私はもう行くけど、お二人のことはあちこちで語らせてもらうからね。当代きっての化け物退治の大英雄として」

「何？」

「いや、驚くことはないでしょ。外術師は面白おかしい話を聞かせるのも仕事の内だし、話のタネは山ほどあるし」

「いやしかし、それはちょっと面映（おもは）ゆいというか荷が重いというか……。なあ泰親」

困った顔の頼政が見下ろすと、泰親は「ですね」と首を縦に振り、まっすぐな視線を玉藻に向けた。

「……玉藻。もし貴方が、私たちとともに体験した話を膨らませて語るのであれば――化け物の話を広めてくれませんか？　それを退治する英雄ではなく」

「化け物単体ってこと？　なんでまた」

「以前、お話ししましたよね。これからの化け物はただ危険なものではなくなっていくだろうし、化け物の話ができるのは余裕がある証拠だ――と。であれば、化け物の話が語られる間は、まだこの世は平和だと思えますから……」

近いうちに国を支える体制が崩壊し、乱世が訪れることを予見しているのだろう、泰親の声はどこか切実だった。その視線と思いをまっすぐ受け止めた玉藻は、分かった、ときっぱりうなずき、二人に背を向けた。

「パッと消えられると伝説の妖狐っぽくてかっこいいんだけど……。じゃあね、頼政様。元気でね、『ご主人』！」

そう言ってひらひらと手を振り、玉藻は颯爽と歩き出した。

笈を担いだ背中が歩き去っていくのを泰親はただ黙って見送り、その横顔を見下ろした頼政の胸は再び痛んだ。

この利発で聡明で博識で、それゆえに知己のいなかった少年にとって、玉藻は、師匠であり姉であり友人であり同僚であり、それらを合わせたよりも大きな存在だったはずだ。そんな相手との別離を二度も経験することになったのだから、その喪失感はどれほど大きいことだろう。

「……大丈夫か、泰親」

頼政は思わず尋ねていた。心配そうな視線を向けられた泰親は、きょとんとした顔で頼政を見上げて「大丈夫ですよ」とうなずき、そして、気丈な声でこう言い足した。

「寂しくないわけではないですが……でも、頼政様は、まだ隣にいてくださいますから」


古代から中世に切り替わるこの時代、海や山のような大自然を象徴する神々への畏怖は薄れていったが、一方で、国家を襲う脅威、あるいは英雄譚の中の悪役であった怪異たちは、王権から切り離されたことで、特定の役割を持たない自由な概念として民衆の中に広まっていった。

中世を代表する怪異である天狗は、確かに支配階級にとっては脅威であったが、高慢な貴族や仏僧をからかい、痛めつけ、時には失敗して笑いを誘う天狗たちの姿は、民衆にとっては感情移入の対象ともなった。恐れられつつも共感される天狗や、あるいはただ楽しげに行進する器物の怪異のような新しい化け物たちは、「百鬼夜行絵巻」に代表されるような「娯楽としての怪異」という概念を生む。

これは日本の文化史上において画期的な出来事であり、ここで確立された「怪異を語り、創作し、楽しむ」という文化は、千年余りを経て、現代にも引き継がれている。

あとがき

本作は二〇二二年三月に発売された「今昔ばけもの奇譚　五代目晴明と五代目頼光、宇治にて怪事変事に挑むこと」の続編です。各巻ごとに内容は完結しているので、この本から読んでいただいても問題ありませんが、登場人物たちの出会いや、本作の一年前の事件についてお知りになりたい方は、そちらを手に取っていただければと思います。

さて、というわけでお世話になっております。峰守です。おかげさまで二巻目です！「続き書いていいよ」というお話は結構早めに聞いていたのに、色々あって一年近く空いてしまいました。実は前巻は一巻完結のつもりで書いた話でして、なので主人公たちがそれぞれの道を歩き出すエンディングにしたのですが、もう会えないと思っていた人と普通に再会することもあるのが世の中の面白いところなわけで。頼政も泰親も玉藻も思い入れのあるキャラクターですし、書いていいなら喜んで！　というわけで書きました。

本シリーズの舞台となる平安末期は、朝廷の支配が終わりかけ、世が乱れつつある時代です。なので頼政も泰親も色々先行き不安にならざるを得ないのですが、ただネガティブになるのではなく、この時代だからこそできて、かつ前向きな話になるように考えたつもりです。作者は大変楽しく書いたので、楽しんで読んでいただければ何よりです。

また、前巻の舞台は宇治で、各章で取り上げる伝説も平等院の宝蔵にあったとされるもので統一していましたが（今回出てくる源氏物語の幻の章「雲隠」は、前巻で使えなかったものです。やっと使えました）、今回は舞台も各章の元ネタもぐっと範囲を広げてみました。おかげでバラエティ豊かな内容になってくれたと思っています。

ちなみに、本シリーズの舞台である平安末期は、妖怪史的にも面白いタイミングだったりします。本作はもともと天狗が乱世と中世の始まりを告げる話として考えたのですが、執筆中に、この頃（正確にはもう少し後）に生まれた流れが「妖怪を面白がる」という文化を生み、自分が親しんできた作品や、自分が今書いている話もそこに繋がってるんだな……と気付いたので、ああいう感じに締めくくってみました。

なお、言うまでもありませんが、本作はフィクションです。登場人物の設定や描写、作中で言及される伝承などについては、実在の資料を参考にしてはいますが、物語の都合に合わせて改変している部分も多々ありますので、ご留意ください。

さて、この本を作る上でも多くの方のお世話になりました。アオジマイコ様、今回も美麗なカバーイラストをありがとうございました。担当編集者の鈴木様、いつも大変お世話になっております。また、元大阪市立自然史博物館学芸員の樽野博幸様、古生物学者の荻野慎諧様には色々とご教示を賜りました。加えて、本作の執筆にあたっては、朝日カルチャーセンター中之島教室で開催された連続講義「怪異学入門」で聴講した内容を大いに参考にしています。研究者および専門施設の皆様に、この場をお借りして改めてお礼を申し上げます。

では、ご縁があればまたいずれ。お相手は峰守ひろかずでした。良き青空を！

主要参考文献

源頼政（多賀宗隼著、吉川弘文館、一九七三）
源頼政と木曽義仲　勝者になれなかった源氏（永井晋著、中央公論新社、二〇一五）
日本陰陽道史話（村山修一著、平凡社、二〇〇一）
鎌倉期官人陰陽師の研究（赤澤春彦著、吉川弘文館、二〇一一）
外法と愛法の中世（田中貴子著、砂子屋書房、一九九三）
摂関政治（古瀬奈津子著、岩波書店、二〇一一）
中世社会のはじまり（五味文彦著、岩波書店、二〇一六）
王朝文化を学ぶ人のために（秋澤亙・川村裕子編、世界思想社、二〇一〇）
絵巻物に見る日本庶民生活誌（宮本常一著、中央公論社、一九八一）
王朝人の浄土（宇治市歴史資料館編、宇治市歴史資料館、一九九七）
宇治市源氏物語ミュージアム常設展示案内（朧谷壽・京樂真帆子・福嶋昭治・山本淳子監修、宇治市源氏物語ミュージアム、二〇一九）
図解日本の装束（池上良太著、新紀元社編集部編、新紀元社、二〇〇八）
今昔物語集の人々　平安京篇（中村修也著、思文閣出版、二〇〇四）
動物たちの日本史（中村禎里著、海鳴社、二〇〇八）
中世の非人と遊女（網野善彦著、明石書店、一九九四）
平安京のニオイ（安田政彦著、吉川弘文館、二〇〇七）
王朝文学入門（川村裕子著、角川学芸出版、二〇一一）
図説平清盛（樋口州男・鈴木彰・錦昭江・野口華世著、河出書房新社、二〇一一）
日本史大事典　第四巻（下中弘編集、平凡社、一九九三）
国史大辞典　第十三巻（国史大辞典編集委員会編、吉川弘文館、一九九二）
日本架空伝承人名事典（大隅和雄・西郷信綱・阪下圭八・服部幸雄・廣末保・山本吉左右編、平凡社、一九八六）
日本怪異妖怪大事典（小松和彦監修、小松和彦・常光徹・山田奨治・飯倉義之編集委員、東京堂出版、二〇一三）
妖怪事典（村上健司編著、毎日新聞社、二〇〇〇）
47都道府県・妖怪伝承百科（小松和彦・常光徹監修、香川雅信・飯倉義之編、丸善出版、二〇一七）
日本伝奇伝説大事典（乾克己・小池正胤・志村有弘・高橋貢・鳥越文蔵編、角川書店、一九八六）
歴史人物怪異談事典（朝里樹著、幻冬舎、二〇一九）

妖怪文化入門（小松和彦著、角川学芸出版、二〇一二）
京都魔界案内　出かけよう、「発見の旅」へ（小松和彦著、光文社、二〇〇二）
もののけの日本史　死霊、幽霊、妖怪の一〇〇〇年（小山聡子著、中央公論新社、二〇二〇）
柳田國男全集　11（柳田國男著、筑摩書房、一九九〇）
わらべうた　日本の伝承童謡（町田嘉章・浅野建二編、岩波書店、一九六二）
悪女伝説の秘密（田中貴子著、角川書店、二〇〇二）
境界をまたぐ人びと（村井章介著、山川出版社、二〇〇六）
「海の民」の日本神話　古代ヤポネシア表通りをゆく（三浦佑之著、新潮社、二〇二一）
道成寺絵とき本（小野宏海著、藤原成憲画、道成寺護持会、二〇〇〇）
謎のアジア納豆　そして帰ってきた〈日本納豆〉（高野秀行著、新潮社、二〇二〇）
妖怪たちの秘密基地　つくもがみの時空（齋藤真麻理著、平凡社、二〇二二）
図説日本妖怪史（香川雅信著、河出書房新社、二〇二二）
鹿と日本人　野生との共生一〇〇〇年の知恵（田中淳夫著、築地書館、二〇一八）
絶滅哺乳類図鑑（冨田幸光・伊藤丙雄・岡本泰子著、丸善、二〇一一）
ヤベオオツノジカの角の形態について　―個体発生に基づく再検討―（樽野博幸・奥村潔・石田克著、「大阪市立自然史博物館研究報告」七三号、二〇一九）
岐阜県熊石洞産の後期更新世のヤベオオツノジカとヘラジカの化石（その1）角・頭骨・下顎骨・歯（奥村潔・石田克・樽野博幸・河村善也著、「大阪市立自然史博物館研究報告」七〇号、二〇一六）
続史籍集覧　第一冊（近藤瓶城編、近藤出版部、一九三〇）
甲冑（尾崎元春著、至文堂、一九六八）
源氏物語の伝説（伊井春樹著、昭和出版、一九七六）
天狗の研究（知切光歳著、大陸書房、一九七五）
日本の毒きのこ（長沢栄史監修、学習研究社、二〇〇九）
新日本古典文学大系19　源氏物語一（柳井滋・室伏信助・大朝雄二・鈴木日出男・藤井貞和・今西祐一郎校注、岩波書店、一九九三）
太平記（一）（兵藤裕己校注、岩波書店、二〇一四）

この他、多くの書籍、雑誌記事、ウェブサイトを参考にさせていただきました。

本書は書き下ろしです。

今昔ばけもの奇譚

五代目晴明と五代目頼光、百鬼夜行に挑むこと

峰守ひろかず

2023年1月5日初版発行

発行者……千葉 均
発行所……株式会社ポプラ社
〒102-8519 東京都千代田区麹町4-2-6

フォーマットデザイン 荻窪裕司(design clopper)
組版・校閲 株式会社鷗来堂
印刷・製本 中央精版印刷株式会社

ポプラ文庫ピュアフル

ホームページ www.poplar.co.jp

N.D.C.913/295p/15cm
ISBN978-4-591-17614-6
P8111347

平安怪異ミステリー、開幕！

峰守ひろかず
『今昔ばけもの奇譚
五代目晴明と五代目頼光、宇治にて怪事変事に挑むこと』

装画：アオジマイコ

時は平安末期。豪傑として知られる源頼光の子孫・源頼政は、関白より宇治の警護を命じられる。宇治では人魚の肉を食べて不老不死になったという橋姫を名乗る女が、人々に説法してお布施を巻き上げていた。なんとかせよと頼まれた頼政だが、橋姫にあっさり言い負かされてしまう。途方にくれているところに出会ったのは、かの安倍晴明の子孫・安倍泰親だった――。

お人よし若武者と論理派少年陰陽師が数々の怪異事件の謎を解き明かす！